KB080518

그랜트 선장의 아이들 3

쥘베른
걸작선
11

그랜트 선장의 아이들 3

Les Enfants du capitaine Grant

김석희 옮김

"그럼 언제 그 마지막 기회를 시험할 거죠?"
"오늘 밤에요. 어둠이 가장 짙은 시각에."

제3부 뉴질랜드

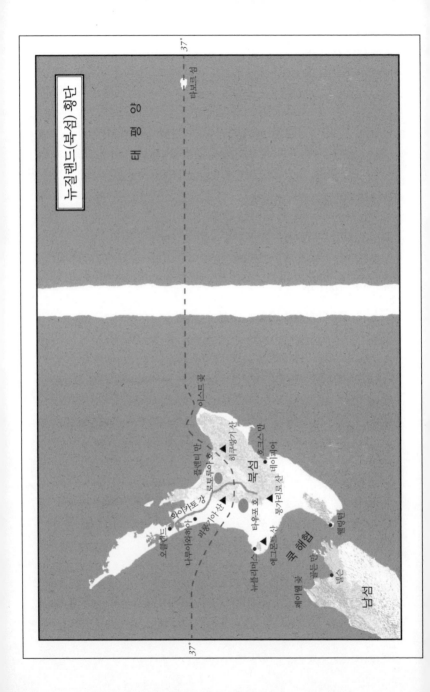

뉴질랜드(북섬) 횡단

태 평 양

태보르 섬

37°

오클랜드

나루아와히아

마웅가아산

와이카토 강

클렌티 만

하루랑기 산

이스트 곶

로토루아 호

북섬

플렌티 만

호크스 만

룽가리로산 네이피어

타우포 호

에그몬트 산

뉴플리머스

북 해협

페이웰 곶

골든 만

넬슨

남섬

웰링턴

제3부
뉴질랜드

1
'매쿼리'호

그랜트 선장을 찾고 있는 사람들이 그를 찾아낼 희망을 언젠가 잃어야 했다면, 그것은 모든 희망을 한꺼번에 잃어버린 이때가 아니었을까? 이 세계의 어디에서 새로운 탐험을 시도하면 좋을까? 또 다른 지방을 어떻게 탐색해야 할까? 이제 '덩컨'호가 없으니 당장 귀국할 수도 없었다. 그러고 보면 이 고결한 스코틀랜드인들의 시도는 이미 실패한 거나 마찬가지였다. 실패! 이것은 이 용감한 사람들에게는 반향을 얻을 수 없는 우울한 낱말이다. 하지만 이제는 글레나번도 운명에 심한 타격을 받고, 이 헌신적인 사업을 계속할 힘이 떨어졌음을 인정할 수밖에 없었다.

다기찬 메리 그랜트는 이런 상황에서도 아버지의 이름을 입밖에 내려고 하지 않았다. 이번에 불행을 당한 선원들을 생각하고 메리는 자신의 견딜 수 없는 불안을 억눌렀다. 특히 헬레나

앞에서는 더욱 조심스럽게 행동하면서, 그동안 헬레나에게 그렇게 많은 위로를 받은 그녀가 이번에는 헬레나를 열심히 위로했다. 스코틀랜드로 돌아가자는 말을 먼저 꺼낸 것도 메리였다. 그녀가 이렇듯 꿋꿋하게 마음을 다잡는 것을 보고 존 맹글스는 감탄을 금치 못했다. 그는 그랜트 선장을 위해 마지막으로 한 번만 더 수색해보자고 말하려고 했지만, 메리가 눈짓으로 말렸다. 그리고 나중에 이렇게 말했다.

"아니에요, 선장님. 그동안 애써주신 분들을 생각해야죠. 글레나번 경은 유럽으로 돌아가셔야 해요!"

"메리 씨 말이 맞습니다." 존 맹글스가 대답했다. "유럽으로 돌아가셔야 돼요. 그리고 '덩컨'호의 운명에 대해 정부 당국에 신고할 필요도 있습니다. 하지만 모든 희망을 버리지는 마세요. 우리가 시작한 수색을 포기한다면 나 혼자 다시 시작하겠습니다! 그랜트 선장님을 찾아내거나, 아니면 내가 선장님을 찾으려고 애쓰다가 죽거나 둘 중 하나예요!"

존 맹글스는 여기서 진지한 서약을 한 것이다. 메리는 그 서약을 받아들였다. 그리고 이 협약을 비준하려는 것처럼 젊은 선장에게 손을 내밀었다. 존 맹글스에게 그것은 평생에 걸친 헌신이었고, 메리에게 그것은 영원히 변치 않을 고마움이었다.

그날이 가기 전에 결국 그들은 출발하기로 결정했다. 당장 멜버른으로 가게 되었다. 이튿날 존 맹글스는 출항하는 배가 있는지 알아보러 갔다. 이든과 멜버른 사이에는 빈번한 왕래가 있을 거라고 기대했다.

하지만 그 기대는 빗나가고 말았다. 배는 아주 적었다. 이곳에 소속된 상선이라고는 투폴드 만에 닻을 내리고 있는 세 척뿐이었다. 멜버른이나 시드니 또는 웰스 곶으로 가는 배는 한 척도 없었다. 그런데 오스트레일리아에서는 이 세 항구에서만 영국으로 가는 배를 찾을 수 있었다. '오리엔탈 기선회사'는 이 세 항구와 영국을 잇는 정기 항로를 갖고 있었다.

이런 상황에서 도대체 어떻게 하면 좋은가? 배가 오기를 기다려야 하나? 그러면 시간이 너무 오래 걸릴지도 모른다. 투폴드 만에는 배가 별로 오지 않았기 때문이다. 난바다를 지나지만 이곳에는 접안하지 않는 배가 많았다.

충분히 생각하고 논의한 끝에 글레나번이 해안도로를 따라 시드니로 가기로 결정하려는 순간, 파가넬이 아무도 예기치 못한 제안을 했다.

지리학자는 자기도 투폴드 만을 보러 갔다 왔다고 말했다. 그는 시드니와 멜버른으로 가는 교통수단이 없다는 것을 알고 있었다. 하지만 정박지에 닻을 내리고 있는 세 척의 배 가운데 한 척은 뉴질랜드 북섬의 수도인 오클랜드를 향해 떠날 준비를 하고 있었다. 그래서 파가넬은 그 배를 세내어 오클랜드로 건너가자고 제안한 것이다. 일단 오클랜드에 가면, 거기서 오리엔탈 기선회사의 배를 타고 유럽으로 건너가기는 쉬울 거라는 이야기였다.

이 제안은 진지하게 고려되었다. 그런데 파가넬이 평소에는 그렇게 차례로 논거를 내세우는데 이번에는 전혀 그런 것을 열거하지 않았다. 단지 사실을 이야기한 다음 항해는 닷새, 기껏해야 엿새 이상은 걸리지 않을 거라고 덧붙였다. 오스트레일리아와 뉴질랜드의 거리는 사실 2000킬로미터밖에 안 되었다.

그런데 기묘한 우연으로 오클랜드는 글레나번 일행이 칠레의 아라우카니아 해안에서 여기까지 줄곧 더듬어온 남위 37도 선 위에 자리 잡고 있었다. 물론 지리학자는 이 사실에서 자신의 제안에 유리한 이치를 끌어내도 제멋대로라는 비난을 받지는 않았을 것이다. 그리고 사실 이것은 뉴질랜드 연안을 방문할 수 있는 지극히 자연스러운 기회였다.

그런데 파가넬은 이런 이점을 이용하지 않았다. 연달아 두 번이나 실패했기 때문에 파가넬도 그 문서에 대한 세 번째 해석을 구태여 피력할 마음이 나지 않았을 것이다. 그리고 문서에서 또 무엇을 끌어낼 수 있었겠는가? 그랜트 선장이 몸을 의탁한 곳은 섬이 아니라 대륙이라는 것은 문서 안에 논란의 여지가 없을 만큼 명백하게 적혀 있었다. 그런데 뉴질랜드는 섬에 불과하다. 이것은 결정적인 사실처럼 보였다. 그 때문이든 아니든, 파가넬은 오클랜드로 가자는 제안에 수색의 의미는 전혀 포함시키지 않았다. 그는 단순히 이곳과 영국 사이에는 정기 연락선이 있다는 것, 그것을 이용하는 것은 어렵지 않다는 점을 지적했을 뿐이다.

존 맹글스는 파가넬의 제안을 지지했다. 그리고 이 제안을 채택하라고 권했다. 투폴드 만에 올지 어떨지도 모르는 배를 마냥 기다릴 수는 없기 때문이다. 하지만 그는 이야기를 더 진전시키기 전에 지리학자가 말한 배를 보고 오는 게 좋겠다고 생각했다. 글레나번과 맥내브스 소령, 파가넬과 로버트, 그리고 존 맹글스는 보트를 타고 안벽에서 400미터쯤 떨어진 곳에 닻을 내리고 있는 배로 다가갔다.

그것은 '매쿼리'호라는 이름의 250톤급 브리그선*이었다. 이 배는 오스트레일리아와 뉴질랜드의 여러 항구를 오가면서 연안 무역에 종사하고 있었다. 선장은 방문객들을 다소 거칠게 맞았다. 그들은 상대가 교육을 받지 못한 인간이고, 그의 태도는 같은 배에서 일하는 다섯 명의 선원과 근본적으로 다르지 않다는 것을 알아차렸다. 거칠고 불그레한 얼굴, 두툼한 손, 매부리코, 애꾸눈, 담뱃진으로 물든 입술, 게다가 난폭한 태도…… 이런 것들 때문에 선장 윌 핼리는 아니꼽고 역겨운 인간으로 보였다. 하지만 달리 어떻게 할 수도 없는 노릇이었다. 그리고 겨우 며칠 동안의 항해를 위해서라면 그처럼 까다롭게 흠을 잡을 필요도 없었다.

"무슨 일이오?" 배에 올라온 낯선 사람들에게 윌 핼리가 물었다.

"선장은?" 존 맹글스가 되물었다.

"나요. 또 뭐요?"

"'매쿼리'호는 오클랜드로 갑니까?"

"그렇소. 또 뭐요?"

"뭘 운반합니까?"

"사고 팔 수 있는 거라면 뭐든지. 또 뭐요?"

"언제 떠납니까?"

"내일 정오에 썰물을 타고. 또 뭐요?"

---

* 돛대가 두 개에 가로돛을 단 범선.

그것은 '매퀴리'호라는 이름의 브리그선이었다.

"사람도 태웁니까?"

"그건 손님이 누구냐에 달려 있소. 그리고 배의 음식으로 참아준다면."

"식량은 가져올 겁니다."

"또 뭐요?"

"또 뭐냐고요?"

"그렇소. 몇 명이오?"

"아홉 명. 그중 둘은 여성입니다."

"선실은 따로 없소."

"갑판실을 비워주면 어떻게든 지낼 수 있을 겁니다."

"또 뭐요?"

"승낙하는 겁니까?" 선장의 독특한 말투에 조금도 질리지 않고 존 맹글스가 말했다.

"생각해봅시다." '매쿼리'호 선장이 말했다.

윌 핼리는 뒤꿈치에 징을 박은 커다란 부츠를 신은 채 갑판을 쿵쾅거리며 돌고 나서 갑자기 존 맹글스를 휙 돌아보았다.

"돈은 얼마나 줄 거요?" 윌 핼리가 물었다.

"얼마를 받고 싶은데요?" 존이 되물었다.

"50파운드."

글레나번이 고개를 끄덕였다.

"좋습니다. 50파운드." 존 맹글스가 대답했다.

"하지만 그냥 태워주기만 하는 거요." 윌 핼리가 못을 박았다.

"예, 좋습니다."

"식사는 별도요."

"별도로 해도 좋습니다."

"그럼 좋소. 그런데, 선금은?" 윌 핼리가 손을 내밀면서 물었다.

"절반인 25파운드." 맹글스는 돈을 세어 선장에게 건네주면서 말했다. 선장은 고맙다는 말도 하지 않고 그것을 받아서 주머니에 넣었다.

"내일 모두 승선해주시오. 정오가 되기 전에. 오든 안 오든 닻을 올릴 테니 그리 아시오."

"시간에 맞춰 오겠습니다."

이렇게 대답하고 글레나번과 소령, 로버트와 파가넬, 존 맹글스는 배를 떠났지만, 윌 핼리는 그 텁수룩한 붉은 머리 위에 달라붙어 있는 방수모에 손을 대려고도 하지 않았다.

"정말 짐승 같은 놈이군요." 존이 말했다.

"그래도 쓸모 있는 작자요." 파가넬이 대답했다. "진정한 바다의 늑대지."

"완전히 곰이군!" 소령이 덧붙였다.

"그놈은 아마 인신매매를 한 적도 있을 겁니다." 존 맹글스가 말했다.

"그런 건 아무래도 좋아." 글레나번이 받았다. "그가 '매쿼리'호를 지휘하고 있고, '매쿼리'호가 뉴질랜드로 가는 이상, 그게 무슨 문제가 되겠나? 투폴드 만에서 오클랜드까지 가는 동안은 그자의 얼굴을 볼 일도 별로 없을 테고, 오클랜드부터는 더 이상 보지 않을 테니까."

헬레나와 메리 그랜트는 이튿날 출발하기로 결정되었다는 말을 듣고 기뻐했다. 글레나번은 '매쿼리'호가 쾌적함에서는 '덩컨'호와 비교도 되지 않는다고 말했다. 하지만 시련을 겪어온 그녀들이 그런 사소한 불편에 꽁무니를 뺄 리는 없었다. 올비넷은 식량을 구하라는 지시를 받았는데, 이 딱한 남자는 '덩컨'호를 잃은 이후, 그 배에 남았던 선원들과 함께 탈옥수들에게 희생된 아내를 생각하며 자주 울고 있었다. 그래도 그는 여느 때처럼 열심히 요리사 역할을 수행했고, 그가 '별식으로' 만들어 올리는 식사는 '매쿼리'호의 일상적인 식탁에는 결코 오르지 않을 엄선된 음식으로 이루어져 있었다. 그의 식량 구입은 몇 시간 만에 끝났다.

그동안 맥내브스 소령은 환전상에 가서 글레나번이 갖고 있던 멜버른의 '유니언 은행' 발행 어음을 할인했다. 그는 돈만이 아니라 무기와 탄약도 충분히 갖추고 싶었다. 그래서 무기도 다시 사들였다. 파가넬은 에든버러에서 존스턴이 발행한 뉴질랜드 지도를 구입했다.

이 무렵에는 멀래디도 완전히 회복되어 있었다. 목숨을 위협한 상처의 후유증도 거의 느끼지 못했다. 바다에서 몇 시간만 지내면 그는 완쾌될 터였다. 그는 태평양의 해풍으로 몸을 치유할 작정이었다.

윌슨은 '매쿼리'호에 승객용 거실을 만들라는 지시를 받았다. 그가 솔과 비를 휘두르자 갑판실의 양상이 완전히 달라졌다. 윌 헬리는 어깨를 으쓱하며 이 선원이 마음대로 하게 내버려두었다. 그는 글레나번과 여성을 포함한 손님들에게 전혀 관심이 없었다. 그들의 이름도 몰랐고 알고 싶어 하지도 않았다. 이렇게 짐을 더 실으면 50파운드가 들어온다. 단지 그것뿐이었다. 선장은 그들을 선창에 가득 차 있는 250통의 무두질한 가죽만큼도 중요하게 여기지 않았다. 첫째가 가죽, 그다음이 사람이다. 그는 장사꾼이었다. 선원으로서의 역량으로 말하면, 그는 산호초 때문에 위험한 이 해역에서 상당한 경험을 쌓은 남자로 알려져 있었다.

이날의 마지막 몇 시간 동안 글레나번은 해안을 남위 37도선이 가로지르고 있는 그곳에 다시 한 번 가보고 싶었다. 거기에는 두 가지 이유가 있었다.

조난 현장으로 추정되었던 그곳을 다시 한 번 봐두고 싶었다. 에어턴이 '브리타니아'호의 갑판원이었던 것은 확실하고, '브리타니아'호는 오스트레일리아 해안—서해안이 아닌 이상 동해안—의 이 지점에서 실제로 난파했는지도 모른다. 그래서 이제 다시는 와볼 수 없는 곳을 경솔하게 떠날 수가 없었다.

'브리타니아'호는 별문제로 하더라도 어쨌든 '덩컨'호는 거기서 탈옥수들의 수중에 들어갔다. 분명 싸움이 벌어졌을 것이다! 그런데 해안에는 왜 흔적이, 저항하여 사투를 벌인 흔적이 보이지 않는 것일까? 선원들이 파도에 휩쓸렸다면, 그 파도는 몇 구의 주검이나마 해안으로 실어 나르지 않았을까?

글레나번은 충실한 존을 데리고 이곳을 정찰하러 갔다. 호텔 주인이 그들에게 말 두 마리를 빌려주었다. 그들은 투폴드 만을 빙 두르고 있는 북쪽 길로 나갔다.

우울한 여행이었다. 글레나번과 존은 아무 말도 하지 않고 말을 달렸다. 하지만 그들은 서로 상대의 기분을 이해하고 있었다. 같은 생각과 같은 불안이 그들의 마음을 괴롭히고 있었다.

그들은 바다에 침식당한 바위를 바라보았다. 두 사람 사이에서는 질문을 던지거나 대답할 필요가 전혀 없었다.

해안의 여러 지점이 면밀히 수색되었다. 아무리 작은 후미도, 그리고 별로 세차지 않은 태평양의 조류가 표류물을 밀어 올렸을지 모르는 어떤 언덕 비탈이나 모래언덕도 꼼꼼히 조사하게 만든 것은 숱한 시련을 겪은 존 맹글스의 열성과 지성이었다. 하지만 이 근처를 다시 수색할 만한 단서는 전혀 발견되지 않았다.

조난의 증거는 여전히 보이지 않았다.

'덩컨'호에 대해서도 전혀 단서가 없었다. 대양에 면한 오스트레일리아의 이 지역에는 주민이 없었다.

하지만 존 맹글스는 해변에서 확실한 야영 흔적, 아카시아 그늘에서 최근에 불을 피운 흔적을 발견했다. 그러면 떠돌이 원주민 부족이 며칠 전에 이곳을 지나간 것일까? 아니다. 어떤 단서가 글레나번의 눈길에 잡혔기 때문이다. 그것은 탈옥수들이 이 근처에 자주 왔음을 결정적으로 보여주는 증거였다.

닳아 해져서 누덕누덕 기운 누더기가 나무 밑에 버려져 있었다. 회색과 노란색 줄무늬의 작업복에는 퍼스 감옥의 등록번호가 적혀 있었다. 탈옥수들은 이제 거기에 없었지만, 그 더러운 옷가지는 탈옥수들이 이곳을 지나갔음을 보여주는 증거였다. 이 범죄자의 제복은 어느 악당이 입은 뒤 이제 인적 없는 이 해안에서 썩어가고 있었다.

"어때, 존?" 글레나번이 말했다. "놈들은 여기까지 왔었어! 그렇다면 '덩컨'호에 타고 있던 우리 선원들은?"

"그렇습니다!" 존이 우울한 목소리로 대답했다. "상륙도 시키지 않고 모두 죽여버린 게 분명합니다."

"나쁜 놈들!" 글레나번이 외쳤다. "언젠가 내 손에 걸리면 내가 직접 원수를 갚아주겠어!"

고통 때문에 글레나번의 표정이 일그러졌다. 몇 분 동안 글레나번은 눈앞에 끝없이 펼쳐진 바다를 바라보았다. 멀리 사라져 가는 어떤 배를 마지막으로 바라보고 있는 것 같았다. 이윽고 그의 눈에서 빛이 사라지고, 그는 제정신으로 돌아와 더 이상 한 마디 말도, 몸짓도 하지 않고 말을 달려 이든으로 돌아갔다.

마지막으로 밟아두어야 할 절차가 하나 더 남아 있었다. 이번 사건에 대해 경찰에 신고하는 절차였다. 그날 밤 글레나번은 토머스 뱅크스에게 사건을 신고했다. 이 관리는 조서를 꾸미면서 흡족한 표정을 감추지 못했다. 그가 그렇게 기뻐한 것은 벤 조이스 일당이 다른 곳으로 가버렸기 때문이다. 이든의 모든 주민이 그와 마찬가지로 기뻐했다. 탈옥수들이 드디어 오스트레일리아를 떠난 것이다. 물론 새로운 범죄를 거듭하면서 떠났지만, 어쨌든 떠났다. 이 소식은 당장 멜버른과 시드니 당국에 타전되었다.

신고 절차가 끝나자 글레나번은 호텔로 돌아갔다. 일행은 마지막 밤을 우울하게 보냈다. 그들은 이 나라에서 만난 모든 불행을 돌이켜 생각하고, 베르누이 곶에서는 얼마나 기대에 차 있었는지, 그리고 투폴드 만에서는 얼마나 무참한 실망을 맛보았는지를 기억했다.

파가넬은 열띤 흥분에 사로잡혀 있었다. 스노이 강 사건 이후 그를 지켜보고 있던 존 맹글스는 지리학자가 말을 할까 말까 망

글레나번은 말을 달려 이든으로 돌아갔다.

설이고 있는 듯한 느낌을 받았다. 그는 몇 번이나 파가넬에게 질문을 던졌지만 한 번도 대답을 얻지 못했다.

하지만 그날 밤 존은 침실로 가는 학자에게 초롱불로 길을 밝혀주면서 오늘따라 왜 그렇게 초조해하느냐고 물어보았다.

"내가 오늘 밤에 평소보다 특별히 더 초조해하는 건 아닙니다." 파가넬은 대답을 얼버무렸다.

"선생님은 무언가 비밀을 갖고 계십니다. 그 비밀 때문에 숨도 못 쉬고 계세요!"

"뭐라고? 그거야 어쩔 수 없잖아요." 지리학자는 몸짓을 하면서 외쳤다. "내가 뭘 할 수 있겠소? 그건 나보다 훨씬 강해요."

"뭐가 더 강하다는 겁니까?"

"나는 한편으로는 기쁘고 한편으로는 절망하고 있어요."

"기쁨과 절망을 동시에 느끼신다고요?"

"그래요. 뉴질랜드에 갈 생각을 하면 기쁘기도 하지만 절망스럽기도 해요."

"무슨 단서라도 갖고 계십니까?" 존 맹글스는 열심히 물었다. "혹시 사라진 흔적을 발견하셨나요?"

"아니요. 뉴질랜드에 간 사람은 아무도 돌아오지 않아요. 하지만 그렇다 해도…… 어쨌든 당신도 인간의 본성을 알고 있겠지요. 인간은 살아 있기만 하면 희망을 품는 법이오. 그리고 내 좌우명이 뭔지 아시오? 'Spiro, spero(숨이 붙어 있는 한 희망을 잃지 말자)'요. 세상에서 가장 훌륭한 좌우명이지요."

2

앞으로 갈 나라의 역사

이튿날인 1월 29일, '매쿼리'호의 승객들은 이 배의 좁은 갑판실에 수용되었다. 윌 핼리는 선장실을 여자들에게 제공하지 않았다. 하지만 이런 무례함은 별로 유감스럽게 생각되지 않았다. 동물 우리 같은 선장실은 그야말로 곰한테나 어울렸기 때문이다.

12시 반에 썰물과 함께 출범 준비가 이루어졌다. 쇠사슬 닻줄이 당겨져 오르고, 닻은 겨우 바닥을 떠났다. 남서쪽에서 부드러운 바람이 불어오고 있었다. 돛이 조금씩 올라갔다. 선원 다섯 명이 느릿느릿 움직이고 있었다. 윌슨은 그 선원들을 도우려고 했지만, 핼리 선장이 가만히 있으라고, 상관없는 일에 참견하지 말라고 말했다. 핼리는 무슨 일이든 혼자 해내는 데 익숙해져 있어서 도움도 조언도 필요 없다는 것이었다.

이것은 서투른 솜씨를 보고 싱글거리고 있는 존 맹글스에게

한 말이었다. 존은 그 말을 이해하고, 선원들의 솜씨가 배의 안전을 위협하는 경우에는 참견하는 것이 당연하지만 그렇지 않은 경우에는 간섭하지 않겠다고 속으로 다짐했다.

다섯 명의 선원은 선장의 욕설과 꾸중을 들으면서, 시간은 오래 걸렸지만 어떻게든 돛을 폈다. '매쿼리'호는 비스듬히 뒤쪽에서 좌현 쪽으로 열린 윗돛과 아래돛, 앞돛과 뒷돛에 바람을 받으며 달렸다. 이어서 보조 돛과 꼭대기 돛도 올라갔다. 하지만 이렇게 돛을 많이 올려도 브리그선은 거의 나아가지 않았다. 앞쪽이 부풀어 오르고 아래쪽이 넓고 뒤쪽이 무겁기 때문에 속도는 빠르지 않았다. 그 배는 전형적인 고물이었다. 그래도 참을 수밖에 없었다. '매쿼리'호가 아무리 속도가 느려도 닷새, 늦어도 엿새 뒤에는 오클랜드 선착장에 도착할 터였다.

오후 7시에는 오스트레일리아 해안도 이든 항의 등대도 보이지 않게 되었다. 파도가 꽤 높이 일고 있는 바다가 배를 괴롭혔다. 배는 물마루와 물마루 사이의 골짜기로 쿵 하고 떨어졌다. 승객들은 격렬한 동요를 느꼈고, 그 동요 때문에 갑판실에 있기가 괴로워졌다. 하지만 갑판에 나가 있을 수도 없는 것이 비가 억수같이 쏟아지고 있었기 때문이다. 이리하여 그들은 벗어날 수도 없는 곳에 갇히게 되었다.

거기서 사람들은 각자 생각에 잠기기 시작했다. 대화는 별로 오가지 않았다. 헬레나와 메리가 두세 마디 나누었을 뿐이다. 글레나번은 자기 자리에 머물러 있지 않고 이리저리 오락가락했다. 반면에 소령은 전혀 움직이지 않았고, 존 맹글스는 로버트를 데리고 이따금 갑판에 올라가 바다를 바라보았다. 파가넬은 한쪽 구석에서 맥락이 통하지 않는 애매모호한 말을 중얼거리고 있었다.

지리학자는 무슨 생각을 하고 있었을까? 그는 자신이 운명에 이끌려가고 있는 뉴질랜드를 생각하고 있었다. 뉴질랜드의 역사를 그는 머릿속에서 복습했다. 이 불길한 나라의 과거가 그의 눈앞에 되살아났다.

하지만 이 섬을 '대륙'으로 여겨도 타당할 만한 어떤 사실이나 사건이 이 나라의 역사 속에 존재했을까? 근대 지리학자나 선원들이 대륙이라는 명칭을 과연 이 섬에 부여할 수 있었을까? 보다시피 파가넬은 여전히 그 문서 해석을 다시금 문제 삼고 있었다. 그것은 일종의 편집증이나 고정관념이었다. 어떤 이름 하나에 사로잡힌 그의 상상력은 파타고니아와 오스트레일리아에 이어 이번에는 뉴질랜드로 날아가고 있었다. 하지만 그쪽 방향에서는 단 한 가지 점이 그의 앞길을 가로막고 있었다.

'Contin…… contin……' 그는 이 낱말을 되풀이해 중얼거렸다. '이건 역시 continent(대륙)일 수밖에 없어.'

그리고 그는 다시 남태평양의 커다란 두 섬을 탐험한 항해자들의 발자취를 기억 속에서 더듬기 시작했다.

네덜란드 사람인 아벨 타스만이 반디멘 섬(지금의 태즈메이니아 섬)을 발견한 뒤 미지의 뉴질랜드 해안에 상륙한 것은 1642년 12월 13일이었다. 그는 며칠 동안 해안을 따라갔고, 17일 그의 선단은 두 섬 사이에 뚫려 있는 좁은 수로를 지나 그 끝에 있는 넓은 만으로 들어갔다.

북쪽 섬은 원주민인 마오리족*의 언어로 '이카-아-마우이'라고 불리는데, 이것은 '마우이†의 물고기'라는 뜻이다. 남쪽 섬은 '와히-푸나무', 즉 '초록빛 옥이 나는 곳'이라고 불린다.

아벨 타스만이 보트를 육지로 보냈더니, 보트는 시끄러운 원주민들을 태운 두 척의 통나무배와 함께 돌아왔는데, 이 야만인들은 중키에 광대뼈가 튀어나오고 피부색은 다갈색과 노란색이고, 귀에 거슬리는 소리를 냈다. 검은 머리를 정수리 위에서 묶고 그 위에 커다란 흰색 깃털을 꽂고 있었다.

유럽인과 원주민의 이 첫 만남은 장기간에 걸친 우호 관계를 약속하는 것처럼 보였다. 그런데 이튿날 타스만의 보트 한 척이 육지와 좀 더 가까운 정박지를 정찰하러 가려고 할 때, 많은 원주민을 태운 통나무배 일곱 척이 그 보트를 습격했다. 보트를 지휘하고 있던 갑판원이 창으로 목을 찔려 바다에 빠졌다. 그의 부하 여섯 명 가운데 네 명이 살해되었고, 나머지 두 명과 갑판원은 모선 쪽으로 헤엄쳐 와서 구조되었다.

이 참사가 일어난 뒤 타스만은 머스킷총을 원주민에게 몇 발쏘는 것으로 복수를 끝내고 출범 준비를 했다. 그는 '학살만'(지금은 골든 만)이라는 이름이 남아 있는 이 만을 떠나, 서해안을 북상하여 1월 5일 북쪽의 곶 옆에 닻을 내렸다. 여기서는 파도가

---

* 뉴질랜드의 원주민. 폴리네시아 동부에서 유래한 것으로 추정된다. 오스트레일리아의 원주민(애버리진)이 유럽인들의 이주와 함께 들어온 질병과 백인들의 침탈 때문에 거의 멸족한 것과는 달리, 마오리족은 거친 저항과 조약을 통해 백인들과 대등한 관계에서 한 나라를 이루게 되었다.
† 뉴질랜드 원주민인 마오리족 신화에 나오는 영웅으로, 태평양에 떠 있는 많은 섬들에 사는 주민들을 창조한 신이다.

원주민을 태운 통나무배 일곱 척이 보트를 습격했다.

거셀 뿐만 아니라 야만인들의 적개심도 대단해서 물을 보급할 수 없었기 때문에, 그는 자신이 스타텐란트라고 명명한 이곳을 떠났다. 이 이름은 '의회의 땅'이라는 뜻이고, 네덜란드 의회 이름인 '스타텐'을 따서 그렇게 이름을 붙인 것이다.

사실 이 네덜란드 항해가는 아메리카 대륙 남단의 푸에고 섬 동쪽에서 발견된 스타텐 섬과 이 땅이 서로 인접해 있다고 생각했던 것이다. 그는 자기가 '남쪽 대륙'을 발견했다고 굳게 믿고 있었다.

'하지만……' 하고 파가넬은 속으로 생각했다. '17세기 선원이 이 섬을 '대륙'이라고 부를 수 있었다 해도, 19세기 선원까지 이 섬을 대륙이라고 부를 리는 없어! 그런 실수는 생각할 수도 없어! 아니야! 내가 못 보고 놓친 무언가가 있는 게 분명해!'

한 세기가 넘도록 타스만의 발견은 잊혀 있었다. 뉴질랜드 따위는 이제 존재하지 않는 것처럼 보였을 때 프랑스 항해가인 쉬르빌이 남위 35도 37분에서 이곳과 만났다. 그는 처음에는 원주민한테 시달리지 않았다. 하지만 바람이 맹렬하게 그를 덮치고 폭풍이 시작되더니, 탐험대의 환자를 수송하던 대형 보트가 '피난만' 해안으로 밀려 올라갔다. 그곳의 나기 누이라는 이름의 추장은 프랑스인들을 정중하게 맞이하여 자기네 오두막에서 그들을 대접했다. 쉬르빌의 보트 하나가 도둑맞을 때까지는 만사가 순조로웠다. 쉬르빌은 보트를 돌려달라고 요구했지만 받아들여지지 않았고, 그러자 이 도둑들에게 본때를 보여주어야 한다는 구실로 마을 하나를 불태워버렸다. 부당한 복수였다. 이것은 그 후 뉴질랜드에서 일어난 피비린내 나는 보복과 무관하지 않다.

1769년 10월 6일, 유명한 쿡 선장이 이곳 해안에 나타났다. 그는 '인데버'호를 타우에로아에 정박시키고, 원주민들을 친절하게 대하여 그들과 친해지려고 했다. 하지만 친절하게 대하기 위해서는 우선 그들을 찾아서 데려와야 한다. 쿡은 주저 없이 두세 명을 포로로 잡아서 그들에게 억지로 친절을 베풀었다. 쿡은 이들에게 여러 가지 선물을 주고 실컷 응석을 받아준 뒤 육지로 돌려보냈다. 그러자 그들의 이야기에 현혹된 많은 원주민이 제 발로 배를 찾아와서 유럽인과 물물교환을 했다. 며칠 뒤 쿡은 남섬 동해안에 있는 호크스 만으로 갔다. 여기서 그는 호전적이고 소란스럽고 도전적인 원주민을 만났다. 그들의 시위는 폭력적 양상을 띠게 되었고, 결국 산탄총을 쏘아서 그들을 진정시켜야 했을 정도다.

10월 20일, '인데버'호는 평화적인 원주민이 200명쯤 살고 있는 토코말루 만에 닻을 내렸다. 배에 타고 있던 식물학자들은 이 지역을 답사하여 많은 수확을 얻었고, 원주민들은 그들을 자기네 통나무배에 실어 해안으로 데려다주었다. 쿡은 울타리와 흙벽과 해자로 방어 시설을 갖춘 마을 두 곳을 방문했다. 이 마을들은 포진법에 관한 본격적인 지식을 보여주고 있었다. 이들 요새 가운데 가장 중요한 것은 사리 때면 진짜 섬이 되어버리는 바위산 위에 세워져 있었다. 아니, 섬 이상이었다. 그곳은 물에 둘러싸여 있을 뿐만 아니라, 사람이 접근할 수 없는 18미터 높이의 바위산을 향해 바닷물이 으르렁거리며 밀려가 세차게 부딪치고 있었기 때문이다. 쿡은 다섯 달 동안 진기한 물건과 이곳에서 나는 식물, 다양한 민족학 자료를 충분히 수집한 뒤,

1769년 10월 6일, 유명한 쿡 선장이 나타났다.

두 섬을 나누고 있는 해협에 자신의 이름을 붙여주고 3월 31일 뉴질랜드를 떠났다. 그 후의 항해에서도 그는 이곳과 재회하게 된다.

이 위대한 항해가는 1773년에도 호크스 만에 다시 나타나 원주민의 식인 장면을 목격했다. 하지만 이번 경우에는 그런 장면을 연출한 그의 부하들을 비난해야 한다. 장교들은 젊은 야만인의 절단된 사지가 땅바닥에 흩어져 있는 것을 발견하고 배로 가져가서 '그것을 구워' 원주민들에게 주었고, 원주민들은 걸신들린 것처럼 거기에 덤벼들었다. 이렇게 식인종의 식사를 요리해 주는 것은 참으로 한심한 미치광이 짓이 아닐까?

쿡은 이 세 번째 항해를 하는 동안에도 그가 특별히 애착을 느끼고 언젠가는 반드시 그 수로를 측량해보고 싶다고 생각했던 이 섬을 방문했다. 그가 마지막으로 이곳을 떠난 것은 1777년 2월 25일이었다.

1791년에 조지 밴쿠버는 20일 동안 다크 만에 정박했지만, 자연과학이나 지리학에는 아무 공헌도 하지 않았다. 앙트르카스토는 1793년에 북섬 북부 연안을 40킬로미터나 측량했다. 상선 선장인 하우젠과 달림플, 이어서 바덴과 리처드슨, 무디가 잠깐 그곳에 모습을 나타냈고, 새비지 박사는 5주 동안 머물면서 뉴질랜드 원주민의 풍속에 대해 흥미로운 사실들을 수집했다.

1805년에 나가푸이족 추장 홍기 히카의 조카인 총명한 루아타라는 아일랜드 만에 정박해 있는 바덴 선장의 배 '아르고'호에 올라탔다.

마오리족의 호메로스* 같은 사람이 있었다면, 루아타라의 모험은 아마 그에게 서사시의 소재를 제공했을 것이다. 거기에는 재난이나 불법이나 학대가 많이 포함되어 있다. 배신과 감금, 구타와 상처, 이것이 그 불쌍한 야만인이 열심히 노력한 보답으로 받은 것이었다. 문명인을 자처하는 자들에게 그는 어떤 이미지를 품었을까? 그는 런던으로 끌려갔다. 선원들의 놀림감이 된 것이다. 새뮤얼 마스던 신부가 없었다면 그는 죽었을 것이다. 이 선교사는 젊은 야만인에게서 정확한 판단력, 성실하고 정직한 성품, 온화하고 친절한 성격 등 뛰어난 자질을 발견하고 그에게 흥미를 느꼈다. 마스던은 그를 위해 밀 몇 포대와 농기구를 구해주고 그를 고국으로 돌려보냈다. 이 선물은 도둑맞았다. 온갖 불행과 고난이 또다시 불쌍한 루아타라를 덮쳤고, 그것은 그가 간신히 고국에 돌아간 1814년까지 계속되었다. 이번에야말로 그는 이런 온갖 고초의 열매를 따려 하고 있었지만, 이 피비린내 나는 뉴질랜드를 갱생시키려고 애쓰다가 28세의 나이에 갑자기 세상을 떠났다. 문명의 발걸음은 이 돌이킬 수 없는 불행으로 몇 년은 더 늦어졌을 것이다. 선과 조국에 대한 사랑을 마음속에서 결부지었던 이 총명하고 선량한 사람은 무엇과도 바꿀 수 없는 존재였다!

1816년까지 뉴질랜드는 버려져 있었다. 이 무렵에 톰프슨, 1817년에는 리디어드 니콜러스, 1819년에는 마스던이 두 섬의

---

* 호메로스(서기전 800?~750?): 고대 그리스의 서사시인. 《일리아스》와 《오디세이아》의 저자.

여러 곳을 답사했고, 1820년에는 리처드 크루즈 대위가 열 달 동안 이곳에 머물렀으며, 이로써 과학은 원주민의 풍속을 진지하게 연구하는 수확을 얻었다.

1824년에 '코키유'호의 함장 뒤프레는 아일랜드 만에 2주 동안 정박했지만, 그는 원주민을 오로지 찬미했을 뿐이다.

1827년에 영국 포경선 '머큐리'호는 약탈과 살육에 맞서 싸워야 했다. 같은 해, 디용 선장은 이곳에 두 번 기항하여 극진한 대접을 받았다.

1827년 3월, '아스트롤라브'호 함장이었던 유명한 뒤몽 뒤르빌은 비무장으로 육지에 상륙하여 아무 피해도 입지 않고 며칠 밤을 원주민들 속에서 지내면서 선물을 교환하고 노래를 부르고 오두막에서 잠자고, 아무 방해도 받지 않고 측량 작업을 계속할 수 있었다. 이로써 프랑스 해군은 아주 훌륭한 지도를 얻었다.

반면에 이듬해 존 제임스가 지휘하는 영국의 브리그선 '호스'호는 아일랜드 만에 기항한 뒤 이스트 곶으로 향했지만, 에나라로라는 이름의 간악한 추장에게 실컷 시달림을 받았다. 그의 부하 몇 명은 무참하게 살해되었다.

이런 온갖 대조적인 사건들, 온화함과 잔인함의 교차에서 나오는 결론은 뉴질랜드 원주민의 잔학 행위가 대부분 보복에 불과했다는 것이다. 원주민을 친절하게 대하느냐 사납게 대하느냐는 선장이 좋은 인간이냐 나쁜 인간이냐에 달려 있었다. 물론 원주민이 부당한 공격을 가한 적도 몇 번 있었지만, 유럽인 자신이 보복의 씨앗을 뿌린 경우가 압도적으로 많았다. 게다가 불행하게도 그 보복은 보복당할 이유가 없는 사람들에게 가해졌다. 뒤르빌에 이어 뉴질랜드 민족지를 보완한 것은 세계를 스무 번이나 돌아다닌 대담한 탐험가였다. 그는 과학자의 보헤미안이라고 해야 할 영국인 방랑자 오거스터스 얼이다. 그는 두 섬에서 아직 알려지지 않은 지역을 방문했지만, 그 자신은 원주민에게 시달림을 받지 않았다. 하지만 그는 식인 장면을 몇 번이나 목격했는데, 뉴질랜드 원주민은 서로의 살을 탐식하는 오싹한 기호를 갖고 있었다.

이것은 1831년에 라플라스 선장이 아일랜드 만에 정박했을 때 알아차린 것이었다. 이미 싸움은 다른 의미에서도 무서운 것이 되어 있었다. 야만인들은 놀랄 만큼 정확하게 화기를 다루었기 때문이다. 그 때문에 북섬에서 일찍이 번영을 누리고 인구가 많았던 지방도 볼품없는 황무지로 변해버렸다. 양 떼가 불고기로 먹혀서 사라졌듯이 원주민들도 완전히 사라졌다.

선교사들은 이 피비린내 나는 본능을 억누르려고 애썼지만, 애쓴 보람은 전혀 없었다. 이미 1808년부터 영국 성공회 선교협회는 북섬의 주요 지역에 가장 유능한 활동가들—이것이야말로 그들에게 가장 어울리는 이름이다—을 보냈다. 하지만 뉴질랜드 원주민의 야만성 때문에 선교회 설립은 중지할 수밖에 없었다. 1814년에야 겨우 루아타라의 보호자였던 마스던과 존 킹과 윌리엄 홀이 아일랜드 만에 상륙하여 추장에게 쇠도끼 열두 자루를 주고 200에이커(약 80헥타르)의 땅을 샀다. 여기에 선교회가 설립되었다.

처음에는 일하기가 어려웠다. 하지만 결국 원주민들은 선교사들의 생명을 존중했다. 그들은 선교사들의 치료와 설교를 받아들였다. 어떻게 해볼 도리가 없는 몇몇 원주민도 온순해졌다. 그 비인간적인 마음속에도 고마운 마음이 눈을 떴다. 1824년에는 뉴질랜드 원주민들이 '아리키'라고 부르는 신부들을 욕하고 위협하는 선원들한테서 구해주는 일까지 일어났다.

그래서 포트잭슨에서 탈옥한 죄수들이 원주민의 풍기를 어지럽혔는데도 불구하고 전도가 활발해졌다. 1831년에 《복음전도신문》은 아일랜드 만에서 바다로 통하는 수로 연안에 있는 키디키디와 카와카와 강기슭의 파이히아에 커다란 시설 두 개가 설립되었다고 보도했다. 기독교로 개종한 원주민은 신부들의 지도 아래 길을 뚫고 넓은 숲에 통로를 만들고 급류에 다리를 놓았다. 그리고 선교사들은 제각기 외딴 지역에 사는 부족에게 문명의 종교를 전도하러 가서, 골풀과 나무껍질로 회당을 짓고 젊은 원주민을 위해 학교를 세웠다. 그 초라한 건물 지붕 위에서는 기독교의 십자가 그림에 원주민 말로 '복음'을 뜻하는 '롱고파이'라는 낱말을 적은 선교회 깃발이 펄럭이고 있었다.

불행히도 선교사들의 영향은 그들이 세운 시설을 넘어서 멀리까지 퍼지지는 않았다. 주민들 가운데 방랑벽이 있는 사람은 아무도 그들의 교화를 받지 않았다. 인육을 먹는 풍습에서 벗어난 것은 기독교도뿐이었고, 게다가 새로 개종한 사람들을 너무 큰 유혹에 맞닥뜨리게 해서는 안 되었다. 피의 본능이 그들의 몸속에서 술렁거리고 있었기 때문이다.

더구나 전쟁은 이런 미개한 지방에서는 여전히 만성적으로 계속되고 있었다. 뉴질랜드 원주민은 유럽인의 침입 앞에서 도망치는 무지몽매한 오스트레일리아 원주민과는 달랐다. 그들은 저항하고 방어하고 침입자들을 증오했다. 그리고 이제 그들은 뿌리 깊은 증오 때문에 영국인 이민을 적대하고 있었다. 이 섬의 미래는 주사위 하나에 달려 있었다. 싸움의 귀추에 따라 당장 문명화가 이루어지느냐, 아니면 철저한 미개 상태가 오랫동안 계속되느냐가 결정된다.

이렇게 파가넬은 초조한 나머지 부글부글 끓어오르는 머릿속에서 뉴질랜드 역사를 더듬어보았다. 하지만 그 역사 속에는 두 개의 섬으로 이루어진 이 나라를 '대륙'이라고 불러도 좋을 만한 것이 하나도 없었고, 그 문서에 나온 몇몇 낱말이 그의 상상력을 불러일으켰다 해도, 'contin'이라는 두 음절이 집요하게 그의 발목을 붙잡아 새로운 해석으로 나아가는 것을 막고 있었다.

3
뉴질랜드에서 벌어진 학살의 역사

출발한 지 나흘 뒤인 1월 31일에도 '매쿼리'호는 오스트레일리아와 뉴질랜드 사이에 끼어 있는 이 바다를 아직 3분의 2도 채 가로지르지 못했다. 핼리 선장은 배를 움직이는 데 별로 관심이 없어서, 그냥 멋대로 하게 내버려두었다. 그는 모습도 별로 보이지 않았지만, 아무도 거기에 대해 불평할 마음이 없었다. 그가 선실에 온종일 틀어박혀 있어도, 이 막돼먹은 선장이 날마다 술을 퍼마시고 만취해 있지 않다면 아무도 비난할 생각은 하지 않았을 것이다. 그의 선원들도 걸핏하면 그를 흉내 냈다. 투폴드 만의 '매쿼리'호만큼 운을 하늘에 맡기고 항해하는 배는 어디에서도 찾아볼 수 없었다.

이 용서받지 못할 태만 때문에 존 맹글스는 끊임없이 감시를 계속해야 했다. 배가 침로에서 벗어나 옆으로 쓰러질 뻔했을 때 멀래디와 윌슨이 키를 잡고 배를 바로 세워준 것도 한두 번이 아니었다. 윌 핼리는 자주 말참견을 하고 멀래디와 윌슨에게 함부로 욕설을 퍼부었다. 참을성이 많지 않은 두 선원은 그 주정뱅이를 때려눕혀 항해하는 동안 선창 구석에 처넣어버리자고 주장했다. 하지만 존 맹글스는 그들을 말리고, 그들의 당연한 분노를 달래느라 애를 먹었다.

존 맹글스는 배의 이런 현상을 염려했다. 그래도 글레나번을 걱정시키지 않으려고 소령과 파가넬한테만 사정을 이야기했다. 맥내브스도 비록 표현은 달랐지만 멀래디와 윌슨이 말한 것과 같은 조치를 그에게 권했다.

"그럴 필요가 있다고 판단되면 자네가 이 배의 지휘를 맡는 것을 절대로 망설이면 안 돼. 그 주정뱅이한테는 오클랜드에 도착한 뒤에 배를 돌려주면 돼. 그다음에는 놈이 배를 난파시키든 말든 마음대로 하라지. 그게 놈이 원하는 거라면 말이야."

"그건 그렇습니다, 소령님." 존이 대답했다. "절대로 필요하다면 그렇게 하겠습니다. 바다 한복판에 있는 동안은 조금만 주의를 기울이면 됩니다. 저도 그렇고 우리 선원들도 갑판을 떠나지 않겠습니다. 하지만 해안에 가까이 다가가도 그 핼리란 놈이 여전히 정신을 차리지 못하면, 솔직히 말해서 저도 아주 곤란하니까요."

"선장이 침로를 가르쳐줄 수는 없나요?" 파가넬이 물었다.

"그건 어려울 겁니다. 믿기지 않겠지만, 이 배에는 해도가 한 장도 없습니다!"

"그게 정말이오?"

"정말입니다. '매쿼리'호는 이든과 오클랜드를 왕복하는 근거

멀래디와 윌슨이 키를 잡아준 것도 한두 번이 아니었다.

리 항해밖에 하지 않고, 헬리라는 놈은 이 근처 바다에 완전히 익숙해져 있어서 측정 따위는 전혀 하지 않습니다."

"그놈은 배가 길을 알고 있어서 스스로 조종한다고 생각하고 있을 거요." 파가넬이 대답했다.

"하하하!" 존 맹글스는 소리 내어 웃었다. "스스로 조종하는 배가 세상에 어디 있습니까? 육지가 가까워져도 헬리가 술에 취해 있으면 우리는 터무니없는 꼴을 당하게 될 겁니다."

"육지가 가까워지면 놈이 정신을 차릴 거라고 기대할 수는 없지 않소?"

"그러면 만약의 경우에는 자네가 '매쿼리'호를 오클랜드로 몰고 갈 수는 없나?" 소령이 물었다.

"그 일대의 연안 지도가 없으면 어렵습니다. 그 부근의 암초는 아주 위험하니까요. 노르웨이의 피오르처럼 불규칙하고 변덕스러운 후미가 연속되어 있습니다. 암초는 많고, 그걸 피하려면 거기에 상당히 익숙해져 있어야 합니다. 수면 아래 1미터쯤 되는 곳에 숨어 있는 바위에 용골이 부딪히면, 그땐 아무리 튼튼한 배도 끝장이지요."

"그렇게 되면 배에 타고 있는 사람은 해안으로 도망칠 수밖에 없겠지?"

"그렇습니다, 소령님. 그것도 날씨가 허락한다면 말이지만요."

"그야말로 절체절명이군!" 파가넬이 말했다. "뉴질랜드의 해안은 편하지 않으니까 말이오. 그리고 해안 너머도 해안과 마찬가지로 위험해요."

"마오리족을 말씀하시는 건가요?" 존 맹글스가 물었다.

"그렇소. 놈들의 이름은 인도양 전역에 알려져 있지요. 마오리족은 겁 많고 미련한 오스트레일리아 원주민과는 달리 똑똑하고 포악한 인종이에요. 인육을 즐겨 먹고 어떤 동정심도 기대할 수 없는 식인종이란 말이오."

"그럼 그랜트 선장이 뉴질랜드 해안에서 조난했다면 그를 찾으러 가는 것을 선생님은 권하지 않으시겠군요?"

"연안 지역이라면 괜찮아요." 지리학자가 대답했다. "아마 '브리타니아'호의 단서를 잡을 수 있을 테니까. 하지만 내륙으로 들어가는 것은 반대요. 아무 도움도 되지 않으니까. 이 무서운 지역에 발을 들여놓는 유럽인은 모두 마오리족의 수중에 들어가고, 마오리족의 수중에 들어간 포로는 모두 목숨을 잃으니까. 나는 동료들을 격려하여 팜파스를 지나고 오스트레일리아를 횡단하게 했지만, 뉴질랜드 산길로는 끌어들이고 싶지 않아요. 하늘이 우리를 도와서, 절대로 그 사나운 원주민의 손아귀에 들어가는 일이 없기를 바랄 뿐이오!"

파가넬의 우려는 지나칠 만큼 당연했다. 뉴질랜드에 대해서는 무서운 평판이 나 있었다. 그리고 뉴질랜드 발견에 얽힌 사건들에는 어김없이 피로 물든 날짜가 딸려 있었다.

수난당한 항해자 열전에 기록되어 있는 이 희생자들의 수는 어마어마하다. 이 피비린내 나는 식인 역사의 맨 위에 있는 사람은 아벨 타스만이고, 그의 부하인 다섯 선원이 마오리족에게 잡아먹혔다. 이어서 터크니 선장과 그의 배에 타고 있던 선원이 모두 잡아먹혔다. 포보 해협 동부에서 '시드니코브'호의 다섯 어부가 역시 원주민에게 잡아먹혔다. 이어서 몰린 항에서 학살당한 스쿠너선 '브라더스'호의 네 선원, 게이츠 장군 휘하의 병사들, '마틸다'호에 타고 있던 세 명의 수병, 그다음이 드디어 그 슬픈 이름이 알려진 마리옹 뒤 프렌 선장이다.

1772년 5월 11일, 쿡의 제1차 항해 이후 프랑스의 함장 마리옹은 자기가 지휘하는 '마스카랭'호와 크로제 함장이 지휘하는 '카스트리'호와 함께 아일랜드 만에 정박했다. 위선적인 뉴질랜드 원주민은 새로 도착한 이들을 열렬히 환영했다. 그뿐만 아니라 이 원주민들은 겁쟁이처럼 행동해서, 그들이 배에 친숙해지게 하려면 선물이나 뇌물을 주고 평소에 함께 즐길 필요가 있었다.

머리 좋은 타쿠리 추장은 왕갈로아 부족에 속해 있었고, 마리옹 함장이 오기 2년 전에 쉬르빌이 간계를 써서 납치한 원주민의 친척이었다.

마오리족이 모욕당한 경우, 명예가 명령하는 바에 따라 그것을 피로써 앙갚음하려는 이 나라에서 타쿠리는 동족에게 가해진 이 무도한 행위를 잊지 못했다. 그는 유럽인의 배가 오기를 끈질기게 기다리며 복수 계획을 다듬고, 무서울 만큼 냉정하게 그 계획을 실행했다.

프랑스인을 무서워하는 체 가장한 타쿠리는 모든 수단을 동원하여 그들에게 거짓된 안전을 믿게 하고 경계심을 완전히 풀어버렸다. 그와 부하들은 종종 배에서 잠을 자기도 했다. 배에 갈 때는 맛있는 생선을 가져갔고, 딸과 아내들도 데려갔다. 곧 그들은 장교들과 친해졌고, 그들에게 자기네 마을에 와보라고 권했다. 마리옹과 크로제는 이런 제의에 넘어가 4000명의 주민이 사는 해안 지방을 돌아다녔다. 원주민들은 무기도 없이 그들을 맞으러 달려 나왔고, 그들이 원주민을 완전히 믿게 하려고 애썼다.

마리옹 함장은 아일랜드 만에 정박할 때, 최근의 폭풍으로 손상된 '카스트리'호의 돛대를 교체할 생각이었다. 그래서 그는 내륙을 탐험하다가, 5월 23일 해안에서 8킬로미터쯤 떨어진 곳에서 삼나무 숲을 발견했다. 그곳은 배가 정박해 있는 곳에서 4킬로미터쯤 떨어져 있는 만에서 가까웠다.

그곳에 합숙소가 만들어지고, 선원의 3분의 2는 도끼며 그 밖의 연장을 들고 나무를 베거나 만으로 통하는 길을 닦았다. 그 밖에 두 지점이 선택되었는데, 그중 하나는 항구 한복판에 있는 모투로아라는 작은 섬으로, 함대의 환자나 배에 딸려 있는 대장장이와 통 만드는 기술자들이 그곳으로 옮겨졌다. 그리고 또 하나는 배가 정박해 있는 곳에서 6킬로미터쯤 떨어진 본섬의 해안이었고, 여기서는 일꾼들의 합숙소와 연락이 이루어졌다. 이 모든 지점에서 힘세고 친절한 원주민들이 여러 가지 작업을 하는 선원들을 거들었다.

하지만 여기까지 오는 동안 마리옹 함장은 나름대로 경계 조치를 게을리 하지 않았다. 야만인들은 절대 무기를 든 채 배에 오르지 못했고, 선원들도 육지에 갈 때는 반드시 무장을 갖추고 있었다. 하지만 마리옹이나 선원들도 결국은 원주민들의 태도에 넘어가, 사령관은 보트에 무기를 싣지 말라고 소리쳤다. 물론 크로제 함장은 이 명령을 철회하도록 마리옹을 설득할 생각이었지만, 그것은 실패로 끝났다..

그렇게 되자 뉴질랜드 원주민은 더욱 친절해지고 헌신적이 되었다. 원주민 추장들과 프랑스 장교들은 아주 친하게 어울리고 있었다. 타쿠리는 몇 번이나 아들을 배에 데려와서 선실에 재웠다. 6월 8일, 마리옹은 섬을 공식 방문했을 때 이 지역 일대의 대추장으로 추대되고, 그 명예의 표시로 그의 머리에 하얀 깃털 네 개가 꽂혔다.

군함이 아일랜드 만에 온 뒤 이렇게 33일이 지났다. 돛대를 교체하는 작업은 순조롭게 진행되고 있었다. 그들은 모투로아 섬의 급수장에서 물을 길어다가 물통을 채웠다. 크로제 함장은 직접 일꾼 합숙소에 가서 작업을 지휘했다. 일은 더없이 순조롭게 진척되고 있었다.

6월 12일 2시, 타쿠리의 마을 근처에서 예정된 낚시에 참여하기 위해 사령관의 보트가 준비되고 있었다. 마리옹은 보드리쿠르와 레우라는 이름의 두 장교와 지원한 장교 한 명, 그리고 군기를 담당하는 장교와 열두 명의 수병과 함께 보트에 올라탔다. 타쿠리 외에 다섯 명의 추장이 그들과 동행했다. 이 행차는 열일곱 명의 백인 가운데 열여섯 명이 기습을 당하는 끔찍한 결과로 끝나는데, 출발할 때만 해도 재난을 예고하는 것은 아무것도 없었다.

보트는 본선을 떠나 육지를 향해 달렸다. 이윽고 두 척의 군함에서는 더 이상 보트가 보이지 않게 되었다.

그날 밤 마리옹 함장은 본선으로 돌아오지 않았다. 그가 돌아오지 않는 것을 걱정한 사람은 아무도 없었다. 사람들은 그가 돛대 작업장을 시찰하고, 거기서 밤을 보낼 모양이라고 생각했다.

이튿날 5시, '카스트리'호의 보트는 여느 때처럼 모투로아 섬으로 물을 보급하러 갔다. 이 보트는 무사히 돌아왔다.

9시에 '마스카랭'호의 위병은 바다에서 군함 쪽으로 헤엄쳐오

46

는 한 남자를 발견했다. 보트가 그를 구조하러 가서 데리고 돌아왔다.

그것은 마리옹 함장의 보트 선원 가운데 하나인 터너였다. 그는 옆구리에 창으로 두 번 찔린 상처를 입고 있었다. 전날 보트를 타고 군함을 떠난 열일곱 명 가운데 살아서 돌아온 사람은 터너뿐이었다.

그에게 사정을 캐물은 결과, 이 처참한 드라마의 전모가 밝혀졌다.

불운한 마리옹의 보트는 오전 7시에 마을에 도착했다. 야만인들은 활기차게 그들을 맞으러 나왔다. 발을 물에 적시지 않고 상륙하고 싶다는 장교와 수병들을 야만인들은 어깨에 메고 해안까지 데려다주었다. 그리고 프랑스인들은 뿔뿔이 흩어졌다.

그러자 야만인들은 당장에 창과 몽둥이를 들고 한 명당 열 명씩 덤벼들어 프랑스인을 학살했다. 수병 터너는 창에 두 번 찔리면서도 도망쳐 덤불 속으로 몸을 숨길 수 있었다. 거기서 그는 오싹한 장면을 목격했다. 야만인들은 죽은 사람들의 옷을 벗기고 배를 가르고 몸을 난도질했다.

이때 터너는 들키지 않도록 물에 뛰어들었고, 빈사 상태로 '마스카랭'호의 보트에 구조되었다.

이 사건은 프랑스 선원들을 경악시켰다. 복수하자는 외침이 끓어올랐다. 하지만 죽은 사람의 원수를 갚기 전에 살아 있는 사람들을 구조해야 했다. 지금 육지에는 세 군데 집합소가 있었고, 피에 굶주린 수천 명의 야만인들이 그곳을 에워싸고 있었다.

크로제 함장은 돛대 작업장에 묵었기 때문에 배에 없었지만,

선임사관인 클레뮈르가 비상조치를 취했다. '마스카랭'호의 보트가 장교 한 명과 수병 1개 분대를 태우고 파견되었다. 이 장교는 무엇보다 우선 돛대 일꾼들을 구출하도록 되어 있었다. 그는 출발한 뒤 해안을 따라 나아가다가 마리옹 사령관의 보트가 육지로 끌어 올려져 있는 것을 보고 상륙했다.

앞에서 말했듯이 배에 없었던 크로제 함장은 학살 사건을 전혀 모르고 있었지만, 오후 2시쯤 분대가 오는 것을 보았다. 그는 무언가 불상사가 일어난 낌새를 챘다. 마중 나간 그는 자초지종을 알았지만, 부하들에게는 알리지 말라고 지시했다. 사기를 떨어뜨리고 싶지 않았기 때문이다.

야만인들은 무리를 지어 높은 지점을 모두 장악하고 있었다. 크로제 함장은 주요한 기구를 철수시키고 나머지는 땅속에 묻은 다음, 헛간에 불을 지르고 예순 명의 병사와 함께 퇴각하기 시작했다.

원주민들은 "타쿠리가 마리옹을 죽였다!"고 외치면서 따라왔다. 사령관의 죽음을 알려 수병들에게 공포를 불러일으킬 속셈이었다. 수병들은 격분하여 그들에게 덤벼들려고 했다. 그러나 크로제 함장이 부하들을 진정시켰다. 8킬로미터쯤 전진하여 분대는 해안에 도착했고, 또 다른 집합소에 있던 병사들과 함께 보트에 올라탔다. 그동안 천 명쯤 되는 야만인은 줄곧 땅바닥에 주저앉은 채 움직이지 않았다. 하지만 보트가 난바다로 나가자 돌이 날아오기 시작했다. 당장 사격을 잘하는 병사 넷이 추장들을 차례로 사살했고, 화기의 위력을 모르는 원주민들은 어리둥절했다.

사격을 잘하는 병사 넷이 추장들을 차례로 사살했다.

크로제 함장은 '마스카랭'호에 올라타자 당장 보트를 모투로아 섬으로 파견했다. 1개 분대가 섬에 상륙하여 밤을 보내고, 환자들은 배로 철수시켰다.

이튿날, 다시 1개 분대가 지원군으로 파견되었다. 섬에 발호하는 원주민들을 소탕하여, 물을 계속 보급할 수 있도록 하지 않으면 안 되었다. 모투로아 마을에는 300명의 주민이 있었다. 프랑스군은 마을을 공격했다. 여섯 명의 추장이 살해되고, 나머지 원주민은 총검에 찔려 쓰러지고 마을은 불타버렸다. 그렇다 해도 '카스트리'호가 돛대 없이 출범할 수는 없었기 때문에, 삼나무를 포기할 수밖에 없었던 크로제는 거기에 있는 재료들을 가지고 돛대를 만들어야 했다. 급수 작업도 계속되었다.

한 달이 지났다. 야만인들은 모투로아 섬을 탈환하려고 몇 번이나 시도했지만 성공하지 못했다. 그들의 통나무배는 군함의 사정권 안에 들어오면 당장 포격으로 박살이 났다.

드디어 작업이 끝났다. 이제 남은 일은 열일곱 명의 희생자 가운데 혹시 생존자가 있는지를 확인하고 보복하는 것뿐이었다. 장교와 병사를 포함한 분대를 태운 보트가 타쿠리의 마을로 갔다. 보트가 다가가자 이 비겁한 배신자 추장은 마리옹 함장의 망토를 어깨에 걸치고 달아났다. 프랑스군 병사들은 마을의 오두막을 구석구석 수색했다. 추장의 오두막에서 최근에 불탄 두 개골이 발견되었는데, 그것을 뜯어 먹은 인간의 이빨 자국이 아직도 남아 있었다. 인간의 넓적다리가 나무 꼬챙이에 꿰어져 있었다. 칼라에 피가 묻은 셔츠는 마리옹의 옷이었다. 젊은 보드리쿠르의 권총, 보트에 있던 무기와 너덜너덜해진 옷. 다른 마을에는 물에 씻어서 구운 인간의 내장이 있었다.

살인과 식인이 이루어졌음을 보여주는 이런 증거들이 수집되고, 시신들은 정중하게 매장되었다. 그리고 타쿠리와 공범자인 피키오레의 마을은 불태워졌다. 1772년 7월 14일에 군함 두 척은 이 불행한 해역을 떠났다.

뉴질랜드 해안을 밟는 여행자라면 아무도 잊을 수 없는 그 참사는 바로 이런 것이었다. 이 교훈을 살리지 못하는 선장은 경솔한 선장이라고 말할 수밖에 없다. 뉴질랜드 원주민은 항상 음험하고 인육을 즐긴다. 쿡도 1773년의 제2차 항해 때는 분명히 그것을 인정했다.

사실 그가 지휘하는 배 가운데 퍼노 함장의 '어드벤처'호에 딸린 보트는 12월 7일 풀을 베러 육지로 간 채 돌아오지 않았다. 보트에는 사관후보생 한 명과 아홉 명의 수병이 타고 있었다. 퍼노 함장은 불안을 느끼고 그들을 찾기 위해 버니 중위를 보냈다. 버니는 상륙 지점에 도착하자, 그 자신의 말에 따르면 '전율을 느끼지 않고는 말할 수 없는 학살과 만행의 광경'을 보았다. '우리 동료들의 머리, 내장, 허파가 모래 위에 흩어져 있고, 그바로 옆에서 개 몇 마리가 그것과 같은 잔해를 게걸스럽게 먹고 있었다.'

이 끔찍한 목록을 끝내기 위해서는 1815년에 뉴질랜드 원주민에게 습격당한 '브라더스'호와 1820년에 선원 전체가 학살된 톰프슨 선장의 '보이드'호를 덧붙여야 한다. 마지막으로 1829년 3월 1일 왈키타에서 에나라로 추장은 시드니 선적의 영국 브리그선 '호스'호를 약탈했다. 그가 이끄는 식인종 부대는 많은 선원을 죽이고 시체를 구워 먹었다.

주정뱅이 선장과 한심하기 짝이 없는 선원들이 조종하는 '매쿼리'호가 향하고 있는 뉴질랜드는 그런 나라였다.

4

암초

하지만 이 고난의 항해는 오래 계속되었다. 출범한 지 엿새 뒤인 2월 2일이 되어도 '매쿼리'호는 오클랜드 해안이 보이는 곳까지도 가지 못했다. 바람은 순풍이었고, 줄곧 남서쪽에서 불어오고 있었다. 하지만 조류가 나빠서 배는 하마터면 옆으로 쓰러질 뻔했다. 높은 파도는 배 위쪽까지 올라와 부딪쳐서 늑재가 삐걱거렸고, 배는 물마루 사이의 골짜기에서 간신히 올라오곤 했다. 밧줄이 팽팽하게 당겨지지 않아서 돛대가 헐겁게 고정되었기 때문에 선체가 흔들릴 때마다 돛대도 격렬하게 요동쳤다.

다행히 윌 핼리는 결코 서두르는 법이 없는 남자였기 때문에 돛을 억지로 펴지 않았다. 그런 짓을 했다면 모든 돛대가 쓰러져버렸을 것이다. 그래서 존 맹글스는 이 너절한 배도 더는 어려움을 겪지 않고 항구에 도착할 수 있을 거라고 기대할 수 있었다. 하지만 동료들이 불편하게 지내고 있는 모습을 보면 안타

까운 마음을 금할 수 없었다.

헬레나와 메리 그랜트는 끊임없이 내리는 비 때문에 갑판실에 틀어박혀 있어야 했지만, 그래도 전혀 불평하지 않았다. 갑판실은 공기가 탁하고 배가 많이 흔들리는 바람에 구역질이 심하게 났다. 그래서 헬레나와 메리는 비바람이 몰아치는 궂은 날씨를 무릅쓰고 갑판에 나와 있을 때가 많았다. 그러다가 비를 도저히 견딜 수 없게 되면 그때야 비로소 승객을 넣기보다는 화물을 싣기에 어울리는 그 비좁고 답답한 갑판실로 돌아가곤 했다.

동료들은 모두 헬레나와 메리의 마음을 달래주려고 애썼다. 파가넬은 심심풀이로 이야기를 해주려고 했지만 별로 성공하지 못했다. 사실 고국으로 돌아갈 길을 잃고 헤매는 이 사람들은 의기소침해져 있었다. 전에는 팜파스나 오스트레일리아에 대한 지리학자의 이야기가 그들의 흥미와 호기심을 불러일으켰지만, 그와 반비례하여 뉴질랜드에 대한 그의 의견이나 발상에는 무관심하고 냉담했다. 게다가 불길한 기억이 얽혀 있는 이 낯선 나라에 가는 것에 대해 사람들은 어떤 자극이나 확신도 느끼지 못했다. 갈 마음이 있어서 가는 게 아니라, 불행한 운명의 결과 어쩔 수 없이 가고 있을 뿐이었다.

'매쿼리'호의 승객들 가운데 가장 동정할 만한 사람은 글레나번이었다. 그는 갑판실에 별로 들어오지 않았다. 그는 한곳에 가만히 앉아 있을 수가 없었다. 그의 예민한 성격은 극도로 자극을 받아서, 이 비좁고 답답한 갑판실에 틀어박혀 있는 것을 견딜 수 없었다. 낮만이 아니라 밤중에도 줄기차게 내리는 비나

갑판을 씻어내는 파도를 아랑곳하지 않고 갑판에 머물면서 난간에 팔꿈치를 괴거나 흥분하여 돌아다니곤 했다. 그의 시선은 끊임없이 바다를 살피고 있었다. 잠깐 비가 그치면 그의 안경은 집요하게 바다 위를 달렸다. 이 침묵의 바닷물에 그는 묻고 있었다. 수평선에 자욱이 끼어 있는 저 안개, 층을 이룬 저 수증기를 그는 팔을 휘둘러 잘라버리고 싶었다. 그는 체념할 수가 없었다. 그리고 그의 얼굴은 통절한 고뇌를 나타내고 있었다. 그는 지금까지는 행복하고 강력하고 과감한 인간이었다. 그런 인간이 행복과 기력과 용기를 갑자기 빼앗겨버린 것이다.

존 맹글스는 그의 곁을 떠나지 않고 옆에서 악천후를 견디고 있었다. 이날 글레나번은 안개에 틈새가 보이자마자 지금까지보다 더 집요하게 수평선을 더듬었다. 존은 그에게 다가가서 물었다.

"육지를 찾고 계십니까?"

글레나번은 고개를 저었다.

"그래도 이 배에서 빨리 내리고 싶다고 생각하시겠지요. 벌써 서른여섯 시간 전에 오클랜드의 불빛이 보였어야 하니까요."

글레나번은 아무 대답도 하지 않았다. 그는 여전히 바라보고 있었고, 약 1분 동안 그의 안경은 바람이 불어오는 쪽의 수평선으로 돌려졌다.

"육지는 그쪽 방향이 아닙니다." 존 맹글스가 말했다. "그보다 우현 쪽을 봐주세요."

"왜?" 글레나번이 되물었다. "내가 찾고 있는 건 육지가 아니야!"

글레나번은 낮만이 아니라 밤중에도 갑판에 머물면서……

"그럼 뭘 찾고 계십니까?"

"내 요트! '덩컨'호!" 글레나번은 노기 띤 음성으로 말했다. "이 근처에 있을 거야. 그 꺼림칙한 해적질을 하면서! 그래, 존, 그 배는 오스트레일리아와 뉴질랜드를 잇는 이 항로, 많은 배가 다니는 바로 이 항로에 있어, 그리고 나는 '덩컨'호를 만날 것 같은 예감이 든다네."

"그런 만남은 이루어지지 않기를 바랍니다."

"왜?"

"나리께서는 우리 처지를 잊고 계시는군요! '덩컨'호가 우리를 쫓아오면 이런 브리그선은 어떻게 되겠습니까? 우리는 도망칠 수도 없습니다!"

"도망친다고?"

"물론이죠! 아무리 도망치려 해도 안 되겠지만요. 우리는 붙잡혀서 그 악당들 뜻대로 될 겁니다. 그리고 벤 조이스는 어떤 짓도 마다하지 않는다는 걸 이미 증명했잖습니까. 저는 목숨을 던지는 것도 사양하지 않겠습니다! 우리 모두 죽을 때까지 싸울 겁니다! 그건 확실합니다! 하지만 그다음에는요? 헬레나 마님을 생각해주세요. 메리 그랜트를 생각해주세요!"

"여자들은 불쌍해!" 글레나번은 중얼거렸다. "존, 나는 마음이 아프다네. 그리고 이따금 절망이 내 마음을 덮치는 걸 느껴. 새로운 재난이 우리를 기다리고 있고, 하느님은 우리를 적대시하는 것 같아. 나는 무섭네!"

"무섭다고요?"

"나를 생각해서 두려운 게 아니야. 내가 사랑하는 사람들, 자네도 사랑하는 사람들을 생각하니까 두려운 거지!"

"안심하세요, 나리. 이제 두려워할 필요는 없습니다! '매쿼리'
호도 어쨌든 앞으로 나아가고 있잖습니까. 윌 핼리는 무기력한
겁쟁이지만 제가 있잖습니까. 육지에 다가가는 것이 위험하게
여겨지면 제가 배를 난바다로 돌려놓겠습니다. 그러니까 이 연
안에는 위험이 적거나 전혀 없습니다. 하지만 '덩컨'호와 만나
게 되지 않기를 신에게 기도해야겠죠. 그리고 나리께서 '덩컨'
호를 찾으려고 애쓰신 건 피하거나 도망치기 위해서였기를 바
랍니다!"

존 맹글스의 말이 옳았다. '덩컨'호와의 만남은 '매쿼리'호에
는 재앙이었을 것이다. 그런데 이 만남이 이루어질 가능성이 있
는 것은 해적들이 마음 놓고 나쁜 짓을 저지르는 이 좁은 해역
이었다. 하지만 적어도 이날은 '덩컨'호의 모습이 보이지 않았
고, 투폴드 만을 떠난 이후 엿새째 되는 밤은 존 맹글스의 불안
이 실현되지 않은 채 찾아왔다.

하지만 이날 밤은 참담한 밤이 될 것 같았다. 오후 7시에 갑
자기 어둠이 찾아왔다. 하늘은 몹시 험악했다. 취해서 얼간이가
되어 있었지만 그래도 살아 있는 뱃사람의 본능이 윌 핼리에게
작용했다. 그는 눈을 비비고 빨강 머리에 덮인 커다란 머리를
흔들면서 선실에서 나왔다. 그리고 다른 사람이라면 정신을 차
리기 위해 커다란 컵으로 물을 마시겠지만, 그는 숨을 깊이 들
이마신 뒤 돛대를 점검했다. 바람이 강해졌다. 그리고 나침반에
서 1포인트쯤 서쪽으로 치우쳐 뉴질랜드 해안을 향해 정면으로
불어갔다.

월 핼리는 바락바락 고함을 질러 부하들을 부르더니 앞돛을 줄이고 야간용 돛을 펴게 했다. 존 맹글스는 아무 말도 하지 않았지만 월 핼리의 방식에 동의했다. 그는 이 거친 뱃사람과 이야기하기를 체념하고 있었다. 하지만 글레나번도 존 맹글스도 갑판을 떠나지는 않았다. 두 시간 뒤에 강한 바람이 일어났다. 월 핼리는 중간돛대의 돛을 줄였다. '매쿼리'호가 미국식 활대를 갖고 있지 않았다면 선원 두 명이 달라붙어도 이 일을 해내기는 어려웠을 것이다. 실제로 그들은 위쪽 활대를 잡아당기는 것만으로 중간돛대의 돛의 면적을 줄일 수 있었다.

두 시간이 지났다. 바다가 거칠어지기 시작했다. '매쿼리'호는 배 밑바닥의 용골이 바위를 스치고 있는 것처럼 흔들렸다. 실은 그렇지 않았지만 이 무거운 선체는 파도를 타기가 어려웠다. 그래서 되돌아오는 파도는 많은 양의 물을 배에 쏟아부었다. 좌현 기둥에 매달려 있던 보트가 큰 파도에 휩쓸려 사라져버렸다.

존 맹글스의 불안은 계속되었다. 다른 배라면 그렇게 두려워할 필요도 없는 이만한 파도쯤 어렵지 않게 헤쳐 나갈 수 있었을 것이다. 하지만 이렇게 무거운 배는 당장 침몰할 우려가 있었다. 파도를 뒤집어쓸 때마다 갑판에는 물이 넘쳐흐르고, 쏟아져 들어온 물은 배수구로 빨리 흘러나갈 수 없었기 때문에 배가 가라앉아버릴지도 몰랐다. 예측할 수 없는 일을 피하기 위해서는 도끼로 뱃전을 부수어 물이 잘 빠지게 할 필요가 있었을 것이다. 하지만 월 핼리는 이 방법을 거부했다.

그뿐만 아니라 더 큰 위험이 '매쿼리'호를 위협하고 있었지만, 그 위험을 막기에는 이미 때가 늦어 있었다.

11시 반쯤 존 맹글스와 윌슨은 바람이 불어가는 쪽의 갑판 위에 있었는데, 기묘한 소리가 그들의 귀를 때렸다. 뱃사람으로서 그들의 본능이 눈을 떴다. 존은 윌슨의 손을 잡고 말했다.

"역랑*이다!"

"그렇습니다." 윌슨이 대답했다. "큰 파도가 암초에 부딪혀 부서지고 있어요."

"기껏해야 400미터일까?"

"그렇습니다! 육지가 있어요!"

존은 뱃전에서 몸을 내밀고 어두운 파도를 바라보며 외쳤다.

"측연!† 윌슨, 측연을 가져와!"

앞쪽에 진을 치고 있던 윌 헬리는 배의 위치를 전혀 알아차리지 못하고 있는 듯했다. 윌슨은 들통 속에 말아서 넣어둔 측연의 줄을 잡고 체크보드‡로 달려갔다. 그가 측연을 던졌다. 줄은 손가락 사이로 술술 빠져나갔다. 세 번째 매듭에서 측연이 멈추었다.

"세 길입니다!" 윌슨이 외쳤다.

"선장." 존 맹글스가 윌 헬리에게 달려가서 말했다. "배가 암초 위에 있습니다."

---

* 해안이나 암초에 부딪혀 되밀려 오는 파도.
† 바다의 깊이를 재는 기구. 납으로 만든 추에 줄을 매어 해저까지 던진 다음, 줄에 표시한 표로 바다의 깊이를 알아낸다.
‡ 앞쪽 뱃전에 수평으로 돌출해 있는 널판으로, 여기서 측연을 떨어뜨려 수심을 잰다.

윌 핼리가 어깨를 으쓱하는 것을 그가 보았는지 어떤지는 문제가 아니다. 어쨌든 그는 키로 달려가서 바람 불어가는 쪽으로 배를 돌렸고, 한편 윌슨은 측연을 내던지고 앞돛의 밧줄을 잡아당겨 뱃머리를 바람 불어오는 쪽으로 돌리려고 했다. 키를 잡고 있던 선원은 격렬하게 떠밀렸지만, 이 갑작스러운 공격의 이유를 이해하지 못했다.

"바람 불어오는 쪽으로 돌려! 밧줄을 풀어! 밧줄을 늦추라고!" 젊은 선장은 배가 암초에서 떠오르도록 조종하면서 외쳤다.

30초쯤 배의 우현 쪽 뒷부분은 암초를 따라갔지만, 어둠 속에서도 존은 배에서 네 길쯤 떨어진 곳에 하얗게 보이는 파도의 선을 알아보았다.

바로 그때 윌 핼리가 절박한 위험을 알아차리고 이성을 잃었다. 그의 선원들은 술이 깨지 않아 그의 명령을 알아듣지 못했다. 그뿐만 아니라 지리멸렬한 그의 말과 앞뒤가 어긋나는 그의 명령은 이 어리석은 주정뱅이가 완전히 냉정을 잃은 것을 보여주었다. 그는 육지가 가까운 데 놀라고 있었다. 5, 60킬로미터는 떨어져 있는 줄 알았는데, 바람 불어가는 쪽으로 겨우 10킬로미터밖에 떨어져 있지 않았다. 조류 때문에 배가 여느 때의 항로에서 벗어났고, 틀에 박힌 일밖에 할 줄 모르는 이 무능한 선장은 완전히 허를 찔리고 만 것이다.

하지만 존 맹글스의 기민한 솜씨 덕분에 '매쿼리'호는 암초에서 멀어졌다. 그런데 존은 배의 위치를 알지 못했다. 어쩌면 배는 암초대에 둘러싸여 있을지도 모른다. 풍향은 완전히 동풍으로 바뀌었고, 언제 암초에 부딪힐지 알 수가 없었다.

과연 오래지 않아 암초에 부딪혀 부서지는 파도 소리가 우현 앞쪽에서 시끄러워졌다. 다시 뱃머리를 바람 불어오는 쪽으로 돌려야 했다. 존은 키를 아래쪽으로 내리고 활대를 진행 방향에 예각이 되도록 구부렸다. 파도는 뱃머리 앞에서 점점 거세지고, 이렇게 되면 바람을 향해 변침하여 난바다로 되돌아가야 했다. 이렇게 균형이 나쁜 배로, 게다가 돛을 줄이면서 이런 조작을 해낼 수 있을까? 의심스러웠지만 그래도 시도해볼 수밖에 없었다.

"키를 아래쪽으로!" 존 맹글스는 윌슨에게 외쳤다.

'매쿼리'호는 또 다른 암초대에 접근하기 시작했다. 곧 바닷물이 숨은바위에 부딪혀 거품을 일으키기 시작했다.

이루 형언할 수 없을 만큼 불안한 순간이었다. 거품 때문에 파도가 빛나는 것처럼 보였다. 인광 현상으로 갑자기 파도가 빛을 내기 시작한 것 같았다. 이교의 신화가 살아 있는 생물로 보았던 고대의 암초와 마찬가지로 바다는 마치 목소리를 얻은 것처럼 아우성치기 시작했다. 윌슨과 멀래디는 키 위에 웅크리듯 상체를 숙이고 온몸으로 키를 밀어 내렸다. 키자루는 움직이지 않게 되었다.

갑자기 충격이 일어났다. '매쿼리'호가 바위에 부딪힌 것이다. 제1사장의 밧줄이 끊어져 앞돛대의 안정을 위협했다. 더 이상 문제를 일으키지 않고 침로를 바꿀 수 있을까?

아니다. 갑자기 바다는 순간적으로 잔잔해지고, 배는 또다시 바람이 불어가는 쪽을 향했다. 그 회전은 중단되었다. 높은 파도가 밑에서 배를 들어 올려 암초 가까이 가져갔고, 배는 맹렬한 기세로 떨어졌다. 앞돛대는 삭구와 함께 쓰러졌다. 용골은 두 번이나 암초에 닿았고, 배는 우현 쪽으로 30도쯤 기울어진 채 멈추었다.

승강구 뚜껑 문의 유리는 산산조각이 나 있었다. 승객들이 갑판으로 뛰쳐나왔다. 하지만 파도가 갑판을 끝에서 끝까지 휩쓸고 있어서 갑판에 있는 것은 위험했다. 존 맹글스는 배가 모래 속으로 파고들어 단단히 고착되어 있는 것을 알고, 승객들에게 갑판실로 돌아가라고 연신 소리쳤다.

"정직하게 말하면 어떤 상태인가?" 글레나번이 냉정하게 물었다.

"정직하게 말씀드리면 배가 가라앉을 가능성은 없습니다. 파도에 부서질지 어떨지는 모르겠지만, 그것을 미리 감지할 시간은 있을 겁니다."

"지금은 자정인가?"

"예, 나리. 날이 밝기를 기다려야 합니다."

"보트를 바다에 내릴 수는 없나?"

"어둡고 파도가 높아서 안 됩니다. 게다가 어느 지점에 상륙합니까?"

"좋아. 그러면 날이 밝을 때까지 여기 있겠네."

그동안 윌 핼리는 미친 듯이 갑판을 뛰어다니고 있었다. 멍한 상태에서 깨어나 제정신으로 돌아온 선원들은 술통에 구멍을 내고 독한 술을 퍼마시기 시작했다. 존은 그들이 취하면 무서운 싸움이 시작될 거라고 예상했다. 선장이 싸움을 말려줄 거라고 기대할 수는 없다. 이 불쌍한 사내는 제 머리카락을 쥐어뜯

앞돛대는 삭구와 함께 쓰러졌다.

고 팔을 비틀며 비탄에 빠져 있었다. 그의 염두에는 보험에 들어 있지 않은 화물밖에 없었다.

"나는 파산이야! 끝장이야!" 그는 갑판을 뛰어다니면서 외쳐댔다.

존 맹글스는 그를 위로할 생각이 없었다. 그는 동료들에게 무기를 들게 하고, 무서운 저주의 말을 토해내면서 술을 벌컥벌컥 들이켜고 있는 선원들을 격퇴할 각오를 굳히고 있었다.

"저놈들이 한 녀석이라도 갑판실에 접근하면 개처럼 죽여버리겠어." 소령은 침착하게 말했다.

선원들은 아마 승객들이 자기네한테 손가락 하나 대지 못하게 하겠다고 결심한 것을 알아차렸을 것이다. 그들은 승객들을 약탈하려고 조금 집적거리다가 사라져버렸다.

존 맹글스는 이제 그 주정뱅이들을 상대하지 않고, 날이 밝기를 애타게 기다렸다.

배는 이제 꼼짝도 하지 않았다. 바다는 점점 잔잔해졌다. 바람도 약해졌다. 선체는 앞으로도 몇 시간은 더 버틸 것이다. 해가 뜨면 육지를 조사해보자. 쉽게 접안할 수 있을 것 같으면 지금 배에 남아 있는 유일한 소형 보트가 선원과 승객을 육지로 실어 나르는 데 사용될 것이다. 적어도 세 번은 왕복하지 않으면 안 된다. 그 보트에는 자리가 네 개밖에 없기 때문이다. 대형 보트는 이미 큰 파도에 휩쓸려 사라져버린 상태였다.

존 맹글스는 현재의 위험한 상황에 대해 생각하면서 해치(승강구 덮개)에 몸을 기대고 밀려오는 파도 소리를 듣고 있었다. 그는 깊은 어둠을 꿰뚫어보려고 애썼다. 기대와 불안의 대상이 되어 있는 저 육지는 여기서 얼마나 떨어져 있을까? 암초는 해안에서 수십 킬로미터나 떨어진 곳에 퍼져 있는 경우도 많다. 그렇다면 별로 튼튼하지 않은 보트가 긴 항해를 견딜 수 있을까?

존 맹글스가 어두운 하늘에 다소나마 빛이 나타나지 않을까 기대하면서 이런 생각에 잠겨 있는 동안, 여자들은 그의 말을 믿고 간이침대에서 쉬고 있었다. 배가 움직이지 않기 때문에 여자들은 몇 시간 동안 편안히 쉴 수 있었다. 글레나번도 존도 동료들도 만취한 선원들의 고함 소리가 들리지 않게 되었기 때문에 선잠으로 휴식을 취했다. 오전 2시에는 모랫바닥에 자리를 잡고 깊이 잠들어 있는 배도 깊은 정적에 싸이게 되었다.

4시쯤 동녘 하늘에 여명이 나타났다. 구름은 새벽의 어렴풋한 미광 아래 가볍게 물들었다. 존은 갑판으로 올라갔다. 수평선에는 안개 커튼이 드리워져 있었다. 아침 안개 속에 어렴풋한 윤곽 몇 개가 어느 정도 높은 곳에 떠돌고 있었다. 수면에는 약한 물결이 일고, 난바다의 파도는 움직이지 않는 두꺼운 구름장 속에 숨어 있었다.

존은 기다렸다. 빛은 서서히 강해졌고 수평선은 붉은 색조를 띠었다. 커튼은 천천히 넓은 배경 위로 올라갔다. 검은 암초가 해수면 위에 군데군데 나와 있었다. 거품 띠 위에 또렷한 선 하나가 나타났고, 겨우 떠오른 태양을 가리고 있는 낮은 언덕 너머에서 밝은 점 모양의 등댓불이 희미하게 빛났다. 육지였다. 적어도 15킬로미터는 떨어져 있었다.

"육지다!" 존 맹글스가 외쳤다.

동료들은 그의 목소리에 눈을 뜨고 갑판으로 뛰쳐나와, 수평선에 또렷이 보이는 해안을 말없이 바라보았다. 따뜻하게 맞아주든 재앙을 가져오든, 그 육지가 그들의 피난처가 될 터였다.

"윌 핼리는 어디 있지?" 글레나번이 물었다.

"모르겠습니다." 존 맹글스가 대답했다.

"그럼 선원들은?"

"놈과 마찬가지로 보이질 않습니다."

"분명 놈과 마찬가지로 취해 있겠지." 맥내브스가 말했다.

"놈들을 찾아!" 글레나번이 말했다. "놈들을 이 배에 놔두고 갈 수는 없으니까."

멀래디와 윌슨은 뱃머리의 선원실로 내려갔다가 2분 뒤에 돌아왔다. 선원실은 텅 비어 있었다. 그래서 그들은 중갑판과 선창까지 조사해보았지만, 윌 핼리도 선원들도 보이지 않았다.

"뭐라고? 아무도 없다고?" 글레나번이 말했다.

"바다에 빠졌나?" 파가넬이 물었다.

"어떤 일도 가능합니다." 존 맹글스가 불안을 느끼면서 대답했다. 그러고는 고물 쪽으로 돌아서면서 말했다. "보트로 갑시다!"

윌슨과 멀래디는 소형 보트를 바다에 내리기 위해 그를 따라갔다. 그러나 보트는 이미 사라진 뒤였다.

5
급조된 선원들

월 핼리와 그의 선원들은 승객들이 자고 있을 때 야음을 틈타 배에 남은 유일한 보트를 타고 도망친 것이다. 의심할 여지가 없었다. 마지막까지 배에 남을 의무가 있는 선장이 가장 먼저 배를 떠나버린 것이다.

"그 불한당들은 도망쳤습니다." 존 맹글스가 말했다. "아니, 차라리 잘됐습니다. 덕분에 불쾌한 꼴을 당하지 않아도 되니까요."

"나도 그렇게 생각하네." 글레나번이 대답했다. "게다가 이 배에는 존 맹글스라는 선장이 있지. 자, 지휘해주게. 우리는 자네 말에 따르겠네."

소령, 파가넬, 로버트, 윌슨과 멀래디만이 아니라 올비넷까지도 글레나번의 말에 박수를 치고는 갑판에 정렬하여 존 맹글스의 명령을 기다렸다.

"어떻게 하면 좋겠나?" 글레나번이 물었다.

젊은 선장은 바다를 둘러보고, 망가진 돛대를 바라보며 잠시 생각에 잠겼다.

"지금 상황에서 빠져나갈 방법이 두 가지 있습니다. 배를 고쳐서 항해를 재개하는 방법과 뗏목을 만들어 해안에 상륙하는 방법입니다. 뗏목을 만드는 건 간단합니다."

"배를 고칠 수 있다면 고치게." 글레나번이 대답했다. "그게 최상책이 아닐까?"

"그렇습니다, 나리. 상륙했다 해도 운송 수단이 없으면 우리는 어떻게 됩니까?"

"해안에 상륙하는 건 피해야 하지 않을까?" 파가넬도 덧붙여 말했다. "뉴질랜드라는 나라는 경계를 게을리 하면 안 돼."

"배가 침로에서 많이 벗어났기 때문에 더욱 그렇습니다." 존이 말했다. "헬리의 태만 때문에 우리는 남쪽으로 떠내려왔습니다. 그건 분명합니다. 정오에 위치를 측정해보겠습니다. 그리고 제 예상대로 여기가 오클랜드보다 남쪽이라면 '매쿼리'호를 몰고 해안을 따라 북상하겠습니다."

"하지만 배의 손상은?" 헬레나가 물었다.

"손상은 별로 심한 것 같지 않습니다. 앞돛 대신 앞쪽에 임시변통으로 돛대를 세울 수 있습니다. 그리고 배를 전진시키겠습니다. 속도가 느리기는 하겠지만, 어쨌든 우리가 목표로 삼은 곳에 갈 수 있을 겁니다. 불행히도 선체에 구멍이 나 있거나 암초를 떠날 수 없는 경우에는 해안에 상륙하여 육로로 오클랜드까지 가야 합니다."

"그럼 배의 상태를 조사해봐야 하지 않을까? 그게 무엇보다 중요해." 소령이 말했다.

글레나번과 존과 멀래디는 커다란 해치를 열고 선창으로 내려갔다. 거기에는 무두질한 가죽이 200통쯤 있었지만, 그것이 엉망진창으로 쌓여 있었다. 해치에서 수직으로 내려와 있는 커다란 기둥에 매달린 도르래로 어렵지 않게 통을 치울 수 있었다. 존은 배를 가볍게 하기 위해 이 짐의 일부를 당장 바다에 던지게 했다.

세 시간 동안 힘든 작업을 계속한 뒤 배 밑바닥을 조사할 수 있었다. 좌현의 띠판 높이에서 외판의 이음매 두 군데가 벌어져 있었다. 그런데 '매쿼리'호는 우현 쪽으로 기울어져서 왼쪽이 위로 올라와 있었기 때문에 손상된 부위는 수면 위로 나와 있었다. 그래서 물은 들어오지 않았다. 게다가 윌슨이 급히 삼 부스러기를 틈새에 채우고 그 위에 얇은 구리판을 못으로 박아서 이음매를 수리했다.

수심을 재보니 선창에 차 있는 물의 깊이는 50센티미터도 되지 않았다. 이 정도 물이라면 펌프로 쉽게 퍼낼 수 있고, 그만큼 배의 무게를 줄일 수 있을 터였다.

선체에 대한 검사가 끝나자 존은 배가 좌초 때문에 별로 손상되지 않은 것을 인정했다. 용골의 바깥쪽 버팀목 일부가 모래에 박혀버렸을 가능성도 생각할 수 있지만, 그런 것은 없어도 된다.

윌슨은 배의 내부를 조사한 뒤, 얕은 물속에서 배가 어떤 상태에 있는지 보기 위해 바닷속으로 들어갔다.

'매쿼리'호는 뱃머리를 북동쪽으로 향하고 깎아지른 암초 사이에 끼인 채, 뻘과도 비슷한 모랫바닥에 얹혀 있었다. 뱃머리

'매쿼리'호는 우현 쪽으로 기울어져……

의 아래쪽 끝부분과 용골의 3분의 2는 모래 속에 깊이 들어가 있었다. 선미까지는 다섯 길 깊이의 물속에 떠 있었다. 그래서 키는 모랫바닥에 걸려 있지 않고 자유롭게 움직였다. 존은 키를 떼어낼 필요가 없다고 판단했다. 실제로 그것은 다행한 일이었다. 필요하다면 당장 키를 사용할 수 있기 때문이다.

태평양은 간만의 차이가 별로 크지 않다. 그래도 존 맹글스는 조수가 밀려오면 '매쿼리'호가 떠오를 거라고 기대했다. 이 배는 만조보다 한 시간 전에 좌초했다. 썰물이 느껴지기 시작했을 때부터 우현 쪽으로 기울어지는 것이 점점 두드러졌다. 오전 6시의 간조 때는 경사도가 최대한도에 이르렀고, 받침목으로 배를 지탱해도 소용없을 것 같았다. 그래서 존은 활대나 둥근 목재를 받침목으로 쓰지 않고 배에 남겨둘 수 있었다. 사실 그는 그것을 이용하여 임시방편으로 만든 돛대를 앞쪽에 세울 작정이었다.

'매쿼리'호를 암초에서 떠오르게 하기 전에 우선 위치를 측정할 필요가 있었다. 시간이 걸리는 번거로운 작업이었다. 12시 15분의 만조를 이용할 수 있도록 준비해두는 것은 물론 불가능했을 것이다. 하지만 짐의 일부를 버린 배가 조수의 작용으로 어떻게 움직일지는 알 수 있을 것이다. 그리고 다음 밀물 때 애써보면 된다.

"작업 개시!" 존 맹글스가 명령했다.

선원으로 급조된 부하들은 명령에 따랐다.

존은 우선 줄임줄 위에 얹혀 있는 돛을 말게 했다. 소령과 로버트와 파가넬이 윌슨의 지도를 받아 돛대 위의 망루로 올라갔다. 바람의 힘으로 팽팽해진 중간돛은 배가 암초에서 벗어나는 데 방해가 될지도 몰랐다. 그래서 그것을 말아둘 필요가 있었고, 그 일은 어떻게든 해낼 수 있었다. 이어서 익숙지 않은 사람에게는 힘들고 인내가 필요한 작업 끝에 두 번째 돛대도 빼낼 수 있었다. 고양이처럼 몸이 가볍고 견습 선원처럼 대담한 로버트는 이 작업을 하는 동안 가장 눈부신 활약을 했다.

이번에는 닻을 내려야 했다. 가능하면 두 개—하나는 배 뒤쪽, 또 하나는 용골의 연장선상—를 내리는 것이 바람직했다. 파도의 힘이 이 닻에 작용하여, 만조일 때 '매쿼리'호를 끌어당길 것이다. 이 작업은 작은 보트가 하나 있으면 전혀 어렵지 않다. 보조닻을 가지고 나가서 미리 측정해둔 적당한 곳에 닻을 내리면 되기 때문이다. 하지만 지금은 보트가 없기 때문에 보트를 대신할 만한 것을 찾아야 했다.

글레나번은 항해에는 익숙했기 때문에 이런 작업의 필요성을 이해할 수 있었다. 수심이 얕은 여울에서 암초에 올라앉은 배를 암초에서 벗어나게 하려면 닻이 필요했다.

"하지만 보트가 없으니 어떻게 하면 좋을까?" 그가 존에게 물었다.

"앞돛대의 파편과 빈 통을 이용해보려고 합니다." 젊은 선장이 대답했다. "작업은 어렵겠지만 불가능하지는 않습니다. '매쿼리'호의 닻은 소형이니까, 일단 내려버리면 닻이 질질 끌리지 않는 한 가능성이 있다고 생각합니다."

"좋아. 시간을 낭비하지 말게."

선원들도 승객들도 모두 갑판에 소집되었다. 모두 작업에 가담했다. 아직 앞돛대에 묶여 있던 밧줄은 도끼로 절단되었다. 낮은 돛대는 쓰러질 때 앞쪽 끝부분이 부러져 있었다. 그 때문에 중간돛대는 간단히 떼어낼 수 있었다. 존 맹글스는 이 돛대로 뗏목을 만들 작정이었다. 그는 빈 통들로 뗏목을 떠받쳐 닻을 싣고 갈 수 있게 했다. 뗏목을 움직일 수 있는 노가 뗏목에 부착되었다. 썰물은 배의 뒤쪽으로 뗏목을 실어갈 터였다. 그리고 닻이 바닥에 닿아버리면 뗏목은 팽팽하게 당겨진 밧줄을 더듬어 쉽게 배로 돌아올 수 있을 것이다.

이 일이 반쯤 끝났을 때는 해가 중천에 떠 있었다. 존 맹글스는 글레나번에게 작업 감독을 맡기고 배의 위치를 측정하는 일에 전념했다. 다행히도 존은 윌 헬리의 방에서 천체력*과 함께 몹시 더러워졌지만 충분히 측정에 사용할 수 있는 육분의†를 발견했다. 그는 그것을 깨끗이 닦아서 갑판으로 들고 나왔다.

이 기구는 움직이는 거울 몇 개를 배열하여, 태양이 운행의 최고점에 다다른 정오에 태양의 위치를 수평선과 맞추는 것이다. 그래서 이것을 사용하기 위해서는 육분의의 안경으로 진짜 수평선, 즉 하늘과 바다가 만나는 곳에 생기는 수평선을 들여다볼 필요가 있다는 점을 이해할 수 있을 것이다. 그런데 기다란 곶을 이루어 북쪽으로 뻗은 육지가 관측자와 수평선 사이를 가로막고 있어서 관측할 수가 없었다.

* 천체의 위치, 밝기, 출몰, 일식, 월식 따위를 적은 달력. 천문학이나 항해 따위에 쓰인다.
† 두 점 사이의 각도를 정밀하게 측정하는 광학 기계. 선박이 대양을 항해할 때 태양·달·별의 고도를 측정하여 현재 위치를 구하는 데 사용하는 기구이다.

수평선이 보이지 않는 경우에는 인공의 수평선으로 대신할 수 있다. 보통은 수은을 가득 채운 평평한 수조 위에서 관측한다. 이렇게 하면 수은은 그 자신이 완전히 수평한 거울면을 이룬다. 이 배에는 수은이 없었지만, 존은 액상 타르를 가득 채운 들통을 사용하여 이 문제를 해결했다. 타르의 표면은 충분히 태양의 영상을 비추었다.

이곳은 뉴질랜드 서해안이니까 경도는 이미 알고 있었다. 이것은 다행이었다. 크로노미터*가 없으면 경도를 계산할 수 없었기 때문이다. 모르는 것은 위도뿐이었다. 이제 존은 위도를 산출하는 작업에 착수했다.

그는 육분의를 사용하여 수평선 위에서 태양의 자오선 고도를 측정했다. 이 고도각은 68도 30분이었다. 따라서 천정†에서 태양까지의 거리는 21도 30분이었다. 이 두 숫자를 합하면 90도가 되기 때문이다. 그런데 2월 3일이라는 이날은 천체력에 따르면 태양의 방위각이 16도 30분이니까, 이것을 천정과 태양의 거리인 21도 30분에 더하면 현재 이 지점의 위도는 38도라는 계산이 나왔다.

'매쿼리'호의 위치는 이렇게 결정되었다. 기구가 제대로 갖추어지지 않아서 생긴 오차는 무시해도 좋을 만큼 미미했지만, 그 오차를 포함하여 현재 위치는 동경 171도 13분·남위 38도였다.

* 항해 중인 배가 위치를 산출할 때 사용하는 정밀 시계.
† 지구 표면의 관측 지점에서 연직선을 위쪽으로 연장했을 때 천구(天球)와 만나는 점.

파가넬이 이든에서 구입한 뉴질랜드 지도를 보고, 존 맹글스는 조난 지점이 오클랜드 해안에 있는 카후아 곶 북쪽의 아오테아 만 앞바다라는 것을 알았다. 오클랜드 시는 남위 37도선 위에 있으니까 '매쿼리'호는 1도쯤 남쪽으로 밀려 내려와 있었다. 따라서 오클랜드 시에 가려면 1도쯤 북상해야 했다.

"그러면 기껏해야 40킬로미터로군. 그 정도는 아무것도 아니야." 글레나번이 말했다.

"바다에서는 아무것도 아니지만 육상에서는 고난의 여정이 될 겁니다." 파가넬이 대답했다.

"그러니까 모두 달려들어 '매쿼리'호를 암초에서 들어 올려야 합니다." 존 맹글스가 말했다.

위치가 결정되었기 때문에 작업은 다시 시작되었다. 12시 15분에 만조가 되었다. 닻이 아직 내려지지 않아서 존은 이 만조를 이용할 수 없었다. 그래도 그는 초조한 태도로 '매쿼리'호의 상태를 보고 있었다. 조수 덕분에 배가 떠오르지 않을까? 이 의문은 5분 안에 판명될 터였다.

사람들은 기다렸다. 몇 번 으드득으드득하는 소리가 났다. 그것은 배가 암초에서 떠올랐기 때문이 아니라 배 밑바닥이 흔들렸기 때문이었다. 존은 거기에 이어질 밀물에 기대를 걸었지만, 결국 배는 꼼짝도 하지 않았다.

작업은 계속되었다. 2시에 뗏목 준비가 끝났다. 보조닻은 그 뗏목에 실렸다. 존과 윌슨은 고물에 밧줄을 묶은 뒤 닻과 함께 갔다. 썰물 때 뗏목은 조수에 떠내려가기 시작했고, 그들은 배에서 100미터도 떨어지지 않은 곳에서 열 길 깊이의 바닥에 닻을 가라앉혔다.

닻은 제대로 자리를 잡았고, 뗏목은 배로 돌아갔다.

이제 커다란 뱃머리 닻을 내릴 차례였다. 이것도 물속에 가라앉혔지만, 곤란한 점이 전혀 없지는 않았다. 뗏목은 또 움직이기 시작하여 이 두 번째 닻도 곧 첫 번째 닻 뒤쪽에 열다섯 길 깊이의 바닥으로 내려졌다. 그런 다음 존과 윌슨은 닻줄을 더듬어 '매쿼리'호로 돌아갔다.

닻줄과 밧줄은 권양기*에 감겼고, 그들은 오전 1시에 일어날 다음 조류를 기다렸다. 지금은 오후 6시였다.

존 맹글스는 급조된 선원들을 칭찬한 다음, 파가넬에게는 이렇게 말했다.

"선생님은 용기도 있고 일도 잘하니까, 언젠가는 일급 갑판원이 될 수 있을 겁니다."

그러는 동안 올비넷은 여러 가지 작업을 도운 뒤 주방으로 돌아가 있었다. 그는 영양이 풍부한 식사를 준비해두었는데, 그것은 참으로 시의적절했다. 모두 맹렬한 식욕에 쫓기고 있었기 때문이다. 식욕은 충분히 채워졌고, 각자 일을 계속할 수 있는 원기가 되살아나는 것을 느꼈다.

저녁식사가 끝난 뒤 존 맹글스는 작업이 성공하도록 마지막 준비를 했다. 배를 암초에서 들어 올릴 경우에는 아무것도 소홀히 할 수 없었다. 배를 좀 더 가볍게 하지 못했기 때문에 작업이 실패하여, 모래 속에 단단히 빠져버린 용골이 모랫바닥을 떠나

---

* 갑판에서 닻을 감아올리는 기계.

그들은 열 길 깊이의 바닥에 닻을 가라앉혔다.

지 못하는 경우도 많다.

존 맹글스는 배를 떠올리기 위해 대부분의 화물을 바다에 내던지게 했다. 하지만 남은 짐이나 무거운 목재, 예비 활대, 바닥짐으로 쓰이는 몇 톤의 쇳덩어리는 고물로 옮겼다. 이렇게 하면 그 무게 때문에 뱃머리가 암초에서 쉽게 떠오를 수 있을 터였다. 윌슨과 멀래디는 물을 가득 채운 통을 몇 개나 고물 쪽으로 굴려갔다.

이 마지막 작업이 끝났을 때 시계가 밤 12시를 알렸다. 곤란하게도 선원들은 권양기를 감기 위해 아무리 힘이 넘쳐도 모자랄 판에 그만 피로가 누적되어 기진맥진해버렸다. 그래서 존 맹글스는 다른 결정을 내리지 않으면 안 되었다.

마침 그때 바람이 잔잔해졌다. 약한 바람이 수면을 간신히 스치고 지나갈 정도였다. 존은 수평선을 바라보고, 풍향이 남서쪽에서 북서쪽으로 바뀔 기미를 알아차렸다. 뱃사람이 가로로 길게 뻗친 구름의 형상이나 빛깔을 잘못 보는 것은 있을 수 없다. 윌슨과 멀래디도 선장과 같은 의견이었다.

존 맹글스는 자신의 관찰 결과를 글레나번에게 알리고, 배를 암초에서 들어 올리는 작업을 내일로 미루자고 제안했다.

"그 이유는 이렇습니다. 우리는 지쳐 있는데, 배를 떠오르게 하려면 전력을 기울여야 합니다. 게다가 배가 떠올랐다 해도 지금 같은 어둠 속에서 암초들 사이를 어떻게 빠져나갈 수 있겠습니까? 날이 완전히 밝은 뒤에 행동하는 편이 좋을 것 같습니다. 뿐만 아니라 제가 대기하는 쪽으로 마음이 기울어진 데에는 또다른 이유가 있는데, 바람이 우리한테 유리해질 것 같습니다.

저는 그 바람을 꼭 이용하고 싶습니다. 조류가 이 낡은 배를 떠올릴 때 바람이 뒤에서 밀어주면 좋을 것 같습니다. 제가 잘못 생각한 게 아니라면 내일은 북서쪽에서 바람이 불어올 겁니다. 우리는 역풍을 받도록 주돛을 올릴 겁니다. 그러면 돛도 합세하여 이 배를 들어 올려줄 겁니다."

이 이유는 결정적이었다. 배에 타고 있는 사람들 가운데 가장 초조해하고 있는 글레나번과 파가넬도 승복하여, 작업은 이튿날로 연기되었다. 밤은 무사히 지나갔다. 특별히 닻의 상태를 감시하기 위해 불침번을 세웠다.

날이 밝았다. 존 맹글스의 예상은 적중했다. 북서풍이 불기 시작했고, 게다가 점점 강해질 듯한 기세였다. 이렇게 되면 힘이 더욱 강해져서 아주 좋았다.

선원들이 소집되었다. 로버트, 월슨, 멀래디는 주돛대로 올라가고, 소령과 글레나번과 파가넬은 갑판 위에서 정해진 순간에 돛을 펼 수 있도록 만반의 태세를 갖추었다. 주돛대의 중간에 있는 활대는 꼭대기까지 올려졌고, 주돛과 중간돛은 줄임줄로 연결된 채였다.

오전 9시가 되었다. 만조가 되려면 아직도 네 시간을 더 기다려야 했다. 이 네 시간도 낭비되지 않았다. 존은 이 시간을 이용하여 앞돛대를 대신하기 위해 임시방편으로 급조한 돛대를 배의 앞쪽에 세웠다. 이렇게 하면 배는 암초에서 벗어나자마자 이 위험한 해역에서 떠날 수 있을 터였다. 사람들이 열심히 노력한 덕에 정오가 되기 전에 앞돛은 단단히 고정되었다. 헬레나와 메리도 열심히 일을 도와서, 활대에 예비 돛을 묶었다. 모두 열심히 일하는데, 미력하나마 거기에 동참하는 것은 헬레나와 메리에게 큰 기쁨이었다. 이런 준비가 다 끝나자 '매쿼리'호는 비록 볼품이라는 점에서는 불만스러운 점이 있었지만 적어도 해안에서 멀리 떨어지지 않고 항해할 수는 있게 되었다.

그럭저럭하는 동안 밀물이 들었다. 해수면에는 작은 파도가 일었다. 암초는 물속으로 몸을 감추는 바다동물처럼 차츰 사라져갔다. 드디어 가장 중요한 작업을 해야 할 때가 다가왔다. 열띤 초조감 때문에 사람들은 지나친 흥분에 사로잡혀 있었다. 아무도 입을 열지 않았다. 모두 존을 바라보았다. 존의 명령을 기다리고 있었다. 존 맹글스는 뒷갑판 난간에서 몸을 내밀고 조류의 상황을 지켜보고 있었다. 멀리까지 팽팽하게 뻗어 있는 닻줄과 밧줄에 그는 불안한 눈길을 던졌다. 1시에 바다는 최고 수위에 이르렀다. 조류는 흐름을 멈추었다. 즉 조수가 밀물도 아니고 썰물도 아닌 짧은 순간이 찾아온 것이다. 이제 지체 없이 작업하지 않으면 안 되었다. 주돛과 중간돛을 올려 바람을 받았다.

"감아!" 존이 외쳤다.

그것은 화재용 펌프처럼 손잡이가 달린 권양기였다. 한쪽에는 글레나번과 멀래디와 로버트, 다른 쪽에는 파가넬과 소령과 올비넷이 달라붙어, 기계에 움직임을 전하는 손잡이를 몸으로 덮치듯 눌렀다. 그와 동시에 존과 윌슨은 지레를 끼워 넣어 동료들과 힘을 합쳤다.

"힘내! 모두 힘을 모아!" 젊은 선장이 외쳤다.

닻줄과 밧줄은 권양기의 강한 힘을 받아 팽팽해졌다. 닻은 계속 버티면서 꼼짝도 하지 않았다. 빨리 해치우지 않으면 안 되었다. 만조는 몇 분밖에 지속되지 않는다. 수위가 내려가면 아무 것도 안 된다. 그들은 더욱 힘을 쥐어짜냈다. 바람이 맹렬히 불기 시작했다. 돛이 돛대에 부딪쳤다. 선체가 조금 흔들리는 것이 느껴졌다. 배는 이제 곧 떠오를 것 같았다. 팔 하나만 더 힘을 보태면 배는 바닥의 모래에서 빠져나와 떠오를지도 모른다.

"헬레나! 메리!" 글레나번이 외쳤다.

두 젊은 여자는 동료들과 힘을 합쳤다. 결국 기계의 발톱이 딱딱 울리는 소리가 들렸다.

하지만 그것뿐이었다. 배는 움직이지 않았다. 작업은 실패했다. 썰물은 벌써 시작되었다. 바람과 조수의 도움을 받아도 이 소수의 선원으로는 배를 암초에서 들어 올릴 수가 없었다.

6

식인 풍습에 대한 이론적 고찰

존 맹글스가 시도한 첫 번째 구제 방법은 실패했다. 지체 없이 두 번째 방법을 시도해야 했다. '매쿼리'호를 다시 일으켜 세울 수 없는 것은 명백했고, 이제 그들이 취할 수 있는 유일한 방법은 배를 떠나는 것이라는 사실도 그에 못지않게 명백했다. 확실하지도 않은 구조를 마냥 배 위에서 기다리는 것은 무모하고 미친 짓일 것이다! 조난 현장에 기적적으로 다른 배가 지나갈 때까지 '매쿼리'호는 산산이 해체되어 있을 것이다. 다음에 또 폭풍이 오면, 아니 바람 때문에 바다가 조금 거칠어지기만 해도 배는 모래 위에 쓰러져 부서지고 찢어지고, 그 잔해는 사방팔방으로 흩어질 것이다. 이 피할 수 없는 파괴가 일어나기 전에 존은 해안에 상륙하기로 마음먹었다.

그래서 그는 승객들과 충분한 식량을 뉴질랜드 해안으로 옮길 수 있을 만큼 튼튼한 뗏목을 만들자고 제안했다.

지금은 토론할 때가 아니라 행동할 때였다. 작업은 시작되었지만, 일이 아주 순조롭게 되어가고 있을 때 밤이 되어 일이 중단되었다.

오후 8시쯤 저녁을 먹은 뒤, 헬레나와 메리가 갑판실의 간이 침대에서 쉬고 있는 동안 파가넬과 동료들은 갑판을 돌아다니며 중대한 문제를 의논했다. 로버트는 그들 곁을 떠나려 하지 않았다. 이 용감한 소년은 자신도 무언가 도움이 되고 싶다는 기분, 위험한 일에 몸을 바치고 싶다는 기분으로 귀를 세우고 있었다.

파가넬은 존 맹글스에게 뗏목이 승객들을 육지에 내려주지 않고 해안을 따라 오클랜드까지 갈 수는 없느냐고 물었다. 존은 이런 불완전한 뗏목으로는 그런 항해를 할 수 없다고 대답했다.

"그럼 뗏목으로는 할 수 없다 해도 이 배의 보트라면 할 수 있었을까?"

"어쩔 수 없는 경우에는 할 수 있었을 겁니다. 하지만 낮에는 달리고 밤에는 정박해야 합니다."

"그러면 우리를 놔두고 간 악당 놈들은……."

"놈들은 술에 취해 있었고, 게다가 그 깊은 어둠 속에서는 아마 비열한 짓을 한 대가로 목숨을 잃었을지도 모릅니다."

"안됐군. 그리고 우리도 안됐어. 그 보트는 우리한테 도움이 되었을 텐데."

"무슨 뜻입니까, 파가넬 씨?" 글레나번이 물었다. "뗏목도 우리를 육지에 데려다줄 수 있는데요."

"그거야말로 내가 피하고 싶었던 일입니다." 지리학자가 대답했다.

작업은 시작되었지만……

"뭐라고요? 팜파스와 오스트레일리아 대륙에서 그렇게 고생했는데, 고생에 익숙한 사람들이 기껏해야 30킬로미터쯤 걷는 게 그렇게 무섭다는 건가요?"

"나는 우리가 용감하고 여자분들도 다기진 것을 의심하지 않습니다. 30킬로미터라고요? 뉴질랜드가 아닌 다른 나라라면 그 정도 거리는 문제가 안 됩니다. 당신들도 내가 겁쟁이라고는 생각지 않겠지요? 나는 아메리카 대륙과 오스트레일리아 대륙을 횡단할 때도 앞장을 섰던 사람입니다. 하지만 이번 경우는 달라요. 되풀이해 말하지만, 불가피한 경우가 아니면 이 방심할 수 없는 나라에 발을 들여놓지 않는 게 좋습니다."

"아무리 그래도 좌초한 배 안에서 죽음을 기다리는 것보다는 낫겠죠." 존 맹글스가 말했다.

"그런데 뉴질랜드에서는 도대체 뭘 그렇게 두려워해야 합니까?" 글레나번이 물었다.

"야만인요." 파가넬이 대답했다.

"야만인이라고요?" 글레나번이 되물었다. "해안을 따라가면 놈들을 피할 수 없나요? 그리고 시시한 놈들 몇 명이 습격해온다 해도, 충분히 무장하고 싸울 결심을 하고 있는 열 명의 유럽인은 눈 하나 깜짝하지 않을 겁니다."

"시시한 놈들이 아니에요." 파가넬은 고개를 저으면서 대답했다. "뉴질랜드인은 영국인의 지배에 맞서 싸울 뿐만 아니라, 침입자들과 맞서 싸워서 종종 그들을 무찌르고, 그때마다 잡아먹는 무서운 종족이란 말입니다!"

"식인종!" 로버트가 겁먹은 소리로 외쳤다. "식인종!"

"무서워할 필요는 없어." 글레나번이 소년을 안심시키려고 말했다. "우리 파가넬 선생은 상황을 과장하고 있는 거야."

"전혀 과장이 아닙니다." 파가넬이 대답했다. "로버트는 제 구실을 하는 어엿한 사내라는 것을 줄곧 증명했지요. 그래서 로버트, 나도 너를 어엿한 남자로 대해서 진실을 감추지 않겠다. 뉴질랜드 원주민은 가장 탐욕스럽다고는 말하지 않겠지만 가장 잔인한 식인종이란다. 놈들은 잡히는 것은 뭐든지 먹어치우지. 전쟁도 놈들에게는 인간이라는 맛있는 사냥감을 잡는 사냥일 뿐이야. 그리고 어쩌면 이것이야말로 이치에 맞는 전쟁이라고 할 수 있어. 유럽인은 적을 죽이고 매장하지만, 야만인은 적을 죽여서 먹어치우지. 그리고 내 동포인 투스넬이 적절하게 말했듯이, 죽은 적을 구워 먹는 게 죽고 싶지 않은 적을 죽이는 것보다 나쁜 건 아니야."

"파가넬 씨." 소령이 말했다. "의논할 문제가 있지만 지금은 그럴 때가 아닌 것 같군요. 잡아먹히는 것이 이치에 맞든 안 맞든 우리는 잡아먹히고 싶지 않아요. 하지만 왜 기독교는 아직도 이 식인 풍습을 근절하지 않을까?"

"그러면 소령님은 뉴질랜드 원주민이 모두 기독교도라고 생각하십니까? 기독교도는 소수예요. 그리고 선교사들은 지금도 종종 그 흉포한 놈들에게 희생되고 있다고요. 작년에는 워크너 목사가 소름이 끼칠 만큼 처참하게 살해되었지요. 마오리족은 워크너 목사를 매달았어요. 여자들은 목사의 눈을 파냈고, 놈들은 목사의 피를 마시고 뇌수를 파먹었지요. 게다가 이 사건은 1864년에 오클랜드에서 몇 킬로미터 떨어진 오포티키에서, 말

워크너 목사의 순교.

하자면 영국인 관헌의 눈앞에서 일어났습니다. 한 인종의 본성을 바꾸는 데에는 수세기가 필요합니다. 마오리족은 앞으로도 오랫동안 지금까지와 똑같을 거예요. 그들의 역사는 온통 피로 얼룩져 있습니다. 타스만의 선원에서부터 '호스'호 선원들에 이르기까지 그들은 얼마나 많은 선원들을 죽여 먹었던 것일까요. 게다가 그들의 식욕을 돋운 것은 백인의 고기가 아닙니다. 유럽인들이 오기 훨씬 전부터 놈들은 살인으로 식욕을 채우려고 했어요. 많은 여행자가 놈들 사이에서 살고, 식인종들의 잔치에 참석했습니다. 그 자리에 참석하는 사람은 오로지 여자나 어린애 고기라는 맛있는 요리를 먹고 싶은 욕망에 사로잡혀 오는 것입니다."

"세상에!" 소령이 말했다. "그런 이야기는 대개 여행자들의 공상에서 나온 산물이 아니오? 사람은 위험한 나라나 식인종한테서 도망쳐서 돌아왔다고 말하고 싶어 하는 법이지."

"조금은 과장된 부분도 있을 겁니다. 하지만 믿을 만한 사람들도 그렇게 말하고 있어요. 켄덜이나 마스던 같은 선교사, 디용이나 뒤르빌, 라플라스 같은 함장. 나는 그들을 믿고, 또 믿어야 합니다. 뉴질랜드 원주민은 천성이 잔인해요. 추장이 죽으면 놈들은 산 사람을 제물로 바치지요. 살아 있는 사람을 해코지할지 모르는 고인의 분노를 이 희생으로 달래는 동시에, 저 세상에서 생활하는 데 필요한 하인을 보내주는 거라고 주장하는데, 사실 놈들은 주인이 죽은 뒤에 남겨진 하인들을 죽여서 먹어버리니까, 놈들이 산 제물을 바치는 이유는 미신보다 배를 채우기 위해서라고 생각해도 좋을 겁니다."

"그렇다 해도……" 존 맹글스가 말했다. "식인 풍습에는 미신도 한몫 하고 있을 거라고 생각합니다. 그래서 종교가 바뀌면 풍습도 바뀌는 것이죠."

"좋아요." 파가넬이 받았다. "당신은 지금 식인 풍습의 기원이라는 중대한 문제를 제기했소. 인간이 인간을 잡아먹게 한 것은 종교인가 아니면 굶주림인가? 이런 논의는 적어도 지금 이 자리에서는 필요 없겠지요. 무엇 때문에 식인 풍습이 존재하는가 하는 문제는 아직 해결되지 않았어요. 하지만 어쨌든 식인 풍습은 존재한단 말이에요. 이것이야말로 우리가 염려하는 것이 지나칠 만큼 당연한 중대 사실이란 말이지요."

파가넬의 말은 사실이었다. 식인 풍습은 피지 제도나 토레스 해협 언저리와 마찬가지로 뉴질랜드에서는 고질이 되어 있었다. 이 혐오스러운 관습에 미신이 한몫 하고 있었던 것은 말할 나위도 없지만, 인육을 즐겨 먹는 인간도 있는 법이다. 사냥감이 적어서 심한 굶주림에 시달리는 시기가 있기 때문이다. 야만인들은 좀처럼 충분히 만족시킬 수 없는 식욕을 채우려고 인육을 먹기 시작했다. 그리고 사제가 이 비인간적인 관습을 제도화하고 성화했다. 그것뿐이다.

그뿐만 아니라 마오리족이 보기에는 서로 잡아먹히는 것이 지극히 당연한 일이었다. 선교사들은 종종 식인 풍습에 대해 그들에게 질문했다. 왜 동족을 잡아먹느냐고. 거기에 대해 추장들은 대답하기를, 물고기는 물고기를 먹고 개는 사람을 먹고 사람은 개를 먹고 개는 서로 잡아먹는다고 말했다. 그들의 전설은 어떤 신이 다른 신을 먹었다고 말하고 있다. 이런 전례가 있는 이상, 어떻게 동족을 먹는 즐거움에 저항할 수 있겠는가?

게다가 뉴질랜드 원주민은 죽은 적을 먹어서 상대의 영적인 부분까지 죽인다고 주장하고 있다. 이렇게 함으로써 특히 뇌수에 포함되어 있는 상대의 혼과 힘과 용기를 이어받는 것이다. 따라서 인간의 뇌는 식인 잔치에서 최고의 특별 요리로 여겨지고 있다.

하지만 파가넬은 기호, 특히 욕구가 뉴질랜드 원주민을 식인으로 유도했고 오세아니아의 야만인만이 아니라 유럽의 야만인도 그랬다고 역설했지만, 이것이 터무니없는 주장은 아니었다.

"그래요." 그는 말을 이었다. "인육에 대한 기호는 가장 문명이 발달한 민족의 조상들까지도 오랫동안 지배하고 있었어요. 이것을 개인의 문제라고 생각지는 말아주세요. 특히 스코틀랜드인의 경우는……."

"그게 사실이오?" 맥내브스가 물었다.

"물론입니다, 소령님. 스코틀랜드의 선주민에 대한 성 히에로니무스*의 글을 읽으면 당신들의 조상을 어떻게 생각해야 할지 알 수 있을 겁니다! 게다가 선사시대까지 거슬러 올라가지 않아도 엘리자베스 왕조, 특히 셰익스피어가 샤일록†을 착상한

---

* 히에로니무스(347?~?419): 고대 로마 교회의 성서학자. 교황의 비서를 지내고 베들레헴에서 신학을 연구하면서 수도원을 지도했으며, 교회가 공인한 구약성서의 라틴어 번역을 완성했다.
† 영국의 극작가 셰익스피어의 《베니스의 상인》에 등장하는 유대인 고리대금업자. 기독교도인 상인 안토니오에게 살 1파운드를 담보로 돈을 빌려준 뒤, 안토니오가 기일 내에 빚을 갚지 못하자 계약대로 그의 살을 베어 생명을 빼앗으려고 한다.

그 시대에 스코틀랜드의 노상강도 소니 빈*은 인육을 먹었다는 이유로 처형당했지요. 무엇이 그로 하여금 인육을 먹게 했을까요? 종교인가요? 아닙니다. 그건 바로 굶주림입니다."

"굶주림이라고요?" 존 맹글스가 되물었다.

"굶주림이지요. 특히 동물의 조직에 포함되어 있는 질소로 자신의 살과 피를 새롭게 해야 하는 육식동물의 타고난 욕구예요. 덩이뿌리를 가진 전분질 식물로 폐의 활동에 필요한 양분을 공급하는 건 좋지만, 강하고 활동적이기를 원하는 사람은 근육을 회복시키는 음식을 섭취할 필요가 있지요. 마오리족은 채식주의자 협회에 가입하지 않는 한 고기를 계속 먹을 겁니다. 그들에게 고기라면 곧 인육이지요."

"짐승 고기는 왜 안 되죠?" 글레나번이 물었다.

"그들이 사는 곳에는 동물이 없으니까요. 이건 그들의 식인 풍습을 용납하기 위해서가 아니라 그것을 설명하기 위해 알아두어야 합니다. 사람이 살기 힘든 이 나라에는 들짐승만이 아니라 날짐승도 희귀합니다. 그래서 마오리족은 어느 시대에나 인육을 상식해왔지요. 문명국에 사냥철이 있듯이 이곳에는 '인육을 먹는 계절'까지 있습니다. 이 계절에는 대대적인 사냥, 즉 대규모 전쟁이 일어납니다. 그리고 패한 부족은 전원이 승자의 식탁에 음식으로 제공되지요."

"그러면 파가넬 씨는 양이나 소나 돼지가 뉴질랜드 초원에서

---

* 알렉산더 소니 빈: 15~16세기에 스코틀랜드에서 1000명이 넘는 사람들을 잡아먹은 죄로 처형당했다는 전설적 식인 일가족의 가장.

번식하기 전에는 인육을 먹는 풍습은 근절되지 않을 거라고 생각하시는 건가요?"

"그렇습니다. 그리고 마오리족이 다른 어떤 음식보다 좋아하는 뉴질랜드인의 고기를 먹지 않게 될 때까지는 그보다 몇 년이 더 걸릴 겁니다. 아버지가 좋아한 것을 아들들은 오랫동안 좋아할 테니까요. 놈들의 말을 믿는다면 뉴질랜드인의 고기는 돼지고기와 맛이 같지만 풍미는 더 강하답니다. 백인의 고기는 어떤가 하면, 놈들은 백인의 고기를 별로 좋아하지 않습니다. 백인은 음식에 소금을 넣어서 먹기 때문에 백인의 고기에는 미식가의 입맛에 별로 맞지 않는 특수한 맛이 있다는 거예요."

"놈들은 입맛이 까다롭군!" 소령이 말했다. "그런데 백인이든 흑인이든, 그 고기는 날것으로 먹나요, 구워서 먹나요?"

"아니, 그런 게 소령님과 무슨 관계가 있죠?" 로버트가 외쳤다.

"무슨 관계가 있느냐고?" 소령이 진지하게 대답했다. "식인종한테 잡아먹힌다면 나는 구워지는 편이 나으니까!"

"왜요?"

"놈들이 날것을 좋아한다면 놈들에게 잡혔을 때 산 채로 먹힐 수도 있을 테니까!"

"알겠습니다, 소령님." 파가넬이 말했다. "하지만 그 대신 산 채로 구워지면 어떡하죠?"

"솔직히 말하면 나는 양쪽 다 싫소이다!"

"어쨌든, 뉴질랜드 원주민은 고기를 굽거나 훈제하지 않고는 먹지 않는다는 걸 기억해두세요. 놈들은 예의가 바르고 요리법에 정통한 부족이에요. 하지만 나 자신은 남에게 먹힌다고 생각하면 정말 불쾌해요! 야만인의 배 속에서 인생을 끝내는 건 싫거든요!"

"요컨대 지금 이야기에서 내릴 수 있는 결론은 놈들에게 붙잡히면 안 된다는 겁니다." 존 맹글스가 말했다. "그리고 언젠가 기독교가 이 무서운 악습을 근절시키기를 기대합시다."

"그래요. 우리는 그걸 기대해야 합니다." 파가넬이 대답했다. "하지만 인육을 맛본 야만인은 좀처럼 그걸 그만둘 수 없어요. 내가 이야기할 두 가지 사실을 토대로 판단해보세요."

"그게 뭐죠?" 글레나번이 물었다.

"첫 번째 사실은 브라질의 예수회 연대기에 보고되어 있는데, 어느 포르투갈인 선교사가 하루는 중병에 걸린 브라질 원주민 노파를 만났어요. 그 노파는 살 날이 며칠 안 남은 상태였지요. 선교사는 기독교의 진리를 가르쳤고, 죽음을 앞둔 노파는 군말 없이 그것을 받아들였지요. 선교사는 그렇게 영혼의 양식을 준 뒤, 육체의 양식을 주려고 유럽의 과자 몇 개를 노파한테 내밀었답니다. 그러자 노파는 말하기를, '유감이지만 내 위는 이제 어떤 음식도 받아들이지 않는다오. 내가 맛보고 싶은 건 한 가지뿐이지만, 곤란하게도 그걸 나한테 줄 수 있는 사람은 아무도 없을 거예요' 하고 말했지요. '도대체 그게 뭡니까?' 하고 선교사가 물었더니, 노파는 대답하기를, '아, 젊은이, 내가 먹고 싶은 건 어린애 손이라오! 그거라면 기꺼이, 뼈까지 갉아먹을 수 있을 텐데!' 하고 말했답니다."

"끔찍한 얘기군요! 하지만 그게 정말로 맛있을까요?" 로버트가 말했다.

"두 번째 이야기가 너의 질문에 대답해줄 거다. 어느 날 한 선교사가 식인종한테 신의 율법에 어긋나는 식인 풍습을 나무라면서 '사람 고기 같은 건 맛도 없을 텐데!' 하고 덧붙였단다. 그랬더니 야만인은 입맛이 동하는 눈으로 선교사를 바라보면서 대답했지. '신이 그걸 금한다고 말하는 건 좋지만, 사람 고기가 맛이 없다고는 말하지 마세요! 당신도 사람 고기를 한번 맛보기만 하면…….'"

7
벗어나야 할 육지에 결국 상륙하다

파가넬이 말한 사실은 논란의 여지가 없는 것이었다. 뉴질랜드 원주민이 잔인한 것은 의심할 수 없는 사실이었다. 따라서 상륙하는 데에는 위험이 따랐다. 하지만 그 위험이 백 배나 컸다 해도 그 육지로 도망칠 수밖에 없었다. 존 맹글스는 이제 곧 부서질 게 뻔한 배에서 떠나야 할 필요를 느끼고 있었다. 확실한 위험과 가능한 위험 가운데 하나를 택해야 한다면, 더 이상 의심하고 망설일 수는 없었다.

다른 배에 구조될 가능성이 있을까? 이성적으로 그 가능성을 기대할 수는 없었다. '매쿼리'호는 뉴질랜드에 접안하려는 배들의 항로에서 벗어나 있었다. 그런 배들은 좀 더 북쪽에 있는 오클랜드나 더 남쪽에 있는 뉴플리머스로 간다. 그런데 '매쿼리'호는 두 지점의 중간, 북섬 해안의 무인 지대에서 좌초되었다. 위험한 악당들이 출몰하는 해안이어서, 배들은 오로지 이곳을 피할 생각밖에 하지 않고, 어쩌다 바람에 밀려 그곳에 접근했을 때는 되도록 빨리 달아나는 것밖에는 생각하지 않는다.

"언제 출발할 건가?" 글레나번이 물었다.

"내일 아침 열 시에요." 존 맹글스가 대답했다. "밀물이 시작되어 우리를 육지로 데려다줄 겁니다."

이튿날인 2월 5일 8시에 뗏목이 완성되었다. 존은 뗏목을 만드는 데 세심한 주의를 기울였다. 닻을 내리는 데 사용한 앞돛대의 망루는 승객과 식량을 운반하기에는 불충분했다. 튼튼하고 조종할 수 있는 탈것, 15킬로미터를 항해하는 동안 파도를 견딜 수 있는 탈것이 필요했다. 돛대만으로도 뗏목을 만드는 데 필요한 재료를 충분히 충당할 수 있었다.

윌슨과 멀레디는 작업에 착수했다. 밧줄은 돛줄을 만 높이에서 절단하고, 주돛대는 밑동을 도끼로 잘라 우현 난간 위로 쓰러뜨렸다. 돛대가 쓰러지자 그 충격으로 뱃전이 삐걱거렸다. '매쿼리'호는 이제 거룻배처럼 밋밋해졌다.

돛대는 모두 톱으로 잘렸다. 이제 뗏목의 주요 재료는 물에 떠 있었다. 이것이 앞돛대의 잔해에 단단히 묶였다. 존은 그 틈새에 대여섯 개의 빈 통을 넣었다. 이것은 뗏목을 수면 위로 떠오르게 하기 위한 조치였다.

튼튼하게 조립된 이 골조 위에 윌슨은 해치에서 떼어온 널판을 올려놓았다. 이렇게 하면 파도가 뗏목 위로 밀려와도 거기에 머물지 않고, 승객들은 물에 젖지 않아도 될 터였다. 게다가 밧줄로 단단히 묶어놓은 물통들이 갑판을 큰 파도에서 지켜주는 일종의 원형 뱃전을 이루고 있었다.

이날 아침에 존은 바람이 순풍인 것을 보고, 뗏목 한가운데에 돛대 대신 활대를 세우게 했다. 그것을 밧줄로 고정하고 임시로 만든 돛을 달았다. 바람 덕분에 충분히 속도를 유지할 수 있을 때는 뒤쪽에 폭넓은 물갈퀴가 달린 커다란 노를 설치해서 그것으로 방향을 잡을 수 있었다.

이렇게 최상의 조건으로 만들어진 뗏목은 파도의 동요에도 견딜 수 있었다. 하지만 풍향이 바뀌어도 뗏목이 방향을 바꾸지 않고 해안에 도달할 수 있을까? 그게 문제였다. 9시에 사람들은 뗏목에 짐을 싣기 시작했다.

우선 오클랜드에 갈 때까지 버티기 위해 충분한 양의 식량이 실렸다. 이 살기 힘든 곳의 산물을 믿을 수는 없기 때문이다.

올비넷이 가져온 식량 중에는 약간의 저장육이 있었다. 이것은 '매쿼리'호의 항해를 위해 사들인 고기의 나머지였다. 결국 그렇게 많은 양은 아니다. 배에 실려 있던 조악한 식품, 품질이 좋지 않은 항해용 비스킷과 소금에 절인 생선 두 통에 의지할 수밖에 없었다.

이런 식량은 바닷물이 들어가지 않도록 밀폐한 상자에 넣어 뗏목에 실렸고, 임시로 만든 돛대 밑동에 밧줄로 단단히 묶였다. 무기와 탄약은 물에 젖지 않는 안전한 곳에 놓아두었다. 다행히도 카빈총과 권총은 충분히 갖고 있었다.

밀물을 타고 육지에 도착하지 못하면 난바다에 닻을 내려야 하니까, 그럴 경우에 대비하여 보조닻도 실었다.

10시에 조류가 느껴지기 시작했다. 바람은 북서쪽에서 가볍게 불어오고 있었다. 해수면에서 잔물결이 일었다.

"준비됐나?" 존 맹글스가 물었다.

"준비됐습니다, 선장님." 윌슨이 대답했다.

"승선!" 존이 외쳤다.

헬레나와 메리 그랜트는 조잡한 밧줄 사다리를 타고 내려와 돛대 밑동에 묶여 있는 식량 상자 위에 앉았고, 다른 일행은 여자들 옆에 적당히 자리를 잡았다. 윌슨은 키를 잡았다. 존은 돛대 버팀줄을 잡았고, 멀래디는 뗏목을 '매쿼리'호의 뱃전과 연결하고 있던 밧줄을 끊었다.

돛이 펴지고, 뗏목은 조류와 바람에 밀려 육지로 향했다.

해안은 아직 15킬로미터쯤 떨어져 있었다. 그렇게 먼 거리는 아니고, 제대로 된 노를 갖춘 보트라면 세 시간 정도면 갈 수 있다. 하지만 뗏목으로 간다면 시간을 좀 더 잡아야 한다. 풍향이 바뀌지만 않으면 이 밀물이 끝나기 전에 도착할 수 있을 것이다. 하지만 바람이 잔잔해지면 썰물에 휩쓸려서, 다음 밀물을 기다리며 닻을 내릴 필요가 있을 것이다. 그렇게 되면 큰일이다. 그리고 이 문제가 끊임없이 존 맹글스의 마음을 차지하고 있었다.

그래도 그는 성공을 기대하고 있었다. 바람은 강했다. 밀물은 10시에 시작되었으니까 3시에는 해안에 도착해야 한다. 그러지 않으면 닻을 내리거나 썰물에 실려 난바다로 돌아가버리거나 둘 중 하나가 될 터였다.

처음 얼마 동안은 순조로웠다. 검은 암초와 노란 융단 같은 모랫바닥은 밀려오는 파도 밑으로 가라앉았다. 뗏목은 키가 제대로 기능을 발휘하기 어렵고 자칫하면 물살에 떠내려가기 쉽다. 수면 아래 숨어 있는 암초를 피해 뗏목을 조종하려면 철저한 주의와 숙련된 솜씨가 필요했다.

정오가 되어도 그들은 해안에서 8킬로미터나 떨어져 있었다. 하늘이 맑아서 육지의 기복은 대충 식별할 수 있었다. 북동쪽에는 높이가 900미터밖에 안 되는 산이 솟아 있었다. 산은 수평선에 이상한 윤곽을 그리고 있었고, 그 실루엣은 원숭이가 고개를 뒤로 젖힌 듯한 야릇한 형상을 이루고 있었다. 지도에 따르면 그것은 정확히 38도선 위에 자리 잡고 있는 피롱기아 산이었다.

12시 반에 파가넬은 밀물이 들어 모든 암초가 수면 아래로 가라앉았다고 말했다.

"하나는 예외군요." 헬레나가 말했다.

"뭐 말입니까?" 파가넬이 물었다.

"저거요." 헬레나는 1킬로미터쯤 앞에 있는 검은 점을 가리키며 대답했다.

"그렇군요. 좌초하지 않도록 위치를 확실히 보아둡시다. 이제 곧 밀물에 덮여버릴 테니까요."

"산의 북쪽 능선과 연결된 선 위에 있군요." 존 맹글스가 말했다. "윌슨, 저걸 피해서 지나가도록 조심하게."

"알았습니다." 선원은 뒤쪽의 굵은 키에 온몸의 힘을 가하면서 대답했다.

30분 동안 1킬로미터를 전진했다. 하지만 기묘하게도 검은 점은 여전히 파도 위에 떠 있었다.

존은 주의 깊게 그것을 바라보았다. 자세히 관찰하기 위해 그는 파가넬의 망원경을 빌렸다.

"저건 암초가 아니에요." 잠깐 조사한 뒤 그가 말했다. "파도와 함께 오르내리고 있는 표류물 같은데요."

"'매퀴리'호의 돛대 파편이 아닐까요?" 헬레나가 물었다.

"아니야." 글레나번이 대답했다. "파편이 배에서 이렇게 멀리까지 떠내려 왔다고는 생각할 수 없어."

"잠깐만요!" 존 맹글스가 외쳤다. "알았다! 저건 보트예요!"

"'매퀴리'호의 보트야?" 글레나번이 말했다.

"그렇습니다, 나리. 그 배의 보트예요. 뒤집혀 있습니다!"

"가엾어라! 그 사람들은 다 죽었군요!" 헬레나가 외쳤다.

"그렇습니다, 마님." 존 맹글스가 대답했다. "죽을 게 뻔했지요. 이렇게 암초들이 널려 있는데, 파도가 높이 이는 바다에서 게다가 그렇게 캄캄한 한밤중이었으니, 피할 수 없는 죽음을 향해 나아간 겁니다."

"하느님의 자비가 있기를!" 메리 그랜트가 중얼거렸다.

한동안 승객들은 말이 없었다. 그들은 다가오는 그 연약한 보트를 지켜보고 있었다. 그것은 분명 육지에서 7, 8킬로미터 떨어진 곳에서 뒤집혔고, 거기에 타고 있던 사람은 아무도 살아남지 못한 것 같았다.

"하지만 저 보트는 우리한테 도움이 될지도 몰라." 글레나번이 말했다.

"그건 확실합니다." 존 맹글스가 대답했다. "윌슨, 뗏목을 저쪽으로 몰아가게."

뗏목은 방향을 바꾸었지만, 바람이 점점 약해져서 그들은 두 시간이 지난 뒤에야 겨우 보트에 도착했다.

멀래디는 앞쪽에 진을 치고 충격을 피했다. 이윽고 뗏목은 뒤집힌 보트 옆에 나란히 섰다.

"아무도 없나?" 존 맹글스가 물었다.

"예, 선장님. 보트는 텅 비었고, 바깥쪽에 두른 널빤지에는 구멍이 나 있습니다. 그러니까 우리한테는 쓸모가 없습니다."

"전혀 이용할 수 없나?" 소령이 물었다.

"전혀 안 됩니다." 존 맹글스가 대답했다. "땔감으로 쓸 수밖에는 없는 것 같습니다."

"아깝군요." 파가넬이 말했다. "저 보트라면 오클랜드까지 타고 갈 수 있었을 텐데."

"그건 단념할 수밖에 없습니다, 선생님. 그리고 이렇게 파도가 거친 바다에서는 이 연약한 보트보다 우리 뗏목이 그래도 낫다고 생각합니다. 조금만 충격을 받아도 산산조각이 날 게 뻔해요. 그러니까 나리, 이젠 여기 있어도 별수 없습니다."

"그럼, 자네 좋을 대로 하게, 존." 글레나번이 말했다.

"출발!" 젊은 선장이 윌슨에게 말했다. "곧장 해안으로 가게."

아직 한 시간 동안은 밀물이 계속될 터였다. 그들은 3킬로미터쯤 나아갈 수 있었다. 하지만 그 후 바람이 약해졌고, 게다가 이번에는 육지에서 불어올 듯한 기미를 보였다. 뗏목은 정지해 있었다. 그뿐만 아니라 곧 썰물이 져서 망망대해로 떠내려가기 시작했다. 존은 이제 한시도 주저할 수 없었다.

"닻을 내려!" 그가 외쳤다.

이 명령을 실행할 준비를 해둔 멀래디는 다섯 길 깊이의 해저에 닻을 내렸다. 뗏목은 팽팽하게 당겨진 밧줄 위에서 4미터쯤

뗏목은 뒤집힌 보트 옆에 나란히 섰다.

후퇴했다. 임시변통으로 만든 돛을 줄이고, 상당히 오랫동안 정박할 준비를 했다.

사실 조류는 오후 9시 전에는 방향을 바꾸지 않을 것이고, 존 맹글스도 그 동안에는 전진할 마음이 없었기 때문에 오전 5시까지 거기에 정박하게 되었다. 5킬로미터도 채 떨어지지 않은 곳에 육지가 보였다.

상당히 강한 파도가 바다를 소란스럽게 하고, 끊임없는 움직임으로 뗏목을 해안 쪽으로 실어가는 것처럼 여겨졌다. 그래서 글레나번은 밤새도록 뗏목에서 보낸다는 말을 들었을 때 왜 이 파도를 타고 해안으로 접근하지 않느냐고 존 맹글스에게 물었다.

"나리는 눈의 착각에 속고 계십니다." 젊은 선장이 대답했다. "파도는 앞으로 나아가고 있는 것처럼 보이지만 실제로는 나아가고 있지 않습니다. 이건 물 분자의 동요일 뿐이에요. 이 파도 한복판에 나뭇조각 한 개를 던져보세요. 썰물이 느껴지게 될 때까지는 나뭇조각도 움직이지 않을 겁니다. 그러니까 우리는 참고 견딜 수밖에 없습니다."

"그 동안 식사를 하는 거야." 소령이 덧붙였다.

올비넷은 식량 상자에서 말린 고기 몇 조각과 비스킷 한 다스를 꺼냈다. 요리사는 주인과 손님들에게 이렇게 초라한 음식을 내놓는 것을 부끄러워하고 있었다. 하지만 여자들도 이 음식을 기꺼이 받아들였다. 하지만 여자들은 심하게 흔들리는 바다 때문에 거의 식욕을 느끼지 못했다. 사실 닻줄을 흔들면서 파도에 저항하고 있는 뗏목은 진저리가 날 만큼 심한 충격을 주고 있었다. 변덕스러운 파도에 흔들리는 뗏목은 물속의 날카로운 암초 모서리에 부딪혔다 해도 이렇게 심한 충격을 받지는 않았을 것이다. 때로는 또 좌초한 게 아닐까 싶을 정도였다. 밧줄은 강하게 쓸려서, 존은 밧줄이 닳아 무지러지는 것을 막기 위해 30분마다 1미터씩 밧줄을 당겼다. 이렇게 조심하지 않았다면 밧줄은 끊어져서, 의지할 곳을 잃은 뗏목은 난바다로 떠내려가버렸을 것이다.

그래서 존의 걱정은 쉽게 이해할 수 있었다. 밧줄이 잘려도 닻이 끌려가도, 어느 경우든 그들은 궁지에 빠지게 된다.

밤이 다가왔다. 굴절작용 때문에 더욱 커 보이는 태양은 피처럼 붉게 물든 채 수평선 아래로 가라앉고 있었다. 서쪽 멀리서 파도가 은판처럼 반짝거렸다. 그쪽에는 여울 위에서 움직이지 않는 '매쿼리'호의 잔해가 또렷이 눈에 띄는 한 점을 이루고 있는 것을 제외하고는 하늘과 물밖에 보이지 않았다.

발 빠른 황혼은 밤의 어둠이 오는 것을 겨우 몇 초 늦추었을 뿐이다. 그리고 동쪽에서 북쪽으로 수평선을 따라 뻗어 있는 육지는 밤의 어둠 속으로 녹아들었다.

어둠에 잠긴 이 좁은 뗏목 위에 있는 조난자들의 처지는 불안으로 가득 차 있었다. 어떤 사람은 악몽을 낳기 쉬운 불안한 선잠에 빠졌고, 어떤 사람은 한숨도 자지 못했다. 해가 떴을 때는 모두 간밤의 피로 때문에 기진맥진해 있었다.

만조와 함께 다시 난바다 쪽에서 바람이 불어오기 시작했다. 오전 6시였다. 떠나야 할 때가 다가오고 있었다. 존은 출범 준비를 했다. 우선 닻을 올리라고 명령했다. 하지만 닻의 갈고리가

밤이 다가왔다.

닻줄의 동요 때문에 모래 속에 깊이 파고들어가 있었다. 윌슨이 도르래를 설치했는데도 불구하고 권양기가 없이는 닻을 끌어 올릴 수 없었다.

헛된 노력을 되풀이하는 동안 30분이 지났다. 출범을 초조하게 기다리고 있던 존 맹글스는 밧줄을 끊고 닻을 버렸다. 그리하여 이번 밀물 때 해안에 도착하지 못하고 긴급한 사태에 이르렀을 때 바다에 정박할 가능성을 스스로 내버리고 말았다. 하지만 그는 더 이상 지체하고 싶지 않았다. 그리고 도끼의 일격으로 뗏목은 오로지 시속 2노트의 속도로 흐르는 조류와 바람에만 몸을 맡겼다.

돛이 올려졌다. 떠오르는 햇빛을 받은 하늘을 배경으로 회색 덩어리가 되어 어렴풋이 떠 있는 육지를 향해 뗏목은 천천히 흘러갔다. 암초를 교묘하게 피하면서 나아갔다. 하지만 믿을 수 없는 난바다의 바람에 의지한 뗏목은 좀처럼 해안으로 다가가는 것처럼 보이지 않았다. 상륙하면 위험하다는 뉴질랜드에 당도하기 위해 얼마나 많은 고생을 해야 하는가!

그래도 9시에는 육지까지의 거리가 1킬로미터도 남지 않게 되었다. 암초가 뗏목을 둘러싸고 있었다. 육지는 깎아지른 듯이 솟아 있었다. 다가올 상륙 지점을 찾아야 했다. 바람은 점점 약해지다가 완전히 잠잠해졌다. 힘을 잃은 돛은 돛대를 기울게 했다. 존은 돛을 말라고 명령했다. 이제 조류만이 뗏목을 해안으로 데려가고 있었지만, 키를 잡는 것은 단념할 수밖에 없었다. 그리고 거대한 해초 띠가 뗏목의 전진을 방해했다.

10시에 존은 해안에서 500미터도 떨어지지 않은 곳에서 뗏목이 거의 나아가지 않는 것을 알아차렸다. 닻을 내리려 해도 닻이 없었다. 그러면 썰물에 실려 다시 난바다로 끌려가야 하나? 존은 가슴을 찢는 불안에 사로잡힌 채 두 손을 움켜쥐고, 다가오지 않는 육지를 핏발선 눈으로 바라보았다.

다행히—이번에는 정말 다행이었지만—뗏목이 무언가에 부딪혔다. 그리고 뗏목이 멈추었다. 해안에서 400미터도 채 안 되는 여울의 모랫바닥에 올라앉은 것이다.

글레나번과 윌슨과 멀래디는 물속으로 뛰어들었다. 그러고는 뗏목을 가까운 암초에 밧줄로 단단히 묶었다. 여자들은 남자들의 팔에서 팔로 옮겨지면서, 옷자락 하나 물에 적시지 않고 육지에 도착했다. 이윽고 그들은 모두 무기와 식량을 들고 뉴질랜드의 해안에 발을 들여놓았다.

여자들은 남자들의 팔에서 팔로 옮겨지면서……

8

뉴질랜드의 현재 상황

글레나번은 한 시간도 낭비하지 않고 해안을 따라 오클랜드로 북상하고 싶었다. 하지만 아침부터 하늘이 구름에 덮여 있더니, 상륙한 뒤 11시쯤부터 수증기의 농도가 짙어지면서 비가 쏟아지기 시작했다. 그래서 출발할 수 없게 된 그들은 비를 피할 곳을 찾아야 했다.

윌슨이 해안의 현무암질 바위가 바닷물에 침식되어 생긴 동굴을 발견했다. 일행은 무기와 식량을 들고 거기로 피해 들어갔다. 그곳에는 파도에 밀려와 바싹 마른 해조류가 잔뜩 널려 있었다. 이것이 천연 깔개가 되었고, 모두 이 깔개로 만족했다. 나무토막을 입구에 쌓아놓고 불을 피워, 모두 젖은 옷을 최대한 말렸다.

존 맹글스는 폭우가 계속되는 시간은 비의 격렬함과 반비례하는 법이라고 기대했다. 그런데 전혀 그렇지 않았다. 시간이

지났지만 날씨는 여전했다. 바람은 정오 무렵에 강해졌고, 돌풍은 점점 심해졌다. 이런 생각지도 않은 장애에 부닥치면 아무리 참을성 있는 사람도 초조해지게 마련이다. 하지만 어떻게 해볼 도리가 없었다. 이런 폭풍 속에 탈것도 없이 나가는 것은 미친 짓이었다. 그리고 오클랜드에는 며칠이면 도착할 수 있다. 원주민이 나타나지만 않으면 열두 시간쯤 지체되는 것은 별로 문제가 되지 않았다.

이 어쩔 수 없는 휴식을 취하는 동안 대화는 현재 뉴질랜드에서 일어나고 있는 유혈 사건을 둘러싸고 이루어졌다. 하지만 '매쿼리'호의 조난자들이 느닷없이 그 한복판에 던져진 사태의 중대성을 이해하고 평가하기 위해서는 당시 북섬을 피로 물들이고 있던 그 투쟁의 역사를 알 필요가 있다.

1642년 12월 16일 아벨 타스만이 쿡 해협에 나타난 이래 뉴질랜드 원주민은 유럽인의 배가 오는 것을 종종 보면서도 각자의 독립된 섬에서 자유를 누리고 있었다. 유럽의 어느 강국도 태평양의 요충을 차지하고 있는 이 군도를 빼앗으려 하지 않았다. 다만 여러 곳에 거처를 정한 선교사들은 이 섬에 기독교 문명의 혜택을 가져왔다. 하지만 그들 가운데 일부, 특히 영국 성공회 사람들은 뉴질랜드 원주민 추장들을 영국 지배에 복종시키려 획책하고 있었다. 이 추장들은 교묘하게 농락당하여, 빅토리아 여왕의 보호를 요청하는 편지에 서명했다. 하지만 특별히 눈이 밝은 사람들은 이런 움직임의 어리석음을 예감했고, 그들 가운데 한 사람은 편지에 제 문신의 무늬를 찍은 뒤 다음과 같은 예언적인 말을 내뱉었다.

"우리는 나라를 잃었다. 이제 이 나라는 앞으로는 우리나라가 아니다. 언젠가는 외국인이 이 나라를 빼앗으러 올 테고, 우리는 놈들의 노예가 될 것이다."

과연 1840년 1월 29일에 전함 '헤럴드'호가 북섬 북부에 있는 아일랜드 만에 도착했고, 홉슨 대령은 코노라레카 마을에 상륙했다. 주민들은 교회에 모여 마을 회의를 열라는 초대를 받았다. 이 자리에서 홉슨 대령은 영국 여왕한테 받아온 위임장을 낭독했다.

이듬해 1월 5일, 뉴질랜드의 주요 추장들은 파이아 마을의 영국인 주재관에게 불려갔다. 홉슨 대령은 여왕이 그들을 보호하기 위해 군대와 군함을 파견했다는 것, 그들의 권리와 자유는 완전히 보장되리라는 것을 알리고 그들의 복종을 얻으려고 했다. 다만 그들의 땅은 빅토리아 여왕의 소유가 되고, 그들은 여왕에게 반드시 땅을 팔아야 한다는 것이었다.

추장들은 대부분 그런 보호를 받는 대가가 너무 비싸다고 생각하여 동의를 거부했다. 하지만 홉슨 대령의 호언장담보다 약속과 선물이 이 야만인들의 마음을 움직여, 결국 영국의 뉴질랜드 영유가 확인되었다. 그렇다면 1840년 이후 '덩컨'호가 클라이드 만을 떠난 날까지 어떤 일이 일어났는가? 이렇게 묻는 헬레나의 질문에 대해 파가넬이 모르는 일은 하나도 없었고, 그가 즉석에서 동료들에게 가르쳐줄 수 없는 것도 없었다.

"전에도 말씀드렸다시피 뉴질랜드 원주민은 아주 용감한 주민입니다. 그들은 잠시 양보했지만, 영국의 침략에 집요하게 저항하고 있지요. 마오리족의 모든 부족은 옛날의 스코틀랜드 씨

동굴 속의 대화.

족처럼 굳게 단결해 있습니다. 이 부족들은 모두 한 명의 수장 밑에서, 그를 존경하고 따르는 대가족이지요. 이 인종의 남자들은 긍지가 높고 용감합니다. 어떤 자들은 키가 크고 머리도 곱슬거리지 않고 고급스러운 종족에 속해 있지요. 또 어떤 자들은 그렇게 키가 크지 않고 흑백 혼혈처럼 땅딸막하지만, 양쪽 다 늠름하고 거만하고 호전적입니다. 그들은 히히라는 유명한 추장을 모시고 있는데, 이 사람은 베르킨게토릭스* 같은 자입니다. 그러니까 북섬의 영토 안에서 영국에 항거하는 전쟁이 영원히 끝나지 않아도 놀랄 일은 아니지요. 거기에는 윌리엄 톰프슨이 국토 방위를 위해 훈련하고 있는 유명한 와이카토 부족이 있습니다."

"하지만 영국인은 뉴질랜드의 주요 지점을 확보하고 있지 않나요?" 존 맹글스가 물었다.

"물론이지. 나중에 뉴질랜드 총독이 된 홉슨 대령의 영유 이후 1840년부터 1862년까지 가장 유리한 위치에 식민지 아홉 곳이 서서히 건설되었지. 이렇게 아홉 개 주가 생겼는데, 그중 네 개는 북섬에 있답니다. 오클랜드, 타라나키, 웰링턴, 호크스베이. 그리고 남섬에 있는 주는 넬슨, 말버러, 캔터베리, 오타고, 사우스랜드, 이렇게 다섯 개예요. 1864년 6월 30일 현재 뉴질랜드 인구는 통틀어 18만 4346명을 헤아리고 있고, 중요한 상업 도시가 여기저기에 건설되었지요. 오클랜드에 도착하면 1만 2천 명의 주민을 헤아리는 이 남태평양의 코린토스† 같은 도시

---

* 고대 로마의 지배에 저항한 갈리아인 족장.
† 그리스 본토와 펠로폰네소스 반도를 잇는 코린토스 지협에 있었던 고대 도시.

의 경관에 감탄할 수밖에 없을 겁니다. 서쪽의 뉴플리머스, 동쪽의 와이로아, 남쪽의 웰링턴 같은 도시들은 이미 번영을 구가하고 있고, 남섬에 가면 뉴질랜드의 정원이라고 할 만한 넬슨, 쿡 해협에 면해 있는 픽턴, 크라이스트처치, 황금을 찾아 전 세계에서 사람들이 몰려들고 있는 인버카길과 더니든 등, 정말로 우열을 가리기 힘들 정도지요. 게다가 이런 도시들은 원주민 오두막 몇 채가 모여 있는 촌락이 아니라, 런던이나 파리와 마찬가지로 항구도 있고 교회도 있고 은행과 부두, 식물원과 박물관, 신문사, 병원, 아카데미, 프리메이슨 지부와 클럽, 합창단, 극장, 박람회장도 있는 본격적인 도시라는 걸 기억해두었으면 좋겠네요. 그리고 내 기억이 맞다면, 내가 이렇게 말하고 있는 1865년의 지금 이 순간 전 세계의 공업제품이 이 식인종의 나라에서 전시되고 있을지도 모릅니다!"

"뭐라고요? 원주민과 전쟁을 하면서 말인가요?" 헬레나가 물었다.

"영국인은 전쟁 같은 건 전혀 아랑곳하지 않습니다. 그들은 싸우면서 동시에 전시회도 열지요. 그런 건 신경 쓰지 않아요. 그들은 원주민들의 총구 앞에서 철도까지 건설하고 있습니다. 오클랜드 주의 드루리 노선과 미어미어 노선은 반란군에게 점령당한 주요 지점을 가로지르고 있지요. 내기해도 좋지만, 인부들은 기관차 위에서 총을 쏘고 있을 게 분명합니다."

"그런데 이 끝없는 전쟁은 어떻게 되어가고 있습니까?" 존 맹글스가 물었다.

"우리가 유럽을 떠난 지 벌써 반년이 지났으니까, 우리가 출발한 이후 무슨 일이 일어났는지는 나도 모르겠네. 물론 오스트레일리아를 횡단하는 동안 메리버러와 시모어에서 신문을 읽어서 몇 가지 사실은 알고 있지만. 그 무렵에는 이곳 북섬에서 치열한 전쟁이 벌어지고 있었다네."

"그럼 그 전쟁은 언제쯤 시작되었나요?" 메리 그랜트가 물었다.

"언제 '재개되었느냐'고 말하는 게 옳겠지. 첫 반란은 1845년에 일어났으니까. 여러분 중에는 아는 사람도 있을지 모르겠는데, 전쟁이 재개된 것은 1863년 말이지만, 마오리족은 오래전부터 영국 지배의 멍에를 뿌리칠 계획을 세우고 있었어요. 원주민 민족주의자들은 마오리족 통치자를 뽑기 위해 활발한 선전 활동을 했지요. 그들의 목표는 포타타우를 왕으로 삼고 와이카토 강과 와이파 강 사이에 끼어 있는 포타타우의 마을을 새 왕국의 수도로 삼는 것이었어요. 포타타우는 대담하다기보다 교활한 노인에 불과했지만, 외국인이 오기 전에 오클랜드 지협에 살고 있던 나티마후타 부족의 후예인 용맹하고 총명한 남자를 총리로 거느리고 있었는데, 윌리엄 톰프슨이라는 이 총리는 독립전쟁의 핵심이 되었지요. 그는 마오리족 부대를 편성했고, 그의 구상에 따라 타라나키 부족 추장이 뿔뿔이 흩어진 부족들을 하나의 깃발 아래 결집시켰답니다. 또 다른 와이카토 부족 추장은 원주민들이 땅을 영국 정부에 파는 것을 막고 공공재산을 형성하기 위해 '토지연맹'을 조직했지요. 문명국에서 바야흐로 혁명이 일어나기 직전에 축제가 열리듯 여기서도 호전적인 축제가 열린 겁니다. 영국 신문들은 이런 징후에 주목하기 시작했고, 영국 정부는 '토지연맹'의 암약을 진지하게 우려했어요. 요컨대 준비는 다 끝났고, 지뢰는 금방이라도 터질 것 같았지요. 부족한 것은 하나의 불꽃, 아니 그 불꽃을 만들어낼 양쪽의 충돌뿐이었습니다."

"그러면 그 충돌은?" 글레나번이 물었다.

"그 충돌은 1860년에 타라나키 주의 남서안에서 일어났습니다. 어느 원주민이 뉴플리머스 근처에 300헥타르의 땅을 소유하고 있었는데, 그걸 영국 정부에 팔았지요. 하지만 측량 기사가 팔린 땅을 측량하러 나타나자 추장인 위레무 킹기는 강력하게 항의했고, 3월에는 문제의 땅을 높은 울타리로 둘러싸인 요새로 만들어버린 거예요. 며칠 뒤 골드 대령이 부대를 이끌고 와서 이 요새를 철거했고, 바로 그날 민족 전쟁의 첫 총성이 울려 퍼졌지요."

"마오리족은 수가 많습니까?" 존 맹글스가 물었다.

"마오리족 인구는 지난 한 세기 동안 많이 줄었다네. 1769년에 쿡 선장은 마오리족 인구를 40만 명으로 어림잡았는데, 1845년에 실시한 '원주민 보호구역' 인구 조사에 따르면 인구가 10만 9천 명으로 줄어들었지. 문명에 의한 학살, 즉 질병과 음주 때문에 많은 원주민이 죽었다네. 하지만 남섬과 북섬에 아직 9만 명의 원주민이 남아 있고, 그중 3만 명은 호전적이니까 앞으로도 오랫동안 유럽인 군대를 위협할 걸세."

"지금까지는 반란이 성공적이었나요?" 헬레나가 물었다.

"그렇습니다. 그리고 영국인조차 뉴질랜드인의 용기에 탄복할 때가 많습니다. 뉴질랜드인은 게릴라전을 벌이고, 소규모로 싸움을 걸고, 작은 분견대를 이루어 적을 습격하고, 식민자들의 집을 약탈합니다. 캐머런 장군은 모든 덤불을 샅샅이 뒤져야 하는 이런 전쟁에 골머리를 앓았지요. 오랫동안 많은 인명이 희생된 전투를 벌인 뒤, 1863년에 마오리족은 와이카토 강 상류의 진지에 자리를 잡았습니다. 이 진지는 깎아지른 절벽 위의 구릉지 끝에 있었고, 5킬로미터에 걸쳐 요충마다 자리 잡은 요새가 진지를 엄호하고 있었지요. 원주민 예언자들은 모든 마오리족 주민에게 땅을 지키라고 호소했고, '파케타'(백인)의 섬멸을 약속했습니다. 캐머런 장군 휘하에는 3만 명의 의용군이 있었는데, 그들은 스프렌트 대위가 잔인하게 학살된 뒤로는 마오리족에게 털끝만 한 자비도 베풀지 않았습니다. 피비린내 나는 전투가 여러 번 벌어졌고, 열두 시간 동안이나 계속 싸운 뒤에야 마오리족이 영국군의 포격에 항복한 적도 몇 번 있었습니다. 마오리족 독립군의 핵심은 윌리엄 톰프슨이 지휘하는 사나운 와이카토 부족이었지요. 이 원주민 장군은 처음에는 2500명, 나중에는 8000명의 전사를 지휘했습니다. 숭기와 헤키라는 두 강력한 추장의 부하들도 그를 도우러 왔습니다. 이 전쟁에는 여자들도 가세하여 가장 힘든 노동에 참여했지요. 하지만 정당한 권리가 반드시 힘을 갖는 것은 아닙니다. 처절한 전투 끝에 캐머런 장군은 와이카토 지역을 진압하는 데 성공했습니다. 하지만 그곳은 텅 빈 황무지에 불과했지요. 마오리족은 모두 다른 곳으로 도망쳐버린 겁니다. 훌륭한 무훈도 있었습니다. 캐리 준장이 지휘하는 1천 명의 영국군에 포위된 오라카우 요새에 물도 식량도 없이 갇혀버린 400명의 마오리족은 투항을 거부하고, 어느 날 정오에 제40연대를 섬멸하면서 퇴로를 뚫고 늪지대로 달아났지요."

"하지만 와이카토 지역을 정복한 것으로 이 전쟁은 끝났나요?" 존 맹글스가 물었다.

"아닐세. 영국군은 타라나키 주로 진격하여 윌리엄 톰프슨의 요새인 마타이타와를 포위하기로 결정했지. 하지만 그 과정에서 막대한 손실을 보았답니다. 나는 파리를 떠날 때, 총독과 장군이 타랑가 부족의 항복을 받아들이고 그들이 자기 땅의 4분의 3을 계속 소유하게 해주었다는 소식을 들었어요. 반란군의 우두머리인 윌리엄 톰프슨이 투항하는 쪽으로 마음이 기울었다는 소문도 들었는데, 오스트레일리아 신문들은 이 소문을 확인해주지 않고 오히려 그와는 정반대되는 기사를 실었더군요. 그래서 지금 이 순간 전쟁이 다시 격렬하게 벌어지고 있다 해도 나는 놀라지 않을 겁니다."

"그러면 오클랜드 주와 타라나키 주에서는 아직도 전쟁이 계속되고 있을 거라고 생각하세요?" 글레나번이 물었다.

"나는 그렇게 생각합니다."

"'매쿼리'호의 난파 덕분에 우리가 상륙한 바로 이 주에서?"

"그렇습니다. 우리는 카우히아 항에서 북쪽으로 7, 8킬로미터 떨어진 곳에 상륙했는데, 그 항구에는 아마 아직도 마오리족의 깃발이 나부끼고 있을 겁니다."

"그러면 우리는 북쪽으로 가는 게 현명하겠군요?" 글레나번이 말했다.

"그게 훨씬 현명하지요." 파가넬이 대답했다. "뉴질랜드 원주민은 유럽인, 특히 영국인한테 몹시 화가 나 있습니다. 그러니까 그들의 손아귀에 들어가지 않도록 조심해야 합니다."

"어쩌면 유럽인 군대의 분견대와 우연히 마주치는 행운을 얻을 수도 있지 않을까요?" 헬레나가 말했다.

"그럴 수도 있지요. 하지만 나는 그런 행운을 기대하지 않습니다. 분견대는 아주 작은 풀숲이나 가느다란 나무 뒤에도 숙련된 저격병이 숨을 수 있는 곳에 깊숙이 들어가는 것을 좋아하지 않습니다. 그래서 나는 제40연대 병사들의 호위를 받을 수 있을 거라고는 생각지 않습니다. 하지만 우리가 가려고 하는 서해안에는 선교회 기지가 있으니까, 오클랜드에 도착할 때까지 그곳을 휴게소로 삼아서 중간중간 쉬어갈 수 있을 겁니다. 뿐만 아니라 나는 호흐슈테터 씨가 와이카토 강을 따라갔던 그 길로 나가볼 생각입니다."

"그 사람은 여행가인가요?" 로버트 그랜트가 물었다.

"그래. 1858년에 세계일주를 한 오스트레일리아의 프리깃함 '노바라'호에 타고 있었던 학술조사단의 일원이었지."

"선생님." 로버트가 중요한 지리학적 탐험을 생각하고 눈을 반짝이며 말했다. "뉴질랜드에도 오스트레일리아의 버크나 스튜어트 같은 유명한 탐험가가 있나요?"

"몇 명 있지. 예를 들면 후커 박사, 블리저드 교수, 박물학자인 디펜바흐와 율리우스 허스트. 그들 가운데 몇 명은 탐험에 대한 열정 때문에 목숨을 잃었단다. 하지만 그들은 오스트레일리아나 아메리카의 탐험가들만큼 유명하진 않아."

"선생님은 그들을 아세요?" 로버트가 물었다.

"물론이지. 네가 거기에 대해 알고 싶어서 안달하고 있는 걸 알았으니까, 이제 그 이야기를 해주마."

"고맙습니다, 선생님. 어서 들려주세요."

"우리도 열심히 들을게요." 헬레나가 말했다. "악천후 때문에 어쩔 수 없이 공부하는 건 이번이 처음은 아니잖아요. 우리 모두를 위해 말씀해주세요, 선생님."

"알겠습니다. 하지만 내 이야기는 그렇게 길지는 않습니다. 여기서 내가 할 이야기는 오스트레일리아의 미로 같은 황무지에서 사투를 벌인 그 대담한 발견자들의 이야기가 아닙니다. 뉴질랜드는 아주 좁은 나라여서 인간의 탐색에 저항할 수 없으니까요. 그래서 내 이야기의 주인공들은 진정한 의미의 탐험가가 아니라, 지극히 산문적인 사고에 희생된 단순한 관광객일 뿐입니다."

"그들은 이름이 뭐죠?" 메리 그랜트가 물었다.

"측량기사인 위트컴과 찰턴 호윗이야. 호윗은 내가 위메라 강변에서 여러분께 말씀드린 그 기념할 만한 탐험에서 버크의 시신을 발견한 바로 그 사람이에요. 위트컴과 호윗은 남섬으로 가는 탐험대를 각자 지휘하고 있었지요. 둘 다 1863년 초에 크라이스트처치를 출발하여 캔터베리 강 북쪽의 산을 넘는 몇 개의 통로를 발견하려고 했어요. 호윗은 강의 북쪽 끝에서 산맥을 넘어 브러너 호숫가에 기지를 세웠지요. 위트컴은 반대로 틴들산 동쪽으로 나 있는 통로를 라카이아 계곡 안에서 발견했습니다. 위트컴에게는 제이콥 루퍼라는 길동무가 있었는데, 이 사람이 《리틀턴 타임스》에 여행과 그 비극적인 이야기를 발표했지요. 내 기억으로는 1863년 4월 22일 두 탐험가는 라카이아 강의 발원지인 빙하의 근원에 있었습니다. 그들은 산꼭대기까지 올라가서 새로운 통로를 찾기 시작했지요. 이튿날 위트컴과 루퍼는 피로와 추위로 기진맥진하여 해발 1200미터에 깊이 쌓인 눈속에서 야영을 했습니다. 그들은 일주일 동안 깎아지른 절벽 때문에 출구가 전혀 없는 계곡이나 산속을 헤맸는데, 불을 피우지 못하는 경우도 많았고, 때로는 먹을 것도 없었지요. 가져온 설탕은 시럽으로 변했고 비스킷은 젖어서 곤죽이 되었고, 옷과 침구는 비에 흠뻑 젖어 벌레에 먹히고, 잘 되는 날에는 5킬로미터를 걷고 안 되는 날에는 200미터도 나아가지 못했습니다. 4월 29일에야 겨우 마오리족의 오두막을 만나 마당에서 감자 몇 개를 발견했지요. 이것이 두 친구가 나누어 먹은 마지막 식사였습니다. 저녁에 그들은 타라마카우 강어귀 근처에 있는 해안으로 나갔습니다. 북쪽을 향해 그레이 강 쪽으로 나아가려면 이 강을 건너야 하니까요. 타라마카우 강은 수심이 깊고 폭도 넓습니다. 루퍼는 한 시간쯤 찾아다니다가 부서진 소형 보트 두 척을 발견하고, 이 보트들을 최대한 수리하여 두 척을 서로 연결했습니다. 그리고 두 여행자는 저녁에 보트에 올라탔지요. 하지만 강한복판에 오자마자 보트가 물로 가득 찼습니다. 위트컴은 물속으로 뛰어들어 좌안으로 돌아갔지만, 헤엄을 칠 줄 모르는 제이콥 루퍼는 보트에 매달려 있었지요. 그는 암초 쪽으로 떠내려갔습니다. 그리고 처음 밀려온 큰 파도에 휘말려 바닷속으로 끌려들어 갔지요. 그리고 다음 파도가 그를 수면으로 돌려놓았습니다. 그는 여기저기 바위에 부딪혔고, 그러는 동안 캄캄한 밤이왔고, 억수 같은 비가 쏟아졌습니다. 루퍼는 바닷물에 퉁퉁 불은 피투성이 몸으로 몇 시간 동안이나 흔들리고 있었지요. 드디

헤엄을 칠 줄 모르는 제이콥 루퍼는 보트에 매달려 있었다.

어 보트는 육지에 부딪혔고 그는 기절한 채 해안으로 떠밀려 올라갔습니다. 이튿날 새벽에 그는 샘물 쪽으로 몸을 끌고 갔습니다. 그리고 강을 건너려고 했던 곳에서 1.5킬로미터나 떠내려온 것을 알았지요. 그는 일어나서 해안을 따라 걷다가 곧 진창 속에 묻혀 있는 위트컴의 몸통과 머리를 발견했는데, 위트컴은 죽어 있었습니다. 루퍼는 손으로 모래에 구덩이를 파고 친구의 주검을 묻어주었지요. 이틀 뒤, 친절한 마오리족—그런 마오리족도 조금은 있습니다—이 굶어 죽어가고 있는 그를 구해주었어요. 그리고 5월 5일에 브러너 호수 부근에 있는 찰턴 호윗의 캠프에 도착했지만, 6주 뒤에 호윗도 불행한 위트컴과 마찬가지로 목숨을 잃었습니다."

"그렇습니다!" 존 맹글스가 말했다. "그런 재난은 연속되어 있고, 숙명의 끈이 여행자들을 서로 연결하고 있어서, 한가운데가 끊어져버리면 여행자들은 한 사람도 남김없이 몽땅 죽어버리는 것 같습니다."

"당신 말이 옳아요. 나도 종종 그걸 깨닫곤 하지요. 호윗은 어떤 인과응보의 법칙으로 위트컴과 거의 같은 사정으로 죽게 되었을까? 그것은 알 수 없습니다. 찰턴 호윗은 관영사업의 주임인 와이드 씨한테 고용되어 후르누이 평원에서 타라마카우 강어귀까지 말이 다닐 수 있는 도로를 측량하고 있었어요. 호윗은 1863년 1월 1일에 다섯 남자를 데리고 출발했는데, 그는 유례없는 솜씨로 임무를 마쳐서, 타라마카우 강을 건널 수 없는 지점까지 60킬로미터의 길이 뚫렸지요. 호윗은 거기서 크라이스트처치로 돌아가, 겨울이 다가오고 있었는데도 일을 계속하게 해달라고 부탁했답니다. 와이드 씨는 동의했고, 호윗은 혹독한 겨울을 보내기 위해 캠프에 필요한 물자를 보급하려고 다시 출발했지요. 호윗이 제이콥 루퍼를 맞이한 것은 이 무렵이었어요. 6월 27일 호윗은 부하인 로버트 리틀과 헨리 멀리스를 데리고 캠프를 출발했지요. 그들은 브러너 호를 가로질렀지만, 그후 그들을 만난 사람은 아무도 없습니다. 수면과 같은 높이까지 풀썩 주저앉은 그들의 보트가 해안에 밀려 올라와 있는 것이 발견되었지요. 사람들은 두 달 동안 그들을 수색했지만 끝내 찾지 못했답니다. 헤엄을 칠 줄 몰랐던 이 불행한 사람들은 호수에 빠져죽은 게 분명합니다."

"하지만 그들이 어느 뉴질랜드 원주민 부족의 마을에서 무사히 살고 있을 거라고 생각할 수 없는 것은 무엇 때문이죠?" 헬레나가 말했다. "적어도 그들의 죽음에 대해서는 의심해봐도 좋지 않을까요?"

"유감이지만 안 됩니다." 파가넬이 대답했다. "사고가 일어난 지 1년 뒤인 1864년 8월이 되어도 그들은 모습을 나타내지 않았습니다. 그리고 이 뉴질랜드라는 나라에서 1년 동안이나 모습을 나타내지 않는 경우에는(여기서 그는 목소리를 낮추었다) 이미 돌이킬 수 없는 상태가 되어 있는 겁니다."

9

북쪽으로 50킬로미터를 걸어서 가다

2월 7일 오전 6시에 글레나번은 출발 신호를 했다. 비는 밤사이에 그쳐 있었다. 하늘에 모여 있는 작은 회색 구름들은 지상 5000미터 상공에서 햇빛을 차단하고 있었다. 온화한 기온 덕분에 그들은 피로도 마다하지 않고 낮에 여행할 수 있었다.

파가넬은 지도를 보고 카후아 곶에서 오클랜드까지의 거리를 120킬로미터로 어림잡고 있었다. 이것은 하루 24시간 동안 15킬로미터를 걷는다 치면 8일이 걸리는 거리였다. 하지만 구불구불한 해안선을 따라가지 않고 50킬로미터쯤 떨어진 나루아와히아 마을에 있는 와이카토 강과 와이파 강의 합류점으로 나가는 것이 좋을 것 같았다. '오버랜드 트랙'이 그곳을 지나고 있었는데, 도로라기보다는 오솔길이지만, 마차도 다닐 수 있고 호크스 만의 네이피어에서 오클랜드까지 섬의 대부분을 꿰뚫고 있다. 따라서 쉽게 드루리에 도착하여 박물학자인 호흐슈테터가 추천하고 있는 호텔에서 휴식을 취할 수 있을 것이다.

여행자들은 각자 식량을 들고 아오테아 만의 해안을 우회하기 시작했다. 만약을 위해 그들은 카빈총에 탄알을 장전하고 동쪽 바다를 경계하며 앞사람과 간격을 두지 않고 바싹 붙어서 나아갔다. 파가넬은 그의 자랑거리인 지도를 손에 들고 세부의 정확함을 확인하며 지리학자로서의 기쁨을 맛보고 있었다.

그날 몇 시간 동안 일행은 조개껍데기 파편과 오징어 뼈로 이루어지고 과산화철이나 산화제일철이 다량으로 섞여 있는 모래를 밟으며 걸었다. 자석을 지면에 가까이 대면 순식간에 작은 결정체에 뒤덮였다.

밀물이 밀려오는 해안에서는 몇 마리 바다짐승이 장난을 치면서, 사람을 보고도 도망칠 생각을 하지 않는다. 바다표범은 머리가 둥글고 이마는 넓고 활 모양으로 휘어져 있다. 눈은 표정이 풍부하고, 온화한 정도가 아니라 애정이 깊어 보이는 풍모를 지니고 있다. 물속에서 사는 이 기묘한 동물을 시적으로 표현하여, 그 목소리가 별로 음악적이지도 않은 신음 소리에 불과한데도 배가 난파할 때 나타나는 세이렌*이라고 묘사한 신화도 납득이 갔다. 뉴질랜드 해안에 많은 이 동물은 활발하게 거래되고 있다. 사람들은 기름과 모피를 얻기 위해 그들을 포획하고 있었다.

그들 사이에서는 청회색을 띤 코끼리물범이 특히 눈길을 끌었는데, 이 짐승의 몸길이는 7미터 내지 9미터나 된다. 이 거대

---

* 그리스 신화에 나오는 바다의 요정. 여자의 얼굴과 새 모양을 한 괴물로, 아름다운 노랫소리로 뱃사람들을 홀려 죽게 했다고 한다.

바다표범은 머리가 둥글고 이마는 넓고……

한 수륙양서동물은 터무니없이 크고 두꺼운 다시마 요 위에 나른하게 엎드린 채 그 돌출한 코를 세우고, 신사의 콧수염처럼 길게 구부러진 콧수염을 거만하게 흔들고 있다. 로버트는 이 흥미로운 생물들을 보고 재미있어하다가 갑자기 깜짝 놀라면서 외쳤다.

"아니! 저 바다표범들은 돌멩이를 먹고 있어요!"

실제로 그 동물들은 해안의 돌멩이를 맛있게 집어삼키고 있었다.

"그렇고말고! 그 사실은 이미 확인되어 있어." 파가넬이 대답했다. "저 동물이 해안의 돌멩이를 먹는 건 부정할 수 없는 사실이지."

"이상한 먹이네요." 로버트가 말했다. "소화도 잘 안 될 텐데!"

"저 동물이 돌을 삼키는 건 먹이로 삼기 위해서가 아니라 누름돌로 삼기 위해서야. 비중을 늘려서 바다 밑바닥에 쉽게 가라앉을 수 있게 하는 방법이지. 일단 육지로 돌아오면 놈들은 돌멩이를 도로 뱉어내. 이제 놈들이 물속으로 돌아가는 게 보일 거야."

과연 돌멩이를 충분히 삼킨 바다표범 여섯 마리가 무거운 몸을 질질 끌면서 해안을 지나 물속으로 가라앉았다. 하지만 글레나번은 누름돌을 다시 토해내는 것을 관찰하기 위해 귀중한 시간을 소비할 수는 없었다. 그래서 파가넬에게는 유감스럽기 이를 데 없는 일이지만, 쉬지 않는 행진이 다시 시작되었다.

10시에 식사를 하기 위해 고인돌처럼 해안에 늘어서 있는 커다란 현무암 덩어리 밑에서 걸음을 멈추었다. 굴이 달라붙은 바위가 있어서, 이 조개를 많이 구할 수 있었다. 이 굴들은 작고 맛도 별로 좋지 않았다. 하지만 파가넬의 권고에 따라 올비넷이 불을 피워 굴을 구웠다. 이렇게 요리해놓으니, 사람들은 식사를 하는 동안 굴을 여남은 개씩 먹었다.

휴식이 끝나자 일행은 만의 해안을 따라 나아갔다. 톱니모양의 바위 위나 절벽 꼭대기에는 군함조와 갈매기, 날카로운 바위 끝에서 꼼짝도 하지 않는 커다란 신천옹 같은 새들이 앉아 있었다. 오후 4시까지 15킬로미터를 어렵지 않게 걸을 수 있었다. 피곤하지도 않았다. 여자들은 밤이 될 때까지 계속 걸어가자고 말했다. 마침 그때 진로를 바꾸지 않으면 안 되었다. 북쪽에 보이는 산자락을 돌아서 와이파 계곡으로 들어가야 했기 때문이다.

멀리서 보면 드넓은 초원이 끝없이 이어져 있어서 쉽게 걸을 수 있을 것처럼 보였다. 하지만 이 초록빛 들판 가장자리까지 와보고 일행은 실망했다. 풀밭이 아니라 작고 하얀 꽃이 피어 있는 가시덤불 숲이 나타난 것이다. 뉴질랜드에 특히 번성하는 양치식물이 거기에 수없이 섞여 있었다. 이 양치식물 사이를 뚫고 지나가야 하는데, 그것은 여간 성가신 일이 아니었다. 그래도 오후 8시에는 하카리호아타 산맥 앞의 둥근 산들을 우회하여 재빨리 캠프를 차렸다.

25킬로미터나 걸어왔기 때문에 이제 휴식을 생각해도 좋았다. 게다가 달구지도 없고 텐트도 없었다. 그래서 멋진 삼나무 밑에 각자 잠자리를 만들었다. 침구는 있었기 때문에 임시 잠자리를 만드는 데 도움이 되었다.

글레나번은 밤을 안전하게 보내기 위해 엄중한 경계 태세를 갖췄다. 그와 동료들은 충분히 무장하고 새벽까지 두 사람씩 불 침번을 서기로 했다. 하지만 불은 절대 피우지 않는다. 이 불타는 방벽은 야수한테는 유효하지만, 뉴질랜드에는 호랑이나 사자나 곰 같은 맹수가 없다. 물론 뉴질랜드 원주민이 맹수를 대신하고 있는 것은 사실이다. 그래서 불은 두 발로 다니는 이들을 끌어들이는 역할밖에 하지 못한다.

어쨌든 밤은 쾌적했다. 물론 원주민이 '옹가무'라고 부르는 응애에 쏘이면 견딜 재간이 없었지만…….

이튿날인 2월 8일, 파가넬은 좀 더 낙관적인 입장이 되어 이 나라에 대해 좀 더 호의를 품고 눈을 떴다. 그가 그렇게 두려워했던 마오리족은 전혀 나타나지 않았다. 그리고 그 사나운 식인종은 꿈속에서도 그를 위협하지 않았다. 그는 무척 기뻐하면서 그 기분을 글레나번에게 드러냈다.

"그래서 나는 이 산책이 무사히 끝날 거라고 생각합니다. 오늘 밤에는 와이파 강과 와이카토 강의 합류점에 도착할 수 있을 겁니다. 그리고 그 지점을 지나면 오클랜드 가도에서 원주민을 만날 걱정은 별로 없으니까요."

"와이파와 와이카토의 합류점까지는 앞으로 얼마나 더 걸어야 합니까?" 글레나번이 물었다.

"25킬로미터…… 어제 걸은 만큼만 더 걸으면 됩니다."

"하지만 이 끝없는 숲이 계속 길을 막고 있다면 시간이 많이 걸릴 텐데요."

"와이파 강을 따라가면 됩니다. 그러면 장애물도 없고, 걷기 좋은 길이에요."

"자, 그럼 출발합시다." 여자들이 떠날 준비를 갖춘 것을 보고 글레나번이 말했다.

이날 처음 몇 시간은 숲 때문에 걷는 속도가 느려졌다. 그들이 지나간 길은 말은커녕 달구지도 다닐 수 없는 길이었다. 그래서 그들은 오스트레일리아에서 사용한 탈것을 아쉽게 여기지 않았다. 관목숲 속에 수레가 다닐 수 있는 길이 뚫릴 때까지는 보행자만 뉴질랜드를 여행할 수 있을 것이다. 양치식물의 종류는 다양했고, 그 양치류는 마오리족만큼 완강하게 그 민족의 땅을 방위하는 데 협력하고 있었다.

그래서 일행은 하카리호아타 산맥이 솟아 있는 평원을 가로지르면서 수많은 어려움을 맛보았다. 하지만 정오가 되기 전에 그들은 와이파 강에 도착하여 강변을 따라 북상했다.

이곳은 매력적인 계곡이었다. 관목 아래를 즐거운 듯이 흐르는 차갑고 맑은 시냇물이 여기저기서 계곡을 가로지르고 있었다. 식물학자인 윌리엄 후커에 따르면 뉴질랜드는 현재까지 2000종의 식물을 낳았고, 그 가운데 500종은 뉴질랜드 특산이다. 꽃은 별로 없고 색조도 풍부하지 않고 한해살이 식물은 거의 없었지만, 양치류와 볏과 식물과 산형과 식물은 풍부했다.

큰 나무 몇 그루가 짙은 초록색 전경 너머에 군데군데 우뚝 솟아 있었다. 진홍빛 꽃을 단 '메트로시데로스', 노퍽 삼나무, 수직으로 선 채 사방에서 압축당한 듯한 작은 가지를 뻗고 있는 측백나무, 노송나무의 일종인 '리무'. 이 모든 나무의 줄기는 다양한 양치류에 덮여 있었다.

큰 나뭇가지 사이나 관목 위에는 목 아래쪽에 붉은 띠가 있는 초록빛 '카카리키', 멋진 검은색 볼수염을 가진 '타우포', 다갈색 깃털에 눈이 번쩍 뜨일 만큼 화려한 속털을 가졌고 덩치가 집오리만큼 크고 박물학자들이 '네스토르 메리디오날'이라는 이름을 붙여준 앵무새가 몇 마리 날아다니며 재잘거리고 있었다.

소령과 로버트는 동료들한테서 멀리 떨어지지 않고, 평원의 키 작은 나무 아래 숨어 있는 멧도요와 자고새를 몇 마리 잡을 수 있었다. 올비넷은 시간을 벌기 위해 길을 가면서 그 새들의 깃털을 뽑느라 애썼다.

파가넬은 사냥감이 음식으로서 갖는 가치에는 별로 관심이 없었고, 그저 뉴질랜드 특산종 조류를 잡고 싶어 했다. 그에게서는 박물학자의 호기심이 여행자의 식욕을 억누르고 있었다. 그의 기억이 틀리지 않다면 끊임없이 비웃고 있기 때문에 '조소가'라고 불리고 승복처럼 검은 깃털 위에 하얀 가슴장식을 달고 있기 때문에 '사제'라고도 불리고 원주민 말로 '투이'라고 불리는 새의 기묘한 행동이 그의 머리에 떠올랐다.

"투이는 겨울 동안 맹렬히 먹어서 살이 피둥피둥 찌고 건강상태가 나빠져버리지요." 파가넬이 소령에게 말했다. "그래서 지방을 제거하여 몸을 가볍게 하기 위해 부리로 제 가슴을 찢는답니다. 정말 기묘하지 않습니까?"

"너무 기묘해서 한 마디도 믿을 수 없군요!" 소령이 대답했다.

파가넬로서는 유감스럽기 짝이 없는 일이지만, 이 새를 한 마리 잡아서 그 가슴이 피투성이가 되어 있는 것을 그 의심 많은 소령한테 보여줄 수는 없었다.

하지만 인간이나 개나 고양이한테 쫓겨 황무지로 달아나 뉴질랜드 동물계에서 점점 사라지고 있는 기괴한 동물의 경우에는 좀 더 운이 좋았다. 로버트는 담비처럼 주위를 찾아다니다가 나무뿌리를 얽어서 만든 둥지 안에서 날개도 꼬리도 없는 닭 한 쌍을 발견했다. 발가락은 네 개, 도요새처럼 부리가 길고 온몸에 하얀 깃털이 나 있었다. 난생동물에서 포유류로 가는 중간 단계를 이루는 것처럼 보이는 이상한 동물이다.

그것은 '키위'라는 동물인데, 유충이나 곤충, 구더기나 식물의 씨앗을 먹이로 삼는다. 이 새는 이곳 특산이다. 유럽 동물원은 이 새를 수입할 수 없었다. 그 어중간한 모습과 우스꽝스러운 움직임은 여행자들의 주의를 끌었고, '아스트롤라베'호와 '젤레'호가 오세아니아를 탐험할 때 뒤몽 뒤르빌은 이 특이한 새를 한 마리 가져오라는 학술원의 특별한 부탁을 받았다. 하지만 원주민에게 후한 보상을 약속했는데도 불구하고 그는 살아 있는 키위를 한 마리도 손에 넣지 못했다.

파가넬은 이런 행운에 뛸 듯이 기뻐하며, 파리 동물원에 기증할 작정으로 이 키위 한 쌍을 함께 묶어놓았다. 그는 동물원에서 가장 아름다운 우리에 '자크 파가넬 씨 기증'이라고 쓰인 팻말이 달려 있는 것을 상상하고 우쭐해졌다. 얼마나 낙천적인 지리학자인가!

그럭저럭하는 동안 일행은 피로도 느끼지 않고 와이파 강 연안을 따라 내려갔다. 그 일대는 인적이 없었다. 원주민의 발자국도 보이지 않았고, 이 평원에 인간이 존재한다는 것을 보여주는 오솔길도 전혀 없었다. 강물은 높이 자란 덤불 사이를 흘렀고, 비탈진 강둑을 따라 미끄러져갔다. 이제는 동쪽에서 골짜

그것은 '키위'라는 동물인데……

기를 가로막고 있는 산들까지 볼 수 있었다. 그 이상한 형상, 눈을 속이는 안개 속에 사라져버린 윤곽 때문에 그 산들은 원시시대에 어울리는 거대한 동물처럼 보였다. 거대한 고래 무리가 갑자기 바위로 변한 것 같았다. 기복이 많은 이 산맥에서는 본질적으로 화산의 성격을 읽을 수 있었다. 사실 뉴질랜드는 최근에 일어난 변성작용의 산물이다. 해수면 위로 올라오는 면적은 끊임없이 늘어나고 있다. 몇몇 지점은 지난 20년 동안 2미터 가까이나 올라왔다. 그 태내에서는 아직도 불이 뿜어져 나와 이 나라를 뒤흔들고, 도처의 간헐천이나 분화구에서 분출하고 있다.

오후 4시에 사람들은 기운차게 15킬로미터의 여정을 마쳤다. 파가넬이 계속 보고 있는 지도에 따르면 와이파 강과 와이카토 강의 합류점까지는 8킬로미터도 채 남아 있지 않았다. 그 합류점에는 오클랜드 가도가 지난다. 오늘 밤에는 그곳에 캠프를 치기로 했다. 수도 오클랜드까지 남은 80킬로미터는 이틀이나 사흘이면 충분히 걸을 수 있을 것이고, 오클랜드와 호크스 만을 한 달에 두 번 왕복하는 우편 마차를 만나면 여덟 시간이면 갈 수 있다.

"그러면 내일 밤도 야영을 해야겠군요." 글레나번이 말했다.

"그래요. 하지만 야영은 내일 밤이 마지막이 되기를 바랍니다." 파가넬이 대답했다.

"그렇게 되면 좋지요. 헬레나와 메리에게는 야영도 고달픈 노릇이니까요."

"하지만 불평도 않고 잘들 견기고 계세요." 존 맹글스가 덧붙여 말했다. "그런데 제 기억이 맞다면 파가넬 선생님은 두 강의

136

합류점에 무슨 마을이 있다고 하셨지요?"

"여기 지도에 그렇게 나와 있네요. 합류점에서 북쪽으로 3킬로미터쯤 떨어진 곳에 있는 나루아와히아예요."

"그러면 오늘 밤에는 그 마을에서 묵을 수 없을까요? 호텔을 찾을 수만 있다면 헬레나 마님도 메리 씨도 3킬로미터쯤 더 걷는 것은 주저하지 않으실 겁니다."

"호텔?" 파가넬이 외쳤다. "마오리족의 마을에 호텔이라니! 아니, 싸구려 여인숙도 선술집도 없어요! 그 마을에는 원주민의 오두막이 모여 있을 뿐이오. 거기서 숙소를 구하기는커녕, 주의 깊게 그곳을 피해서 지나가야 할 겁니다."

"파가넬 씨는 여전히 벌벌 떨고 있군요." 글레나번이 말했다.

"마오리족에 대해서는 신뢰하기보다 경계하는 편이 좋습니다. 놈들이 영국인과 어떤 관계에 있는지, 반란은 진압되었는지, 형세가 좋은지, 우리가 전쟁 한복판에 뛰어들었는지 어떤지, 나는 모릅니다. 겸손은 제쳐놓고, 우리 같은 신분의 사람은 상대방 입장에서 보면 당연히 포로로 잡아야 할 대상입니다. 그리고 나는 내 뜻에 반해서 뉴질랜드 원주민의 손님 대접을 시험해보는 건 딱 질색이에요. 그래서 이 나루아와히아 마을을 우회하고 원주민과 마주치는 것을 피하는 게 좋겠다고 생각합니다. 드루리에 가고 나면 이야기가 다르지요. 거기서는 우리의 다기진 여성분들도 충분히 여독을 풀 수 있습니다."

지리학자의 의견이 이겼다. 헬레나는 마지막 밤을 노숙으로 보내더라도 동료들을 위험에 빠뜨리지 않는 편이 좋다고 말했다. 메리 그랜트도 쉬자고 하지 않고 강변길을 계속 걸어갔다.

두 시간 뒤, 첫 땅거미가 산에서 내려왔다. 태양은 서쪽 지평선 아래로 가라앉기 전에 갈라진 구름장 사이로 마지막 남은 몇 줄기 햇빛을 던져주었다. 동쪽의 먼 산꼭대기는 새빨갛게 물들었다. 그것은 여행자들에게 보내는 잠깐의 인사 같았다.

다행히 청각이 어둠 때문에 쓸모없게 된 시각을 대신했다. 곧 졸졸 흐르는 물소리가 전보다 또렷이 들려와, 두 강이 하나의 강바닥에서 만난다는 것을 알려주었다. 7시에 일행은 와이파 강이 와이카토 강과 만나 서로 부딪친 파도가 신음 소리를 내고 있는 지점에 도착했다.

"와이카토다!" 파가넬이 외쳤다. "그리고 오클랜드 가도는 이 왼쪽 연안을 따라 북쪽으로 뻗어 있습니다."

"그건 내일 볼 수 있겠지요." 소령이 대답했다. "여기에다 캠프를 차립시다. 저기 어둠이 짙어져 있는 곳은 우리를 재우기 위해 일부러 자라고 있는 작은 숲의 그림자인 것 같군요. 저녁을 먹고 잡시다."

"그럽시다." 파가넬이 말했다. "하지만 식사는 비스킷과 말린 고기뿐이에요. 불을 피우지 말고 먹어야 하니까요. 우리는 아무한테도 들키지 않고 여기 도착했으니까, 떠날 때도 들키지 말고 떠나야 합니다! 다행히도 안개 덕분에 우리 모습은 보이지 않을 겁니다."

숲까지 가자 모두 지리학자의 주의에 따랐다. 불을 피우지 않고 소리도 없이 음식을 먹어치웠다. 그리고 25킬로미터를 걸어오느라 지친 여행자들은 곧 깊은 잠에 빠져들었다.

10
민족의 강

이튿날 새벽에는 상당히 짙은 안개가 강물 위를 무겁게 기어 다니고 있었다. 대기에 가득 찬 수증기가 기온이 내려가면서 응축하여 두꺼운 구름처럼 수면을 뒤덮고 있었다. 하지만 햇빛은 곧 이 작은 입자들의 덩어리를 돌파했고, 눈부신 햇빛 아래 그 덩어리는 흔적도 없이 사라져버렸다. 안개에 싸여 있던 강변이 눈에 들어오기 시작했고, 와이카토 강의 흐름이 그 아름다운 아침 풍경과 함께 나타났다.

관목에 덮여 있는 가늘고 긴 모래톱은 두 강이 만나는 곳에서 쐐기 모양이 되어 끝났다. 물살이 더 센 와이파 강은 와이카토 강을 400미터쯤 밀어낸 뒤, 그 강물 속으로 섞여 들어갔다. 하지만 당당하고 조용한 큰 강은 화가 나서 날뛰는 작은 강을 곧 압도하여, 자신의 흐름 속에 작은 강의 물을 부드럽게 끌어들이고 태평양이라는 저수지까지 데려간다.

수증기가 사라졌을 때 와이카토 강의 흐름을 거슬러 올라가는 배 한 척이 나타났다. 그것은 길이가 20미터, 폭이 1.5미터, 높이가 1미터인 배였는데, 뱃머리는 곤돌라*처럼 치켜 올라가 있고, 전체가 카히카테아 삼나무 줄기를 파내서 만든 것이었다. 바닥에는 마른 양치류가 깔개처럼 깔려 있었다. 앞쪽에 있는 여덟 개의 노로 수면 위를 날듯이 달리고, 고물에 앉은 한 남자가 떼어낼 수 있는 납작한 키를 잡고 있었다.

그 사내는 키가 큰 원주민이었다. 나이는 마흔다섯 살쯤. 딱 벌어진 가슴에 근골이 늠름하고 팔다리는 단단해 보였다. 튀어나온 이마에는 깊은 주름이 새겨져 있고, 눈빛은 사납고, 표정은 사악해서 만만찮은 인물로 보였다.

그는 마오리족 추장, 게다가 지위가 높은 추장이었다. 그의 몸과 이마에 새겨진 줄무늬 문신을 보면 알 수 있었다. 그 뾰족한 코의 콧방울에서 두 개의 나선이 나와 두 눈을 둘러싼 다음 이마에서 만나 풍성한 머리카락 속으로 사라지고 있었다. 반짝 빛나는 치아가 보이는 입과 턱은 규칙적인 줄무늬 아래 감추어지고, 그 무늬의 소용돌이는 건장한 가슴까지 내려와서 소용돌이치고 있었다.

원주민들이 '모코'라고 부르는 이 문신은 그 사람의 지위가 높다는 표시였다. 몇 번의 전투에서 용맹을 떨친 전사만이 이 명예의 각인을 몸에 새길 자격이 있다. 노예나 신분이 낮은 자는 이것을 요구할 수 없다. 대부분의 경우 신체에 동물 형태를

---

* 이탈리아 베네치아 시내에 있는 운하를 운항하는 길고 작은 배.

강의 흐름을 거슬러 올라가는 배 한 척이 나타났다.

새긴 문신 모양의 완벽함과 정밀함, 그 성격에 따라 그 사람이 유명한 추장이라는 것을 알 수 있다. 어떤 사람은 고통스럽기 이를 데 없는 문신 시술을 무려 다섯 번까지 받는다. 이곳 뉴질랜드에서는 명성이 높으면 높을수록 몸을 더 많은 그림으로 장식한다.

뒤몽 뒤르빌은 이 풍습에 대해 재미있는 사실을 기술하고 있는데, 유럽에서 일부 가문이 자랑하고 있는 문장(紋章)의 역할을 이곳 뉴질랜드에서는 문신이 대신하고 있다고 지적했다. 하지만 그는 고귀함의 표시인 문장과 문신의 차이에도 주목했는데, 유럽인의 문장은 대부분의 경우 처음에 그것을 획득할 수 있었던 한 개인의 업적을 나타내는 증거일 뿐 그 자손에 대해서는 아무것도 말해주지 않는 반면, 뉴질랜드 원주민이 몸에 새기고 있는 문신은 그것을 몸에 새길 권리를 얻기 위해 비범한 용기를 보여주어야 했다는 것을 의심할 여지가 없을 만큼 확실히 증명하고 있다는 것이다.

그뿐만 아니라 마오리족의 문신은 존경의 대상이 되는 동시에, 명백한 실용성도 갖고 있었다. 이 문신 때문에 피부 조직이 더욱 두꺼워져서, 궂은 날씨나 끊임없이 물어뜯는 모기한테 저항할 수 있는 것이다.

배를 지휘하고 있는 사람이 고명한 추장이라는 것은 의심할 여지가 없었다. 문신을 새길 때 사용하는 신천옹의 날카로운 뼈는 추장의 얼굴을 다섯 번이나 파내어 거기에 치밀하고 깊은 선을 새겨놓았다. 그의 거만한 태도에 그것이 드러나 있었다.

개의 털가죽으로 장식한 커다란 '포르미움'(뉴질랜드 삼) 베옷을 걸친 그는 최근 전투에서 피로 얼룩진 허리감개를 두르고 있었다. 길게 늘어진 귓불에는 비취 귀고리가 달려 있고, 목에는 '푸남' 목걸이가 흔들리고 있었다. 푸남은 뉴질랜드 원주민들이 신성하게 여기는 일종의 옥이다. 옆에는 영국제 소총과 에메랄드빛 양날 도끼가 놓여 있었다. 뉴질랜드 원주민들은 길이가 50센티미터쯤 되는 이 도끼를 '파투파투'라고 부른다.

추장 옆에는 신분은 낮지만 무장을 충분히 갖춘 사나운 얼굴의 전사 아홉 명—그중 몇 명은 최근에 입은 상처로 괴로워하고 있었다—이 포르미움으로 만든 도롱이를 두른 채 꼼짝도 않고 서 있었다. 사나워 보이는 개 세 마리가 그들의 발아래에 엎드려 있었다. 앞쪽에 있는 여덟 명의 노잡이는 추장의 하인이나 노예들 같았다. 그들은 힘껏 노를 저었다. 그래서 배는 와이카토 강을—물론 강물의 흐름은 별로 빠르지 않았지만—상당히 빠른 속도로 거슬러 올라갔다.

이 기다란 배의 한복판에는 손은 자유롭지만 발이 묶여 있는 유럽인 포로 열 명이 바싹 붙어 앉아 있었다.

그것은 글레나번과 헬레나, 메리와 로버트 그랜트, 파가넬, 맥내브스, 존 맹글스, 요리사 올비넷, 그리고 선원인 윌슨과 멀래디였다.

전날 밤 이들 일행은 짙은 안개 때문에 주위를 제대로 살피지 못한 채 원주민들 한복판에 들어와 야영을 했던 것이다. 그들은 한밤중에 곤히 자고 있다가 기습을 당하여 포로 신세가 되었고, 이렇게 배에 실려 어디론가 끌려가고 있었다. 아직까지는 핍박당하지 않았지만, 학대를 당했을 때 저항해도 소용이 없었을 것이다. 그들의 무기와 탄약은 야만인들 손에 들어가 있었다. 그래서 그들 자신이 갖고 있었던 총알이 당장 그들을 쓰러뜨릴지도 몰랐다.

원주민들이 사용하는 몇 마디 영어를 듣고 그들은 이 야만인들이 영국군에게 격퇴를 당하여 큰 피해를 입고 와이카토 강 상류로 돌아가고 있다는 것을 알았다. 마오리족 추장은 영국군을 상대로 완강하게 저항한 끝에 부하들을 잃고, 여전히 정복자와 맞서 싸우고 있는 불굴의 윌리엄 톰프슨과 합류하기 위해 강변에 사는 부족들을 소집하려고 돌아가는 길이었다. 이 추장의 이름은 '카이 쿠무'였는데, 이것은 원주민 말로 '적의 몸뚱이를 먹는 사람'이라는 뜻을 가진 무시무시한 이름이었다. 그는 용맹하고 대담했지만, 그 잔인함도 용기에 못지않았다. 그에게는 어떤 동정도 기대할 수 없었다. 그의 이름은 영국군 병사들에게 널리 알려져 있었고, 뉴질랜드 총독은 그의 목에 현상금을 걸어놓고 있었다.

글레나번은 오클랜드에 도착하여 유럽으로 돌아가기를 바랐지만, 그 소망이 이루어지기 직전에 무서운 타격이 그를 덮친 것이다. 하지만 글레나번의 냉정하고 평온한 얼굴을 보면 그의 불안이 얼마나 격렬한지를 알아차릴 수는 없었을 것이다. 그것은 글레나번이 이 심각한 상황에서 자신을 덮친 불행에 굴복하지 않으려 애쓰고 있었기 때문이다. 남편이자 통솔자인 그는 아내와 동료들의 힘이 되고 모범이 되어야 한다고 느끼고 있었다. 게다가 그는 필요하다면 일행을 구하기 위해 누구보다 먼저 목숨을 내던질 각오가 되어 있었다. 깊은 신앙심을 가진 그는 자기 사업의 고귀함을 생각하면 신의 정의에 대한 기대를 버릴 마음이 나지 않았다. 도중에 거듭되는 위험 속에서도 그는 자신을 이런 미개한 나라까지 끌고 온 의협심을 후회하지 않았다.

동료들도 그에 못지않았다. 동료들도 역시 그의 고매한 생각에 공감했고, 그 태연하고 자랑스러운 얼굴들을 보면 그들이 지금 더할 데 없는 위난에 맞서 있다고는 아무도 생각지 않았을 것이다. 게다가 글레나번의 권고에 따라 모두 일심단결하여 원주민 앞에서는 초연한 태도를 취하기로 결심하고 있었다. 이것이 천성적으로 사나운 자들에게 존경받을 수 있는 유일한 방법이었다. 일반적으로 야만인, 특히 마오리족은 품위를 중요하게 생각한다. 그들은 냉정하고 용기 있는 사람을 존경한다. 글레나번은 품위 있게 행동하면 동료들과 자기가 쓸데없는 학대를 당하지 않을 수 있다는 것을 알았다.

야영지를 출발한 이래, 다른 야만인들과 마찬가지로 말수가 적은 이 원주민들은 자기네끼리도 거의 말을 나누지 않았다. 하지만 그들 사이에 오간 몇 마디 말을 듣고 글레나번은 그들이 영어에 익숙하다는 것을 알았다. 그래서 글레나번은 자신들이 앞으로 어떻게 될지를 추장에게 물어보기로 결심했다. 그는 불안한 기색이라고는 털끝만큼도 보이지 않고 태연한 목소리로 카이 쿠무에게 물었다.

"추장, 우리를 어디로 데려가는 것이냐?"

카이 쿠무는 대답하는 대신 그를 차갑게 바라보았다.

"우리를 어떻게 할 셈이냐?" 글레나번이 다시 물었다.

순간 카이 쿠무의 눈이 번득였다. 그러더니 엄숙한 목소리로 대답했다.

"너의 동료가 너를 되찾으려 한다면 포로와 교환하겠다. 싫다고 하면 너를 죽이겠다."

글레나번은 더 이상 묻지 않았지만, 희망이 되살아났다. 마오리족 간부 몇 명이 영국군에 붙잡혀 있고, 원주민들은 포로 교환으로 그들을 되찾으려 하고 있는 것이다. 그렇다면 아직 구조될 가망이 남아 있는 것이고, 절망적인 상황은 아니었다.

그러는 동안에도 배는 강을 미끄러지듯 거슬러 올라가고 있었다. 변덕스러운 성격 때문에 극단에서 극단으로 치닫기 쉬운 파가넬도 희망을 되찾았다. 마오리족에게 붙잡힌 덕분에 영국군 주둔지까지 가는 수고를 덜 수 있게 되었으니 그만큼 이익을 보았다고 속으로 중얼거렸다. 그래서 그는 이렇게 된 이상 깨끗이 체념하고, 이 오클랜드 주의 평원과 저지대를 관통하는 와이카토 강의 흐름을 지도 위에서 더듬고 있었다. 헬레나와 메리 그랜트는 공포를 억누르고 작은 목소리로 글레나번과 이야기를 나누고 있었지만, 아무리 사람의 인상을 잘 보는 사람이라도 그녀들의 얼굴에서 마음을 괴롭히는 불안을 알아차릴 수는 없었을 것이다.

와이카토 강은 뉴질랜드인들에게 민족의 강이다. 독일인이 라인 강을 자랑스럽게 여기고 슬라브족이 도나우 강을 자랑스럽게 여기듯, 마오리족은 와이카토 강을 자랑스럽고 소중하게 여기고 있었다. 전체 길이가 430킬로미터니까, 이 강은 웰링턴 주에서 오클랜드 주에 이르기까지 북섬에서 가장 아름다운 지방을 적시고 있었다. 이곳이 정복당하는 것은 있을 수 없는 일이고, 이 강 유역에서 실제로 정복되지 않은 채 침입자에 대해 일제히

궐기한 부족은 모두 이 강의 이름을 부족 이름으로 삼고 있었다.

와이카토 강은 아직 외국인의 배를 거의 받아들이지 않았다. 강에는 뉴질랜드인의 통나무배밖에 다니지 않는다. 대담한 관광객이 이 성스러운 강물에 배를 띄운 적은 거의 없었다. 와이카토 강 상류에 접근하는 것은 불경스러운 유럽인에게는 금지되어 있는 것처럼 보였다.

파가넬은 원주민들이 뉴질랜드의 이 대동맥을 숭배한다는 것을 잘 알고 있었다. 영국인이나 독일인 박물학자가 와이파 강과의 합류점보다 더 위로 올라간 적은 없다는 것도 알고 있었다. 카이 쿠무는 포로들을 어디까지 데려갈 작정일까? 추장과 전사들의 대화에 자주 나오는 '타우포'라는 낱말이 주의를 끌지 않았다면 파가넬도 목적지를 예상할 수 없었을 것이다.

그는 지도를 조사하여 타우포가 오클랜드 주 남쪽 끝에 있는 호수의 이름이라는 것을 알았다. 이 섬에서 산이 가장 많은 지방에 있는 타우포 호는 지리학 역사상 유명한 호수였다. 와이카토 강은 이 호수를 완전히 관통하고 있었다. 강은 합류점에서 타우포 호까지 약 190킬로미터를 구불구불 이어져 있다.

파가넬은 야만인들이 모르게 프랑스어로 존 맹글스에게 말을 걸어, 배의 속도를 추산해달라고 부탁했다. 존은 시속 5킬로미터 정도라고 어림했다.

"그렇다면……" 하고 지리학자는 대답했다. "밤에는 정박한다면 호수까지 가는 데 나흘 가까이 걸리겠군."

"그런데 영국군 주둔지는 어디 있죠?" 글레나번이 물었다.

"그건 좀처럼 알기 어렵습니다." 파가넬이 대답했다. "전쟁의 불길은 타라나키 주까지 번졌을 게 분명합니다. 그리고 군대는 십중팔구 반란의 중심지인 산 너머 호수 쪽에 집결해 있을 겁니다."

"정말로 그렇다면 좋겠어요!" 헬레나가 말했다.

글레나번은 아내와 메리에게 애처로운 눈길을 던졌다. 그녀들은 어떤 도움도 받을 가망이 없이 이 사나운 원주민의 손아귀에 들어가 미개한 나라로 끌려가고 있었다. 하지만 그는 카이 쿠무가 자기를 지켜보고 있는 것을 알아차리고는, 헬레나가 그의 아내라는 것을 상대가 눈치채지 못하게 하려고 그녀에게는 아무 관심도 없는 것처럼 딴전을 피우며 강변을 바라보고 있었다.

배는 두 강물이 만나는 지점에서 7, 8킬로미터 올라간 곳에서 포타타우 왕이 전에 살았던 푸카와 마을 앞을 그대로 통과했다. 그들이 탄 배 외에는 한 척의 배도 강을 달리고 있지 않았다. 적당한 간격을 두고 강변에 서 있는 오두막 몇 채가 그 황폐한 모습으로 최근의 전쟁이 얼마나 처참했는가를 말해주고 있었다. 유역의 평원은 버림받은 것처럼 보였고 호숫가에는 인적이 없었다. 이 음울한 황무지에 생명을 주는 것은 몇몇 물새뿐이었다. 때로는 날개가 검고 배는 하얗고 부리는 빨간 도요새 종류가 긴 다리를 끌고 달아났다. 때로는 세 가지 종류의 왜가리, 즉 회색을 띤 해오라기, 얼빠진 얼굴을 한 쇠백로, 깃털은 하얗고 부리는 노랗고 발은 검은색을 띤 멋진 백로가 강기슭에서 배가 지나가는 것을 조용히 바라보고 있었다. 비탈진 강둑 때문에 물이 상당히 깊다는 것을 알 수 있는 곳에서는 원주민들이 '코타레'라고 부르는 물총새가 뉴질랜드 하천에 수없이 우글거리고 있는 장어를 노리고 있었다. 덤불이 강물 위에 지붕을 이루고 있는 곳에서는 후투티와 쇠물닭이 막 비쳐들기 시작한 햇빛을 받으며 아침의 몸단장에 여념이 없었다. 이 모든 새들은 전쟁으로 인간이 쫓겨났거나 죽은 덕분에 얻은 여유를 느긋하게 즐기고 있었다.

와이카토 강이 이 구간에서는 넓은 평원을 유유히 흐르고 있었다. 하지만 상류로 올라가면 언덕에 이어 산들이 양쪽에서 골짜기를 좁히고 있었다. 합류점에서 15킬로미터쯤 올라가면 파가넬의 지도에는 와이카토 강 왼쪽에 키리키리로아 강이 나와 있었는데, 실제로 그 강이 있었다. 카이 쿠무는 한 번도 배를 세우지 않았다. 그는 여행자들의 야영지를 습격할 때 빼앗은 식량을 포로들에게 돌려주었다. 추장과 전사와 노예들은 식물학자들이 '프테리스 에스쿨렌타'라고 부르는 식용 양치식물의 뿌리를 구운 것과 뉴질랜드 섬에서 많이 재배되는 '카파나스'라는 감자 등, 원주민이 주로 먹는 음식을 먹었다. 그들의 식사에는 육류가 전혀 포함되지 않았고, 포로들이 먹는 말린 고기는 그들의 식욕을 전혀 돋우지 않는 것 같았다.

3시에는 몇 개의 산이 강 오른쪽에 나타나기 시작했다. 이것은 포카로아 산맥인데, 무너진 성채의 제방과 비슷했다. 뾰족한 바위산 능선 위에는 무너진 '파'들이 있었는데, '파'는 난공불락의 위치에 세워진 마오리족의 요새이자 성채다. 그것은 마치 커다란 독수리 둥지 같았다.

해가 지평선 너머로 가라앉으려 할 무렵, 화산 지대에서 발원하는 와이카토 강물에 실려온 속돌이 뒹굴고 있는 비탈진 강변에 배가 부딪혔다. 그곳에는 나무가 몇 그루 나 있어서 좋은 야영지가 될 것 같았다. 카이 쿠무는 포로들을 배에서 내리게 했다. 남자들은 손이 묶였지만 여자들은 손이 자유로웠다. 원주민들은 포로들을 모두 야영지 한복판에 앉히고, 그 주위에는 불을 피워서 넘을 수 없는 불의 울타리를 만들었다.

카이 쿠무가 그들을 원주민 포로와 교환할 작정이라고 말할 때까지 글레나번과 존 맹글스는 자유를 되찾을 방법을 궁리하고 있었다. 배에 타고 있는 동안은 시도할 수 없는 일을 육지에서 야영하고 있는 동안에는 야음을 틈타 시도해볼 수 있을 거라고 기대했기 때문이다.

하지만 글레나번과 추장이 이야기를 나눈 뒤에는 그런 모험은 피하는 게 현명할 것 같았다. 참지 않으면 안 된다. 그것이 상책이었다. 무기를 들고 놈들을 습격하거나 이 미지의 지역을 도주해서는 구조될 수 있을 것 같지 않았다. 반면에 포로 교환을 한다면 구조될 가능성이 있다. 물론 이런저런 사건이 일어나 그런 교섭을 늦추거나 방해할지도 모른다. 하지만 가장 좋은 것은 역시 그 교섭의 결말을 기다리는 것이다. 실제로 겨우 열 명밖에 안 되는 사람이 무기도 없이 무장을 갖춘 30여 명의 야만인과 맞서서 도대체 뭘 할 수 있겠는가? 그뿐만 아니라 글레나번은 카이 쿠무의 부족이 누군가 유능한 지도자를 잃었고, 그래서 그를 되찾는 데 특별히 집착하고 있다고 상상했는데, 아무래도 그 짐작이 맞는 것 같았다.

이튿날 배는 다시 빠른 속도로 강을 거슬러 올라갔다. 10시에 배는 오른쪽 평원을 구불구불 흘러온 포하인헨나라는 작은 강과 합류하는 지점에서 잠깐 멈추었다.

여기서 열 명의 전사가 탄 배 한 척이 카이 쿠무의 배와 합류했다. 전사들은 재회의 인사도 변변히 나누지 않은 채 서로 뱃머리를 나란히 하고 나아갔다. 이번에 새로 합류한 자들은 최근에 영국군과 싸우고 온 전사들이었다. 그들의 갈기갈기 찢어진 옷과 피로 얼룩진 무기, 누더기 속에서 계속 피를 흘리고 있는 상처를 보면 알 수 있었다. 그들은 침울하고 말이 없었다. 모든 미개 부족이 갖고 있는 특유의 무관심 때문에 그들은 배에 타고 있는 유럽인들에게 전혀 주의를 기울이지 않았다.

정오에 마웅가타우타리 산의 봉우리들이 서쪽에 윤곽을 드러냈다. 와이카토 강의 골짜기가 좁아지기 시작했다. 거기서는 강이 깊은 골짜기가 되어 급류를 이루면서 격렬하게 끓어오르고 있었다. 하지만 건장한 야만인들은 노의 리듬에 맞춘 노랫소리에 힘을 얻어, 거품 이는 강물 위로 배를 밀어 올렸다. 급류를 지나자 와이카토 강은 1킬로미터마다 물굽이를 돌면서 기세가 줄어드는 느릿한 흐름으로 바뀌었다.

저녁에 카이 쿠무는 좁은 강변에 바싹 다가와 있는 산자락에 상륙했다. 산의 지맥이 강을 향해 수직으로 떨어져 내리고 있었다. 배에서 내린 스무 명 남짓한 원주민은 거기서 밤을 보낼 준비를 했다. 모닥불 두 개가 나무 밑에서 타오르고 있었다. 카이 쿠무와 같은 지위에 있는 추장이 조용히 앞으로 나와서, 카이 쿠무의 코에 제 코를 비비며 진심에서 우러나오는 인사를 했다. 포로들은 야영지 한복판에 앉혀졌고, 감시는 엄중하기 이를 데 없었다.

이튿날 아침 와이카토 강을 거슬러 올라가는 긴 여행이 다시 시작되었다. 그 밖에도 몇 척의 배가 작은 지류에서 나타났다. 최근의 전투에서 살아남아 도망쳐온 반란군이 분명했다. 이렇게 예순 명 남짓한 전사가 한데 모였지만, 영국군의 총에 많든 적든 혼이 난 그들은 산악 지대로 돌아가려 하고 있었다. 줄지어 나아가는 배에서 이따금 노랫소리가 들렸다. 한 원주민이 '피헤'라는 신비적이고 애국적인 노래를 부르기 시작했다.

파파 라 티 와티 티디
이 둥가 네이……

이것은 마오리족을 독립 전쟁으로 이끄는 일종의 국가(國歌)였다. 낭랑하게 울려 퍼지는 목소리는 산들의 메아리를 부르고, 한 소절이 끝날 때마다 원주민들은 가슴을 북처럼 두드리며 그 전투적인 가사를 다시 합창했다. 그리고 다시 노에 새로운 힘을 가하면 배는 흐름을 거슬러 수면을 질주했다.

이날 어떤 기묘한 현상이 일어나 이 항해의 기념이 되었다. 4시쯤 배는 추장의 단호한 손에 이끌려 망설이거나 속도를 늦추지도 않고 좁은 골짜기 속으로 돌진해 들어갔다. 사고를 일으키기 쉬운 수많은 바위섬에 파도가 격렬하게 부딪혀 부서졌다. 와이카토 강의 이 이상한 수로에서 배가 뒤집히기라도 하면 곤란한 일이었다. 그 강변에는 사람이 전혀 접근할 수 없었기 때문이다. 누구든 그 강변의 부글거리는 진창에 발을 들여놓은 사람은 목숨을 잃을 게 뻔했다.

사실 와이카토 강은 옛날부터 관광객들에게 알려져 있었던 온천 사이를 흐르고 있었다. 산화철이 강변의 진흙을 붉은색으로 물들이고 있었다. 그 진흙 속에 일단 발을 들여놓으면 2미터 밖에 떨어지지 않은 단단한 응회암에도 닿지 못할 것이다. 공기는 매캐한 유황 냄새로 가득 차 있었다. 원주민들은 태연했지만, 포로들은 바위틈에서 나오는 독기와 땅속의 가스 압력으로 터져 나오는 거품 때문에 몹시 기분이 나빠졌다. 하지만 후각은 이 발산물에 좀처럼 익숙해지지 않아도, 눈은 이 웅장한 광경을 황홀하게 바라보지 않을 수 없었다.

　배는 하얀 수증기로 이루어진 짙은 구름 속으로 들어갔다. 현기증이 나는 그 소용돌이는 강물 위에 돔을 이루어 겹쳐졌다. 양쪽 강변에는 백 개나 되는 간헐천이 대량의 수증기를 토해내거나 뜨거운 물기둥을 내뿜으면서 인간의 손으로 만들어진 샘물처럼 다양한 효과를 내고 있었다. 마치 무대장치가가 이 용천수의 분출을 마음대로 통제하고 있는 것 같았다. 뜨거운 물과 수증기는 공중에서 서로 섞여 햇빛 속에 무지개를 그렸다.

　와이카토 강은 이 일대에서는 지하의 불 때문에 끊임없이 끓어오르고 있는 불안정한 강바닥 위를 흐른다. 그곳에서 가까운 동쪽의 로토루아 호수 쪽에서는 로토마하나 강과 테타라타 강의 온천과 김이 피어오르는 폭포가 요란한 소리를 내고 있지만, 지금까지 이 광경을 잠깐이라도 본 사람은 대담한 여행가 몇 명 뿐이었다. 이 지역에는 도처에 간헐천과 분화구와 유황공이 뚫려 있다. 뉴질랜드에 활화산은 통가리로 산과 와카리 산뿐이다. 이 두 개의 불충분한 밸브만으로는 남아도는 가스를 다 배출할

강은 온천 사이를 흐르고 있었다.

수 없기 때문에, 미처 화산으로 나가지 못한 가스가 여기로 나오는 것이다.

원주민의 배들은 수면을 흔드는 소용돌이에 휩싸이면서 이 증기의 아치 속을 3킬로미터쯤 나아갔다. 그 후 유황 연기는 사라지고, 빠른 물살 때문에 생긴 맑은 공기가 숨이 막혀 헐떡이는 가슴을 식혀주었다. 용천수 지대는 끝났다.

날이 저물 때까지 두 개의 여울을 거슬러 올라갔다. 히파파투아 여울과 타마테아 여울이다. 저녁에 카이 쿠무는 와이파 강과 와이카토 강의 합류점에서 150킬로미터쯤 떨어진 곳에서 야영을 했다. 동쪽으로 구부러진 강은 여기서 샘물의 거대한 배출구처럼 남쪽으로 향하여 타우포 호로 떨어진다.

이튿날 자크 파가넬은 지도를 보고, 강의 오른쪽 기슭에 700미터 높이로 우뚝 솟아 있는 타우바라 산을 확인했다.

정오에 원주민의 배들은 강폭이 넓어진 곳을 지나 타우포 호로 나왔다. 원주민들은 어느 오두막 위에서 펄럭이고 있는 넝마 조각을 향해 경례를 했다. 그것은 그들 민족의 국기였다.

정오에 원주민의 배들은 타우포 호수로 나왔다.

11

타우포 호

길이가 40킬로미터, 너비가 30킬로미터, 바닥을 알 수 없을 만큼 깊은 이 호수는 역사가 시작되기 오래전에 북섬 중심부의 조면암 공동이 함몰되면서 생겨났다. 주위의 산들에서 흘러든 물은 이 거대한 구덩이를 가득 채웠다. 구덩이는 호수가 되었지만 여전히 깊었고, 아직도 측연으로는 그 깊이를 잴 수 없다.

해발 400미터 높이에 있으면서 800미터 높이의 산들에 둘러싸인 타우포 호는 이런 곳이다. 서쪽에는 깎아지른 듯한 거대한 바위, 북쪽에는 작은 숲을 머리에 인 봉우리 몇 개가 멀리 솟아 있고, 동쪽에는 관목 덤불 밑에서 반짝이는 속돌로 장식된 도로가 달리는 넓은 모래밭, 남쪽에는 전경의 수풀 너머에 솟아 있는 원뿔 모양의 화산들이 이 드넓은 호수를 장엄하게 둘러싸고 있다. 이 호수에서 폭풍이 일어나면 태평양의 태풍 못지않다.

이 일대가 지하의 불길 위에 걸려 있는 거대한 가마솥처럼 부글부글 끓고 있다. 땅은 지하에서 타오르는 불에 구워져 바르르 떨린다. 뜨거운 수증기가 도처에서 스며 나온다. 지표면은 지나치게 구운 케이크처럼 심하게 갈라진다. 그리고 아마 이 대지 자체도 갇힌 증기가 20킬로미터 떨어진 통가리로 산의 분화구에서 배출구를 발견하지 못했다면 작열하는 용광로 속에 가라앉아버렸을 것이다.

북쪽 연안에서 보면 이 화산은 불을 내뿜는 작은 언덕 위로 연기와 불길을 머리에 휘감고 나타났다. 통가리로 산은 상당히 복잡한 산계에 속해 있는 것처럼 여겨졌다. 그 뒤에는 평원에 고립된 루아페후 산이 2700미터 높이로 우뚝 솟아 있고, 그 머리는 항상 구름에 싸여 있다. 어느 누구도 인간의 접근을 허락하지 않는 이 원뿔 모양의 산꼭대기에 발자국을 남기지 못했다. 20년 동안 비드윌과 다이슨이 세 번이나, 또 최근에는 호흐슈테터가 접근하기 쉬운 통가리로 산의 봉우리들을 측정하고 있는 반면, 루아페후 산의 분화구 깊이는 아직도 측정되지 않았다.

이 화산들은 저마다 전설을 갖고 있다. 그리고 지금과 같은 상황이 아니었다면 파가넬은 분명 그 전설을 동료들에게 이야기해주었을 것이다. 그 전설은 당시 친하게 지내는 이웃이었던 통가리로와 타라나키 사이에 여자를 둘러싸고 일어난 다툼을 이야기하고 있는데, 화산이 모두 그렇듯이 머리가 벗겨진 대머리였던 통가리로는 흥분하여 타라나키를 때렸다. 얻어맞고 창피를 당한 타라나키는 왕가누이 계곡을 따라 도망쳤고, 도중에 산 두 개를 떨어뜨리고 해안에 도착하여 지금은 그곳에 에그몬트 산이라는 이름으로 혼자 쓸쓸히 서 있다.

하지만 파가넬은 지금은 이야기를 할 마음이 없었고, 동료들도 이야기를 들을 기분이 아니었다. 그들은 심술궂은 운명의 손에 끌려온 타우포 호의 북동쪽 연안을 말없이 둘러보고 있었다. 그레이스 목사가 호수 서안의 푸카와에 세운 선교회는 이제 존재하지 않았다. 목사는 전쟁이 일어난 뒤 반란의 중심에서 멀리 떨어진 곳으로 쫓겨났다. 포로들은 고립무원 상태로 복수를 열망하는 야만인들 손에 맡겨져 있었다. 더구나 이 북섬 안에서도 기독교가 끝내 침투하지 못한 이 미개 지역에서.

카이 쿠무는 와이카토 강을 떠나 그 하구를 이루는 작은 만을 가로질러 호수의 동쪽 모래밭에 배를 댔다. 그 모래밭은 600미터 높이의 망가 산 앞에서 완만한 기복을 이루는 산기슭에 자리를 잡고 있었다. 그곳에는 뉴질랜드의 귀중한 아마인 '포르미움' 밭이 펼쳐져 있었는데, 이 유용한 식물은 버릴 것이 전혀 없다. 꽃은 꿀을 제공하고, 줄기에서는 밀랍이나 풀의 대용품인 고무질 물질이 나온다. 잎은 더욱 쓸모가 있어서 여러 가지로 가공할 수 있다. 날것은 종이로 쓰고, 말리면 좋은 부싯깃이 되고, 가늘게 자르면 노끈이나 밧줄이나 그물을 짤 수 있고, 섬유를 풀어서 껍질을 벗기면 침구나 도롱이, 돗자리나 허리감개가 되고, 그것을 붉은색이나 검은색으로 물들이면 마오리족 가운데 최고 멋쟁이 남자의 몸을 장식한다.

그리고 이 귀중한 포르미움은 바닷가든 강가든 호숫가든 두 섬의 도처에서 자란다. 여기서는 야생 포르미움이 밭을 가득 메우고 있었다. 용설란과 비슷한 적갈색 꽃은 칼을 교차시킨 장식과 비슷한 기다란 잎이 복잡하게 얽혀 있는 덤불에서 빠져나와

도처에 피어 있었다. 포르미움 밭에서 자주 볼 수 있는 홍작이라는 우아한 새가 수많은 무리를 이루어 날아다니며 꽃 속의 꿀을 즐기고 있었다.

호수에서는 회색과 초록색이 섞인 검은 깃털의 오리 떼가 물을 튀기고 있었다. 이 오리는 사람이 쉽게 길들일 수 있다.

거기서 400미터쯤 떨어진 가파른 산비탈에 마오리족의 요새인 '파'가 보였다. 이 '파'는 난공불락의 요충지에 설치된다. 손발이 모두 자유로워져서 한 사람씩 배에서 내린 포로들은 야만인 전사들의 호위를 받으며 이 요새로 보내졌다. 요새로 통하는 오솔길은 포르미움 밭과 아름다운 숲을 가로지르고 있었다. 그 숲에는 초록빛 꽃과 붉은색 열매가 달리는 '카이카테아', 종려야자 대신 충분히 먹을 수 있는 꽃이 피고 원주민이 '티'라고 부르는 용혈수, 그리고 헝겊을 검게 물들이는 데 쓰이는 '후이우' 같은 나무들이 가득했다. 금속 같은 광택을 가진 대형 비둘기, 회색을 띤 박각시나방, 그리고 붉은빛이 감도는 목살을 가진 수많은 찌르레기가 원주민들이 다가가자 공중으로 날아올랐다.

글레나번과 헬레나를 비롯한 포로들은 상당히 길고 구불구불한 길을 지나 요새 안으로 들어갔다.

바깥쪽에 둘러친 5미터 높이의 튼튼한 울타리가 요새를 지키고 있었다. 이 울타리 안에는 말뚝이 늘어서 있고, 그다음에는 총안이 뚫린 버드나무 울타리가 두 번째 구역을 둘러싸고 있었는데, 이 구역은 마오리족이 쌓은 성채와 40여 채의 오두막이 서 있는 '파'의 본부였다.

이곳에 도착했을 때 포로들은 두 번째 울타리의 말뚝 위에 놓

글레나번을 비롯한 포로들은 요새 안으로 들어갔다.

여 있는 머리들을 보고 온몸의 털이 곤두서는 것을 느꼈다. 헬레나와 메리는 공포보다 혐오감 때문에 눈길을 돌렸다. 그 머리들은 전투에서 패한 적의 추장들이었고, 머리를 제외한 몸뚱이는 승자들의 식사가 되었다.

지리학자는 눈알을 빼앗기고 텅 비어버린 눈구멍을 보고 그것을 알았다.

사실 승자들은 패한 추장들의 눈알을 게걸스럽게 먹어버렸다. 원주민 방식으로 뇌수는 빼내고 거죽은 완전히 벗기고 코는 나무토막으로 막고 콧구멍에는 포르미움을 채워넣고 입과 눈꺼풀은 삼실로 꿰매어 사전 준비를 마친 머리를 화로에 넣어 30시간 동안 연기로 그슬린다. 이렇게 처리하면 머리는 언제까지나 썩지도 않고 주름도 잡히지 않은 채 그대로 보존되어 승리의 기념물이 된다.

마오리족은 자기네 추장의 머리도 보존할 때가 많다. 다만 이 경우에는 눈알이 눈구멍 속에 남은 채 밖을 노려본다. 뉴질랜드 원주민은 이 유해를 자랑스럽게 남에게 보여준다. 그들은 이것을 젊은 전사에게 보여주어 숭배하게 하고, 엄숙한 의식을 거행하여 이 유해에 존경을 바친다.

그렇게 크지 않은 오두막들 중에서 카이 쿠무의 오두막은 요새 안쪽에, 유럽인이라면 연병장이라고 부를 만한 넓고 탁 트인 곳을 앞에 두고 서 있었다. 이 오두막 둘레에는 간격을 두고 말뚝을 박고 나뭇가지를 엮어서 말뚝 사이를 막았다. 오두막 안에는 포르미움으로 짠 거적이 깔려 있었다. 길이가 6미터에 정면의 폭이 4미터, 높이가 3미터, 넓이가 80평방미터—이것이 카이 쿠무의 처소였다. 뉴질랜드 원주민 추장이 사는 데 이보다 더 큰 집은 필요 없다.

하나뿐인 출입구가 오두막 안으로 통해 있고, 나뭇가지를 엮어서 만든 두꺼운 문이 달려 있었다. 위에는 지붕이 로마 시대의 빗물받이 같은 형태로 뻗어 있었다. 서까래 끝에 새긴 몇 개의 형상이 오두막을 장식하고 있고, 정면 현관은 나뭇잎 모양이나 상징적 도형, 괴물이나 당초무늬 등, 원주민 장식사가 끌로 새긴 진귀한 미술품을 보여주어 방문객들을 감탄시켰다.

오두막 안의 바닥은 땅바닥보다 한 뼘쯤 높게 되어 있었다. 갈대를 엮어 만든 깔개와 보들보들한 '티파' 잎으로 짠 거적, 말린 양치류로 만든 이불이 잠자리가 되어 있었다. 둘레를 돌로 단단히 다진 중앙의 구덩이가 난로였고, 지붕에 구멍이 또 하나 뚫려서 굴뚝 역할을 하고 있었다. 연기는 충분히 자욱해진 뒤에야 이 출구를 이용할 마음이 나겠지만, 집 안벽에 더없이 아름다운 검은색 피막을 남기고 가는 것을 잊지 않는다.

오두막 옆에는 감자나 토란, 식용 양치류 같은 수확물과 뜨겁게 달군 돌로 음식을 굽는 데 쓰는 화로를 넣어둔 창고가 몇 개 서 있었다.

그 맞은편의 작은 우리 안에는 돼지와 산양을 넣어두었는데, 좀처럼 보기 힘든 이 동물들은 쿡 선장이 이곳에 적응시킨 유용한 짐승의 자손들이다. 개들은 부족한 먹이를 찾아 이리저리 돌아다니고 있었는데, 이 짐승은 마오리족의 일상 음식이 되는 가축으로는 별로 소중하게 여겨지지 않는다.

글레나번과 동료들은 이 모든 상황을 한눈에 파악했다. 그들은 빈 오두막 옆에서 추장이 결정을 내려주기를 기다렸지만, 한 무리의 노파들에게 곤욕을 치러야 했다. 이 완고하고 무정한 노파들은 주먹을 휘두르며 그들을 에워싼 채 성난 얼굴로 고함을 질렀다. 노파들의 두꺼운 입술에서 새어나오는 몇 마디 영어로 미루어, 그들은 지금 당장 앙갚음할 것을 요구하고 있는 게 분명했다.

이 호통과 협박 속에서 헬레나는 얼핏 침착한 것처럼 보였지만, 실은 마음속에 있을 리가 없는 평정을 겉으로만 내보이고 있을 뿐이었다. 이 꿋꿋한 여성은 남편의 냉정함을 조금도 어지럽히지 않으려고 애써 자신을 억누르고 있었다. 불쌍한 메리 그랜트는 충격과 공포로 기절할 것만 같았지만, 존 맹글스가 메리를 지키기 위해서라면 죽음도 마다하지 않을 각오로 그녀를 떠받치고 있었다. 포로들은 저마다 노파들이 쏟아내는 욕설을 견디고 있었다. 소령처럼 무관심하게, 또는 파가넬처럼 짜증을 내면서.

글레나번은 헬레나가 이 시끄러운 노파들에게 공격당하지 않게 하려고, 카이 쿠무에게 곧장 다가가서 그 추악한 무리를 가리키며 말했다.

"저 노파들을 쫓아내라."

마오리족 추장은 아무 대답도 하지 않은 채 글레나번을 뚫어지게 바라보았다. 그러고는 큰 소리로 소란을 피우고 있는 무리를 몸짓으로 침묵시켰다. 글레나번은 감사의 표시로 고개를 숙이고, 천천히 동료들 한복판의 원래 자리로 돌아왔다.

이때 요새에는 노인과 청장년을 합하여 백 명쯤 되는 원주민이 모여 있었다. 어떤 사람은 조용하지만 침울하게 카이 쿠무의 명령을 기다렸고, 또 어떤 사람은 통절한 슬픔에 사로잡혀 괴로워하고 있었다. 이들은 최근 전투에서 죽은 가족이나 친구를 애도하고 있었다.

윌리엄 톰프슨의 호소에 응하여 봉기한 추장들 가운데 카이 쿠무 혼자 이 호수 지방으로 돌아온 것이다. 그리고 그가 와이카토 강 하류의 평원에서 독립군이 패배했음을 동족에게 처음으로 알렸다. 그의 휘하에서 독립 전쟁에 참여한 200명의 전사들 가운데 150명은 돌아오지 못했다. 몇 명은 침략군의 포로가 되어 있다 해도, 전쟁터에 쓰러져 다시는 조상의 땅으로 돌아오지 못할 사람은 얼마나 될까?

카이 쿠무가 귀환했을 때 깊은 슬픔이 부족을 덮친 이유는 바로 그것이었다. 그동안 패배 소식이 전해지지 않았던 곳에 갑자기 그 슬픈 소식이 전해진 것이다.

이 원주민들에게 정신적 고통은 항상 육체적 움직임이 되어 나타난다. 그래서 죽은 전사들의 가족이나 친지, 특히 아내들은 날카로운 조개껍데기로 자신의 얼굴이나 어깨를 찢었다. 피가 솟구쳐 눈물과 섞였다. 깊은 상처는 깊은 절망을 나타냈다. 피투성이가 되어 이성을 잃고 날뛰는 여자들은 보기에도 무서웠다.

원주민이 보기에는 아주 중대한 또 다른 이유로 그들의 절망은 더욱 깊어졌다. 그들이 애도하는 가족이나 친구가 더 이상 이 세상에 없을 뿐만 아니라 그 유골이 가족 묘지에 묻히지도 못하게 된 것이다. 그런데 유해를 소유하는 것은 마오리족의 종교에서는 내세의 운명에 필수불가결한 것으로 여겨지고 있었다. 그것은 썩어가는 살이 아니라 정성껏 모아서 깨끗이 씻고 닦고 문지르고 수액까지 칠해서, 마지막으로 '사자의 집'을 뜻하는 '우두파'에 안치된 뼈를 말한다. 이 무덤들은 고인의 문신을 충실하게 재현한 목상으로 장식된다. 하지만 이번에는 무덤이 빈 채였고, 장례식도 치러지지 않고, 들개가 먹다 남긴 뼈는 매장되지도 못한 채 전쟁터에서 하얗게 바랠 것이다.

그래서 고통의 표현은 점점 더 격렬해졌다. 여자들의 협박에 이어 유럽인에 대한 남자들의 저주가 시작되었다. 시끄럽게 욕하는 소리가 터져 나오고, 몸짓도 한층 격렬해졌다. 외침 소리에 이어 폭력이 시작될 것 같은 분위기였다.

카이 쿠무는 부족민 가운데 광적인 자들이 지나친 행동으로 치닫는 것을 우려하여 요새의 다른 쪽 끝, 깎아지른 듯한 언덕 위의 신성한 곳으로 포로들을 옮기게 했다. 이 오두막은 그 위에 30미터 높이로 솟아 있는 바위를 등지고 있었는데, 그 바위는 이 요새 쪽에서 상당히 가파른 비탈이 되어 끝나고 있었다. '신성한 집'을 뜻하는 '와레아투아'에서 사제인 아리키들은 아버지와 아들과 새 즉 정령으로 이루어진 삼위일체의 신을 원주민들에게 가르쳤다. 넓고 밀폐되어 있는 이 오두막에는 최고의 신성한 음식이 차려져 있는데, 이 음식은 마우이-랑가-랑구이*가 사제들의 입을 통해 먹는다.

일단 여기서 성난 원주민들의 공격을 피하게 된 포로들은 거적 위에 드러누웠다. 헬레나는 기진맥진했고 정신력도 약해져

* 이 세상에 최초로 출현한 세 인간으로, 뉴질랜드 원주민들이 받드는 조상신이다.

서 남편의 품 안에 쓰러졌다.

글레나번은 아내를 품에 안고 속삭였다.

"용기를 내. 하느님은 우리를 버리지 않으실 거야!"

로버트는 오두막에 갇히자마자 윌슨의 어깨 위로 올라가 지붕과 벽 사이로 머리를 밀어 넣는 데 성공했다. 그곳에는 화관처럼 엮은 부적들이 걸려 있었다. 그 높은 위치에서 로버트는 요새의 전경과 카이 쿠무의 집을 볼 수 있었다.

"놈들은 추장 주위에 모여 있어요." 로버트가 낮은 소리로 말했다. "팔을 휘두르고 있어요…… 고함을 지르고 있어요…… 카이 쿠무가 무언가 말을 하려고 해요……."

소년은 잠시 침묵했다가 다시 말을 이었다.

"카이 쿠무가 뭐라고 말하고 있는데…… 야만인들은 조용해졌어요…… 추장의 이야기를 얌전히 듣고 있어요……."

"그 추장한테는 우리를 지켜주는 게 이익이야." 소령이 말했다. "추장은 우리를 부족의 고위층과 교환하고 싶어 해! 하지만 전사들이 거기에 동의할까?"

"예…… 놈들은 추장의 말에 귀를 기울이고 있어요." 로버트가 다시 말했다. "놈들이 흩어지고 있어요…… 집으로 돌아가는 놈도 있고…… 요새에서 나가는 놈도……."

"그게 정말이냐?" 소령이 외쳤다.

"네, 소령님. 카이 쿠무만 함께 배를 타고 온 부하들과 남았어요…… 아니, 전사 하나가 이쪽으로 오고 있어요……."

"내려와, 로버트." 글레나번이 말했다.

일어나 있던 헬레나가 이때 남편의 팔을 잡았다.

로버트는 윌슨의 어깨 위로 올라가……

"여보." 헬레나가 단호한 목소리로 말했다. "메리도 나도 산 채로 그 야만인들의 수중에 들어갈 수는 없어요!"

이렇게 말하고 나서 그녀는 글레나번에게 권총을 내밀었다.

"무기잖아!" 글레나번이 외쳤다. 그 눈에 한 줄기 빛이 달렸다.

"그래요. 놈들이 여자한테는 몸수색을 하지 않았어요! 하지만 여보, 이 총은 우리한테 써주세요. 야만인들을 죽이는 데 쓰지 말고!"

"에드워드!" 소령이 황급히 말했다. "총을 감추게! 아직 그럴 때가 아니야!"

글레나번은 권총을 옷 속에 감추었다. 오두막 입구를 막고 있던 거적이 올라가더니, 한 원주민이 나타났다.

그는 포로들에게 자기를 따라오라고 신호했다. 글레나번 일행은 한데 모여서 요새 마당을 가로질러 카이 쿠무 앞에 멈춰 섰다.

이 추장 주위에는 부족의 주요 전사들이 모여 있었다. 그들 중에는 와이카토 강이 포하인헨나 강과 합류하는 곳에서 카이 쿠무를 만난 배에 타고 있던 원주민의 얼굴도 보였다. 그는 사납고 잔인한 얼굴에 늠름한 체격을 가진 마흔 살 남짓한 사내였다. 그의 이름은 카라 테테였는데, 원주민 말로 '발끈하는 사람'이라는 뜻이다. 카이 쿠무는 이 사내를 상당히 존중하는 태도로 대했고, 그 훌륭한 문신을 보면 카라 테테가 부족 내에서 높은 지위를 차지하고 있음을 알 수 있었다. 하지만 보는 눈이 있는 사람이라면 이들 두 추장이 서로 경쟁하는 사이라는 것을 알아차렸을 것이다. 카라 테테의 세력을 카이 쿠무가 질시하고 있다는 것을 소령은 알아차렸다. 그들은 둘이서 이 거대한 와이카토 부족을 통솔하고 있었다. 게다가 그 권력은 둘이 대등했다. 따라서 이 회담을 하는 동안 카이 쿠무의 입은 웃음을 띠고 있어도 그 눈은 깊은 적개심을 드러내고 있었다.

카이 쿠무는 글레나번을 심문하기 시작했다.

"너는 영국인이냐?" 그가 물었다.

"그렇다." 글레나번은 주저 없이 대답했다. 영국인이라고 말해야 포로 교환이 더 쉬워질 것이기 때문이다.

"그러면 동료들은?"

"동료들도 나와 마찬가지로 영국인이다. 우리는 여행자다. 조난을 당했다. 전쟁에는 전혀 관여하지 않았다."

"그런 건 문제가 아니야!" 카라 테테가 거칠게 대꾸했다. "영국인은 모두 우리의 적이다. 네 동족이 우리 섬을 침략했다! 놈들은 우리 마을을 불태웠다!"

"그건 나쁘다!" 글레나번은 엄숙한 목소리로 말했다. "내가 이렇게 말하는 것은 정말로 그렇게 생각하기 때문이다. 너희한테 붙잡혀 있기 때문이 아니다."

"들어봐." 카이 쿠무가 다시 말했다. "누이-아투아*의 대사제인 토훙가가 네 동족에게 붙잡혀 있다. '파케타'(백인)의 포로가 되어 있다. 우리의 신은 그의 목숨을 사라고 명령했다. 나로서는 네 심장을 도려내주고 싶다. 너와 동료들의 목을 이 울타리의 말뚝에 매달아주고 싶다! 하지만 누이-아투아가 신탁을

* 〔원주〕 뉴질랜드 원주민의 신.

내렸기 때문에……."

이렇게 말하면서 그때까지 자제력을 유지해온 카이 쿠무가 분노로 몸을 부들부들 떨었다. 그의 얼굴은 광포하고 흥분한 표정을 띠었다.

잠시 후 그는 전보다 더 냉정하게 말을 이었다.

"영국인은 너와 토홍가를 교환할까?"

글레나번은 금방 대답하지 않고, 마오리족 추장의 태도를 주의 깊게 지켜보았다.

"그건 나도 모른다." 잠시 침묵한 뒤 그가 말했다.

"네 목숨은 토홍가의 목숨과 바꿀 가치가 있나?" 카이 쿠무가 물었다.

"없다. 나는 우리나라에서 추장도 사제도 아니니까."

파가넬은 이 대답에 어이가 없어서 놀란 눈으로 글레나번을 바라보았다.

카이 쿠무도 역시 뜻밖이라고 생각한 모양이었다.

"교환해줄지 의심스럽다고 생각하나?"

"나는 모른다." 글레나번은 같은 말을 되풀이했다.

"너의 동족은 우리 토홍가를 내주고 너를 받으려 하지 않을까?"

"나 혼자? 천만에. 우리 모두라면 혹시 교환해줄지 모르지만."

"1 대 1로 교환하는 게 우리 마오리족의 관습이다."

"우선 저 여자들과 너희 사제를 교환하자고 제의하는 게 좋을 거다." 글레나번은 헬레나와 메리 그랜트를 가리키면서 말했다.

헬레나는 남편 쪽으로 달려가려고 했지만 소령이 그녀를 말렸다.

"저 두 여자는……" 글레나번은 헬레나와 메리 쪽을 향해 정중하게 고개를 숙이면서 말을 이었다. "우리나라에서는 아주 지위가 높다."

전사는 차갑게 포로를 노려보았다. 심술궂은 미소가 그의 입술을 스쳤다. 하지만 그는 거의 동시에 웃음을 죽이고, 간신히 감정을 억누른 목소리로 대답했다.

"나를 거짓말로 속일 셈이냐? 빌어먹을 백인 놈아! 카이 쿠무의 눈은 사람의 마음을 읽을 줄 안단 말이다."

그러고는 헬레나를 가리키며 말했다

"저 여자는 네 마누라지?"

"아니! 내 마누라야!" 카라 테테가 외쳤다. 그러고는 포로들을 밀어젖히더니 헬레나의 어깨로 손을 뻗었다. 헬레나는 얼굴이 파랗게 질렸다.

"여보!" 불행한 여자는 제정신을 잃고 외쳤다.

글레나번은 한 마디도 하지 않고 팔을 들었다. 총성이 울려 퍼졌다. 카라 테테는 그 자리에 쓰러져 죽었다.

이 총성을 듣고 원주민들이 오두막에서 뛰쳐나왔다. 요새 마당은 순식간에 원주민으로 가득 찼다. 백 개나 되는 팔이 불행한 포로들을 금방이라도 내리칠 자세를 취했다. 글레나번은 권총을 빼앗겼다.

카이 쿠무는 글레나번에게 이상한 눈길을 던졌다. 그러고는 한 손으로 글레나번의 몸을 감싸고, 또 한 손으로는 포로들에게 덤벼들려고 하는 군중을 제지했다.

그의 목소리가 간신히 떠들썩한 소음을 제압했다.

"타부! 타부!" 그가 외쳤다.

이 말과 함께 군중은 글레나번과 동료들 앞에 딱 멈춰 섰다. 초자연적인 힘이 당분간 포로들을 지켜주고 있었다.

잠시 후 포로들은 그들의 감옥이 된 와레아투아로 돌아갔다. 하지만 로버트 그랜트와 자크 파가넬은 그들과 함께 있지 않았다.

"타부! 타부!" 카이 쿠무가 외쳤다.

12
마오리족 추장의 장례식

카이 쿠무는 부족 추장의 자격과 함께 사제의 자격도 갖고 있었다. 이런 경우는 뉴질랜드에서 상당히 자주 볼 수 있다. 그는 사제의 지위를 갖고 있었기 때문에, 사제로서 인간이나 사물에 미신적인 터부*의 보호를 줄 수 있었다.

폴리네시아 인종†의 모든 부족에 공통된 터부는 그 터부의 보호를 받는 사람이나 사물과 관계를 갖거나 사용하는 것을 금지하는 효과를 갖는다. 마오리족의 종교에 따르면, 터부로 선언된

---

* 폴리네시아어 '타부(tabu)'에서 나온 말로, 신성하거나 속된 것, 또는 깨끗하거나 부정하다고 인정된 사물·장소·행위·인격·말 따위에 관하여 접촉하거나 언급하는 것을 금지하거나 꺼리고, 그것을 범하면 초자연적인 징벌이 가해진다고 믿는 풍속.
† 폴리네시아는 오세아니아 동쪽 해역에 분포하는 수천 개 섬들을 일컫는 말이다. 이곳 주민들은 비교적 단일한 인종을 형성하여, 남녀 모두 큰 키에 건장한 체격을 지니며, 피부는 밝은 갈색이고 지적 수준은 오세아니아에서 최고라고 할 수 있다. 사회적으로 엄격한 신분제도가 실시되고 있으며, 특히 추장의 권위가 대단하다.

사람이나 사물에 손을 대는 것은 신을 모독한 것이나 마찬가지이기 때문에, 그 사람은 신에게 죽음의 징벌을 받게 된다. 뿐만 아니라 신이 그 보복을 미룰 경우에는 사제들이 대신 나서서 그 보복을 수행하게 된다.

터부는 개인 생활의 평범한 상황에서 생겨나는 것을 제외하고는 추장들이 정치적 목적을 위해 사용한다. 원주민은 머리털을 잘랐을 때라든가 문신 시술을 받았을 때, 통나무배를 만들었거나 집을 지었을 때, 또는 죽을병에 걸렸거나 죽었을 경우 며칠 동안 터부가 된다. 생각지도 않은 소비 때문에 강의 물고기가 줄어들 기미가 있다거나 감자가 여물기 전에 감자밭이 못쓰게 될 것 같으면, 물고기나 감자밭은 보호적이고 경제적인 터부를 받는다. 어떤 추장이 시끄러운 자들을 자기 집에서 멀리 떼어놓고 싶으면 자기 집을 터부로 한다. 외국 배와 거래를 통해 얻는 이익을 독점하려면, 이 배도 터부로 한다. 마음에 들지 않는 유럽인 상인을 쫓아내려면 그 상인을 터부로 한다. 이렇게 되면 추장의 터부는 옛날 왕의 '거부권'과 비슷하다.

어떤 물건이 터부가 되어 있을 때는 이 물건에 손을 대는 개인도 반드시 벌을 받게 된다. 어떤 원주민이 터부로 선언되면, 그는 일정 기간 동안 어떤 종류의 음식을 먹을 수 없다. 이 엄격한 금식 규정이 완화되면, 어떤 종류의 음식에 손을 댈 수 없는 것은 마찬가지지만, 노예들이 그 음식을 그의 목구멍에 넣어주는 것은 허용된다. 노예를 가질 만큼 부유하지 않은 사람은 짐승처럼 입으로 직접 음식을 먹어야 한다.

요컨대 결론적으로 말하면 이 기묘한 풍습은 뉴질랜드 원주민의 가장 사소한 행동까지도 지배하고 규제한다. 그것은 신이 인간의 사회생활에 끊임없이 간섭하는 행위다. 터부는 법률과 같은 무게를 가졌고, 반론의 여지가 없는 마오리족의 법전은 터부의 빈번한 적용으로 이루어져 있다.

와레아투아에 갇힌 포로들의 경우, 자의적인 터부가 부족민의 분노로부터 그들을 구해주었다. 원주민 가운데 카이 쿠무의 친구나 지지자들은 우두머리의 목소리에 행동을 멈추고 포로들을 지켜준 것이다.

하지만 글레나번은 자신에게 주어질 운명에 대해 헛된 희망을 품지 않았다. 추장을 죽인 죄는 그의 죽음으로만 속죄할 수 있다. 그런데 죽음은 부족에 따라서는 긴 고통의 끝일 뿐이다. 그래서 글레나번은 그가 아무리 정당한 분노 때문에 무기를 들었다 해도 거기에 대해 잔혹한 보복을 받게 될 거라고 각오했다. 하지만 그는 카이 쿠무의 분노가 다른 사람들한테까지 확대되지 않기를 바랐다.

그와 동료들은 얼마나 고통스러운 밤을 보냈던가! 누가 그들의 불안을 묘사하고 그들의 고뇌를 헤아릴 수 있겠는가! 불쌍한 로버트와 선량한 파가넬은 끝내 모습을 나타내지 않았다. 하지만 그들의 운명을 어떻게 의심할 수 있겠는가? 그들은 원주민에게 우선적으로 보복당한 게 분명했다. 웬만해서는 절망하지 않는 맥내브스 소령도 모든 희망을 잃었다. 존 맹글스는 동생을 잃은 메리가 참담한 절망에 빠진 걸 보고 미칠 지경이었다. 글레나번은 미개인에게 고통을 당하거나 노예가 되기보다는 차라리 남편 손에 죽고 싶다는 헬레나의 그 무서운 요구를 생각하고 있었다. 어떻게 그런 용기를 낼 수 있을까?

2월 13일 아침이 왔다. 원주민과 터부로 보호를 받은 포로들 사이에는 어떤 교섭도 이루어지지 않았다. 오두막에는 약간의 식량이 있었지만, 불행한 포로들은 음식에 거의 손을 대지 않았다. 슬픔 앞에서는 배고픔도 사라져버렸다. 그날은 아무 변화도 없고 희망도 없이 지나갔다. 아마 고인의 장례식과 포로들에 대한 처형은 동시에 시작될 터였다.

하지만 글레나번은 포로 교환 문제가 카이 쿠무의 마음속에서 완전히 사라진 게 분명하다고 생각한 반면, 소령은 아직도 한 가닥 희망을 품고 있었다. 소령은 카라 테테의 죽음을 보고 카이 쿠무가 어떤 태도를 취했는지를 글레나번에게 지적하면서 말했다.

"카이 쿠무가 속으로는 자네를 고맙게 생각하고 있을지도 모르잖나?"

하지만 소령의 말에도 불구하고 글레나번은 더 이상 희망에 매달리려 하지 않았다. 그 이튿날도 처형을 준비하는 기미는 전혀 보이지 않은 채 지나갔다. 처형이 지연되는 이유는 다음과 같았다.

마오리족은 사람이 죽으면 그 후 사흘 동안은 영혼이 고인의 몸속에 머문다고 믿었고, 그래서 24시간이 세 번 지날 때까지는 시신을 매장하지 않는다. 죽음의 일시 정지 상태인 이 관습은 매우 엄격하게 지켜졌다. 2월 15일까지는 요새에 아무도 얼씬거리지 않았다. 존 맹글스는 윌슨의 어깨 위에 올라가 바깥 상황을 자주 관찰했다. 원주민은 아무도 거기에 나타나지 않았다. 평상시 경계 근무를 서고 있는 파수꾼만 와레아투아의 문간을 교대로 지키고 있을 뿐이었다.

하지만 사흘째가 되자 그 일대 오두막의 문들이 열렸다. 남녀노소 수백 명의 원주민이 묵묵히 '파'에 모여들었다.

카이 쿠무도 자기 집에서 나와 부족의 수뇌진에 둘러싸인 채 다른 곳보다 수십 센티미터 높게 돋우어진 요새 중앙에 자리를 잡았다. 원주민들은 거기서 몇 미터 내려간 곳에 반원을 그리며 빙 둘러섰다. 모두 침묵을 지키고 있었다.

카이 쿠무가 신호를 보내자 한 전사가 와레아투아 쪽으로 다가왔다.

"잊지 마세요, 여보." 헬레나가 남편에게 말했다.

글레나번은 아내를 끌어안았다. 그러자 메리 그랜트는 존 맹글스에게 다가가서 말했다.

"글레나번 나리와 마님은 여자가 욕된 삶을 피하기 위해 남편 손에 죽어도 좋다면 처녀도 그런 삶을 피하기 위해 약혼자의 손에 죽어도 좋다고 생각하실 거예요. 존, 이 마지막 순간에 나는 당신한테 그렇게 말할 수 있어요. 나는 오래전부터 당신 마음에 간직된 당신의 약혼녀가 아닌가요? 존, 헬레나 마님이 글레나번 나리를 믿고 의지하듯 나도 당신을 믿고 의지해도 되겠죠?"

"메리!" 젊은 선장은 들뜬 목소리로 외쳤다. "아아, 사랑하는 메리……."

그는 말을 끝까지 할 수 없었다. 입구에 친 거적이 올라가고, 포로들은 카이 쿠무에게 끌려갔다. 두 여자는 자신의 운명을 이미 체념하고 있었지만, 남자들은 초인적인 노력으로 불안을 감춘 채 평정을 유지하고 있었다.

그들은 원주민 추장 앞에서 걸음을 멈추었다. 추장은 당장 판결을 내리려고 했다.

"너는 카라 테테를 죽였다. 그렇지?" 추장이 글레나번에게 말했다.

"그렇다. 내가 죽였다." 글레나번이 대답했다.

"내일 해가 뜰 때 너는 죽는다."

"나 혼자?" 글레나번이 물었다. 그의 심장은 격렬하게 고동치고 있었다.

"아아, 우리 토홍가의 목숨이 너의 목숨보다 귀중하지 않았다면!" 카이 쿠무가 외쳤다. 그의 눈은 지독한 원통함을 드러내고 있었다.

이때 원주민들 사이에 동요가 일어났다. 글레나번은 재빨리 주위를 둘러보았다. 곧 군중이 길을 열어주었고, 땀투성이 전사 하나가 기진맥진한 모습으로 나타났다.

카이 쿠무는 그 전사를 알아보자마자 영어로 말했다. 포로들이 알아듣게 하려는 의도인 게 분명했다.

"너는 파케타의 진지에서 왔지?"

"그렇습니다." 마오리족 전사가 대답했다.

"붙잡혀 있는 토홍가를 보았느냐?"

"봤습니다."

"살아 있느냐?"

"죽었습니다! 영국군에게 총살당했습니다!"

이로써 글레나번과 동료들의 운명도 결정되었다.

"모두 죽는다." 카이 쿠무가 외쳤다. "너희는 모두 내일 새벽에 죽는다!"

이리하여 이 불운한 사람들은 모두 함께 벌을 받게 되었다. 헬레나와 메리 그랜트는 숭고한 감사의 뜻이 담긴 눈으로 하늘을 쳐다보았다.

포로들은 와레아투아로 돌아가지 않고, 이날은 온종일 추장의 장례식과 거기에 따르는 의식에 입회해야 했다. 원주민 무리가 그들을 거대한 카우리 소나무 아래로 끌고 갔다. 여기서도 그들을 감시하는 자들은 한시도 눈을 떼지 않고 그들 옆에 붙어 있었다. 나머지 마오리족은 모두 공공연한 슬픔에 마음을 빼앗겨 포로들을 잊고 있는 것처럼 보였다.

카라 테테가 죽은 지 사흘이 지났다. 따라서 고인의 영혼은 이승의 몸을 떠났다. 장례식이 시작되었다.

시신은 요새 중앙의 작은 둔덕 위로 옮겨졌다. 시신은 호화로운 옷을 걸치고 아름다운 돗자리에 싸여 있었다. 깃털로 장식된 머리는 초록빛 잎을 엮어 만든 관을 쓰고 있었다. 얼굴과 가슴과 두 팔에는 수액을 발라서 조금도 부패되지 않았다.

친족과 친지들이 둔덕 아래로 다가왔다. 그리고 갑자기 지휘자가 지휘봉을 휘둘러 진혼곡을 연주하기 시작한 것처럼 곡소리와 흐느끼는 소리의 대합창이 하늘로 솟아올랐다. 그들은 둔중한 리듬으로 고인을 애도하며 비탄에 빠져 슬피 울었다. 근친자는 제 가슴을 두드리고, 친족 여자들은 손톱으로 제 얼굴을 할퀴어 눈물보다 피를 많이 흘렸다. 이 불행한 여자들은 이런 야만적인 의무를 정성껏 수행했다. 하지만 고인의 영혼을 달래기 위해서는 이런 연극으로는 부족했다. 그의 분노는 살아남은 부족민을 덮칠지도 모른다. 그리고 그의 부하 전사들은 그를 이 세상으로 다시 데려올 수 없는 이상 그가 저 세상에서 지상의 안락한 생활을 아쉬워하지 않게 하려고 마음먹었다. 그래서 카라 테테의 아내는 남편을 무덤 속에 놓아두고 갈 수 없었다. 불행한 그 여자는 남편이 죽은 뒤에 살아남기를 거부했을 것이다. 그것은 의무와 일치한 관습이었고, 실제로 이런 희생을 치른 예는 뉴질랜드에 얼마든지 있다.

그 아내가 나타났다. 아직 젊은 여자였다. 흐트러진 머리카락이 어깨 위에서 나부꼈다. 그녀의 곡소리는 하늘을 향해 솟아올랐다. 종잡을 수 없는 말, 애도의 말, 고인에 대한 덕담이 그녀의 신음 소리에 섞여서 들려왔다. 그리고 그녀는 극단적인 슬픔의 발작에 빠져 둔덕 밑에 몸을 던지고 머리로 땅바닥을 짓찧었다.

이때 카이 쿠무가 그녀에게 다가갔다. 불행한 희생자는 갑자기 벌떡 일어났다. 하지만 추장의 손에 들려 있던 '메레'(곤봉)가 그녀를 다시 때려눕혔다. 그녀는 즉사했다.

당장 무서운 고함 소리가 일어났다. 백 개나 되는 팔이 이 처참한 장면에 겁을 먹은 포로들을 위협했다. 하지만 아무도 움직이지 않았다. 아직은 장례식이 끝나지 않았기 때문이다.

카라 테테의 아내는 남편을 따라 죽었다. 두 구의 시신은 나란히 안치되어 있었다. 하지만 고인이 내세에서도 안락하게 살려면 아내만으로는 부족했다. 이 부부의 노예들이 저 세상으로 따라가지 않으면 저승에서 누가 그들의 시중을 들겠는가?

여섯 명의 불운한 사람들이 주인의 시신 앞으로 끌려나왔다. 냉혹한 전쟁의 규칙에 따라 노예가 된 하인들이었다. 그들은 주인이 살아 있는 동안에는 극도의 고난을 맛보고, 헤아릴 수 없을 만큼 심한 학대를 당하고, 음식도 제대로 먹지 못한 채 소나 말처럼 혹사당하고 있었지만, 이제 마오리족 신앙에 따르면 지금까지와 똑같은 노예 생활을 앞으로도 영원히 계속하게 될 터였다.

이 불행한 사람들은 자신의 운명을 체념하고 있는 듯이 보였다. 그들은 오래전부터 예상하고 있던 희생에 조금도 놀라지 않았다. 그들의 손이 묶여 있지 않은 것은 그들이 저항도 하지 않고 운명에 순응하여 죽음을 받아들인다는 증거였다.

이 죽음은 순간적인 것이어서 그들은 고통을 오래 맛보지 않았다. 괴롭힘을 당하고 있는 것은 스무 걸음쯤 떨어진 곳에 한데 모여 점점 더 처참해지고 있는 끔찍한 장면을 보지 않으려고 눈길을 돌리고 있는 포로들이었다.

여섯 명의 건장한 전사가 제각기 곤봉을 내리쳐 희생자들을 피바다 속에 쓰러뜨렸다.

이것은 끔찍한 식인 장면이 시작된다는 신호였다.

노예들의 시체는 주인의 시신처럼 터부로 지켜지지 않는다. 그들의 시체는 부족의 것이다. 그것은 장례식 참석자들에게 주어진 접대 음식에 불과하다. 그래서 이 피의 축제가 끝나자 원주민 전체가 남녀노소 불문하고 추장도 전사도 노인도 여자와 아이들도 모두 동물적인 격정에 사로잡혀, 이미 죽어 있는 희생자들의 시체를 향해 우르르 덤벼들었다. 갈팡질팡하는 사이에

끔찍한 식인 장면이 시작된다는 신호였다.

아직도 김이 피어오르고 있는 시체들은 갈기갈기 찢기고 잘리고 난도질되어 잘게 토막이 났다. 그 자리에 있던 200명의 마오리족이 모두 저마다 사람 고기를 한 조각씩 얻었다. 그들은 서로 밀치고 싸우며 고기 조각을 뺏고 빼앗겼다. 따뜻한 핏방울이 이 악마 같은 원주민의 몸에 튀고, 이 혐오스러운 짐승들은 비처럼 쏟아지는 붉은 피 속에서 밀치락달치락 웅성거렸다. 그것은 먹이에 열중한 호랑이의 광란과 집착을 연상시켰다. 마치 투기장에서 검투사가 죽인 맹수를 게걸스럽게 먹고 있는 광경 같았다. 이윽고 요새의 스무 군데에 불이 피워졌다. 고기 굽는 냄새가 대기를 더럽혔다. 그리고 이 향연의 무서운 소란, 고기로 가득 찬 목에서 나오는 외침 소리가 없었다면, 포로들에게는 식인종의 이빨에 희생자들의 뼈가 잘게 부서지는 소리가 들렸을 것이다.

글레나번과 동료들은 숨을 헐떡거리면서, 불쌍한 두 여자가 이 끔찍한 광경을 보지 못하게 하려고 애썼다. 이때 그들은 내일 동이 틀 무렵에 그들을 기다리고 있는 형벌이 어떤 것인지, 그리고 그렇게 죽기 전에 어떤 고통을 당하게 될 것인지를 깨달았다. 그들은 공포에 질려 아무 말도 나오지 않았다.

이윽고 장례 춤이 시작되었다. '카와카와'(뉴질랜드 후추)에서 뽑아낸 독한 술이 야만인들의 도취를 부추겼다. 그들에게는 이제 인간다운 면이 전혀 없었다. 그들은 흥겨운 나머지 도가 지나쳐서 추장이 내린 터부도 잊어버리고, 그 광란에 겁을 먹고 있는 포로들에게 흉악한 짓을 가하지 않을까? 하지만 다른 사람이 모두 술에 취했는데도 카이 쿠무는 이성을 유지하고 있었다. 그는 이 피의 향연이 최고조에 이르렀다가 가라앉을 때까지 한 시간 동안 내버려두었다. 그 후 장례의 마지막 장이 여느 때와 같은 의식으로 연출되었다.

카라 테테와 그 아내의 시신은 뉴질랜드 원주민의 관습에 따라 팔다리를 구부려 배 위에 포개놓았다. 이번에는 땅속에 매장할 차례였다. 다만 최종적으로 매장하는 것이 아니라 흙이 살을 삼켜서 뼈만 남을 때까지 임시로 매장해둘 뿐이다.

'우두파'(무덤)의 위치는 요새 밖에 적당한 곳을 골라두었다. 약 3킬로미터쯤 떨어진 호수의 오른쪽 연안에 있는 마웅가나무라는 작은 산의 꼭대기였다.

시신이 운구될 곳은 거기였다. 사람들은 지극히 원시적인 상여, 아니 좀 더 확실히 말하면 들것 두 개를 둔덕 밑으로 가져왔다. 시신을 상여에 눕힌다기보다는 구부려 앉히고, 식물의 덩굴로 둘둘 감아서 옷이 벗겨지지 않게 했다. 전사 네 명이 상여를 어깨에 메고 부족 전체가 다시 장송곡을 부르면서 매장지까지 행렬을 이루어 따라갔다.

포로들은 여전히 감시당하면서 장례 행렬이 요새의 울타리를 나가는 것을 보았다. 그 후 노랫소리와 외침 소리는 점점 희미해졌다.

이 장례 행렬은 약 30분쯤 골짜기 바닥에 있어서 그들의 시야를 떠나 있었다. 그 후 그들은 행렬이 산길을 구불구불 올라가는 것을 보았다. 거리가 멀어서, 그 길고 구불구불한 행렬의 파도 같은 움직임이 환상적으로 보였다.

240미터 높이, 즉 마웅가나무 산의 꼭대기에 카라 테테를 매

전사 네 명이 상여를 어깨에 메고……

장하기 위해 미리 마련해둔 곳이 있었다. 부족은 이곳에서 걸음을 멈추었다.

그냥 평범한 부족민이라면 무덤으로 구덩이와 돌무더기밖에 주어지지 않았을 것이다. 하지만 이제 곧 신으로 추앙될, 그래서 공포의 대상이 되는 추장에게는 그의 공적에 걸맞은 무덤을 준비해놓고 있었다.

우두파는 울타리로 둘러싸여 있고, 고인이 잠들 구덩이 옆에는 황토로 붉게 칠한 형상으로 장식된 말뚝들이 늘어서 있었다.

'와이두아', 즉 죽은 사람의 혼령은 이승에서의 육체와 마찬가지로 유형의 음식을 먹는다는 것을 고인의 친족은 결코 잊지 않았다. 고인의 무기나 의복과 함께 음식도 울타리 안에 놓여 있는 것은 그 때문이었다.

무덤은 더할 나위 없이 쾌적했다. 부부는 거기에 나란히 안치되었고, 다시 한바탕 울며 슬퍼하는 장면이 연출된 뒤 무덤은 흙과 풀로 덮였다.

그 후 장례 행렬은 조용히 산을 내려왔다. 이제는 아무도 마웅가나무 산에 올라가지 못하고, 올라가면 죽음을 선고받게 된다. 이 산은 1846년에 뉴질랜드에서 일어난 지진으로 목숨을 잃은 어느 추장의 유해가 잠들어 있는 통가리로 산과 마찬가지로 '터부'가 되었기 때문이다.

13

마지막 몇 시간

태양이 타우포 호 건너편에 있는 투하후아 산과 푸케타푸 산 너머로 가라앉자 포로들은 다시 감옥으로 끌려갔다. 그들은 이제 와히티 산맥의 봉우리들이 아침 햇빛을 받을 때까지는 거기서 나오지 못할 터였다.

그들이 죽음을 준비할 시간은 이제 하룻밤밖에 남지 않았다. 쇠약과 공포로 녹초가 되어 있으면서도 그들은 모두 함께 식사를 했다.

"죽음을 정면으로 맞이하기 위해서는 아무리 힘이 많아도 모자라. 유럽인이 어떻게 죽을 수 있는지를 저 야만인들한테 보여주어야 돼." 글레나번이 말했다.

식사가 끝나자 헬레나는 큰 소리로 저녁 기도를 올렸다. 동료들은 모두 모자를 벗고 함께 기도했다.

죽음을 앞두고 신을 생각하지 않는 인간이 어디에 있을까?

이 일이 끝나자 포로들은 서로 입을 맞추었다.

메리 그랜트와 헬레나는 오두막 구석으로 물러가서 거적 위에 드러누웠다. 모든 고통을 멈추게 하는 잠이 이윽고 그들의 눈꺼풀 위에 무겁게 내려앉았다. 헬레나와 메리는 피로와 오랜 불면을 이기지 못하여 서로 끌어안고 잠들었다. 그러자 글레나번은 동료들을 옆으로 데려가서 말했다.

"우리의 목숨과 저 가엾은 여자들의 목숨은 하느님의 손안에 있습니다. 내일 우리가 죽는 것이 주님의 뜻이라면 아무것도 두려워하지 말고 최후의 심판을 받을 각오로 용감하게, 그리고 기독교도로서 훌륭하게 죽을 거라고 믿고 있습니다. 인간의 마음속을 꿰뚫어 보시는 주님은 우리가 고귀한 목적을 추구하고 있었다는 것을 아십니다. 성공이 아니라 죽음이 우리를 기다리고 있었다 해도 그것은 주님의 뜻입니다. 주님의 뜻이 아무리 엄격한 것이라 해도 나는 그분에게 불평하지 않습니다. 하지만 여기서 죽는 것은 단순한 죽음이 아니라 고문이고, 아마 오욕이기도 할 것입니다. 그리고 이곳에는 두 여성이 있습니다······."

이제까지 또렷했던 글레나번의 목소리가 여기서 바뀌었다. 그는 마음의 동요를 억누르지 못했다. 그는 잠시 침묵한 뒤 젊은 선장에게 말했다.

"존, 내가 헬레나에게 약속한 것을 자네는 메리한테 약속했겠지? 어떻게 하기로 했나?"

"그 약속에 관해서는 주님 앞에 나가도 지킬 권리가 있다고 생각합니다."

"그래, 존! 하지만 우리는 무기가 없는데?"

"여기 있습니다." 존은 단검 하나를 내보이며 대답했다. "카라 테테가 쓰러졌을 때 그 야만인의 손에서 빼앗아두었습니다. 나리와 저 가운데 나중에 죽는 사람이 마님과 메리의 소원을 이루어주기로 합시다."

이 말이 끝난 뒤 깊은 침묵이 오두막을 가득 채웠다. 마침내 소령이 그 침묵을 깼다.

"그 최후의 수단은 마지막 순간까지 아껴두게. 나는 돌이킬 수 없는 짓에는 별로 찬성할 수 없어."

"나는 우리 자신을 위해 그렇게 말한 게 아닙니다." 글레나번이 대답했다. "어떤 죽음이든 우리는 거기에 도전할 수 있어요! 만약 우리뿐이었다면 '탈출을 시도하자!'고, '저놈들을 습격하자!'고 벌써 스무 번이나 여러분께 말했을 겁니다. 하지만 저 여자들은……."

존이 이때 거적을 걷어 올리고 와레아투아 입구를 지키고 있는 스물다섯 명의 원주민을 헤아렸다. 커다란 모닥불이 타올라, 울퉁불퉁한 기복을 이룬 요새 마당에 기분 나쁜 빛을 던지고 있었다. 어떤 야만인은 모닥불 옆에 누워 있었고, 어떤 야만인은 가만히 선 채 밝은 불빛의 장막 위에 몸의 윤곽을 떠올리고 있었다. 하지만 그들은 모두 자신들이 지키고 있는 오두막에 끊임없이 눈길을 던지고 있었다.

지키고 있는 간수와 탈출하려는 죄수가 있을 경우, 기회는 죄수한테 있다고 한다. 실제로 탈출에 걸려 있는 이익은 죄수 쪽이 간수 쪽보다 훨씬 크기 때문이다. 간수는 자기가 남을 감시하고 있다는 것을 잊을 수 있지만, 죄수는 자기가 감시당하고 있다는 것을 한순간도 잊을 수 없다. 간수가 죄수의 도주를 막으려고 생각하는 것보다 죄수가 도주를 생각할 때가 훨씬 많다.

그래서 종종 멋진 탈주극이 벌어지는 것이다.

하지만 여기서 죄수를 감시하고 있는 것은 무관심한 간수가 아니라 증오와 복수심이었다. 죄수들이 묶여 있지 않은 것은 그럴 필요가 없기 때문이었다. 어쨌든 스물다섯 명이 와레아투아의 유일한 출구를 지키고 있었다.

요새 끝에 있는 바위를 등진 이 오두막은 평지와 오두막을 잇는 좁은 산등성이를 통해서만 접근할 수 있었다. 산등성이 양쪽은 30미터 깊이의 골짜기 위로 불쑥 튀어나가 있는 깎아지른 산허리였다. 거기서 내려가는 것은 도저히 불가능했다. 거대한 바위에 막혀 있는 뒤쪽으로 도망치려 해도 전혀 방법이 없었다. 따라서 유일한 출구는 와레아투아의 입구 자체였고, 도개교처럼 요새로 통해 있는 그 등성이를 마오리족은 감시하고 있었다. 그래서 어떤 탈주도 불가능했다. 글레나번은 벌써 스무 번이나 감옥의 벽을 살펴본 끝에 그것을 인정하지 않을 수 없었다.

그러는 동안에도 이 불안한 밤은 시시각각 지나갔다. 짙은 어둠이 산을 휩싸버렸다. 달도 별도 이 깊은 어둠을 흐트러뜨리지 않았다. 이따금 돌풍이 요새의 산허리를 지나갔다. 오두막 주위의 말뚝이 삐걱거렸다. 원주민이 피운 모닥불은 잠깐 스쳐 지나간 바람을 받아 갑자기 확 타올랐다. 그리고 모닥불은 와레아투아의 내부에 희미한 빛을 꽂아 넣었다. 그러자 불빛은 오두막 안에 있는 포로들을 잠깐 비추었다. 그들은 마지막 생각에 잠겨 있었다. 죽음의 침묵이 오두막 안을 지배하고 있었다.

오전 4시쯤 오두막 안쪽의 말뚝 뒤, 오두막이 기대어 있는 바위 안쪽에서 나는 듯한 희미한 소리가 소령의 주의를 끌었다. 처음에는 그런 소리에 흥미가 없었던 맥내브스도 그 소리가 계속되는 것을 알아차리고 귀를 기울였다. 이윽고 그는 너무 집요하게 계속되는 그 소리에 흥미를 느끼고, 좀 더 잘 들으려고 땅바닥에 귀를 댔다. 벽을 긁고 있는 듯한 그 소리는 밖에서 굴을 파고 있는 듯한 느낌을 주었다.

그 사실이 확실해지자 소령은 글레나번과 존 맹글스 옆으로 살금살금 다가가서, 그들을 고통스러운 생각에서 끌어내어 오두막 안쪽으로 데려갔다.

"들어보게." 소령은 몸을 숙이라고 신호하면서 낮은 목소리로 말했다.

긁는 소리는 점점 확실히 들려왔다. 무언가 날카로운 물체에 밀려 돌멩이가 삐걱거리고 밖으로 무너지는 소리가 들렸다.

"굴을 파는 동물일까요?" 존 맹글스가 물었다.

글레나번이 이마를 탁 쳤다.

"만약 사람이라면……."

"사람인지 동물인지, 어쨌든 확인해보세." 소령이 말했다.

윌슨과 올비넷도 가담하여 모두 벽을 파기 시작했다. 존은 단검으로, 다른 사람들은 땅에서 캐낸 돌과 손톱으로. 한편 멀레디는 땅바닥에 엎드려 거적 틈새로 원주민 간수들을 감시했다.

야만인들은 모닥불 주위에서 꼼짝도 하지 않은 채, 그들로부터 겨우 스무 걸음밖에 떨어지지 않은 곳에서 일어나고 있는 일도 전혀 눈치채지 못했다.

응회암을 덮고 있는 흙은 부드러워서 파기가 쉬웠다. 그래서 도구가 없는데도 그들은 빠른 속도로 구멍을 팠다. 한 사람이나 몇 사람이 요새의 옆구리에 달라붙어 바깥벽에 구멍을 파고 있다는 것이 곧 분명해졌다. 그 목적은 무엇일까? 상대는 죄수가 여기 있다는 것을 알고 있을까? 아니면 이제 곧 끝날 것 같은 이 작업은 누군가가 우연히 하고 있는 것일까?

포로들은 점점 힘을 쥐어짰다. 손가락은 상처가 나서 피가 나왔지만, 그들은 계속 구멍을 팠다. 30분이 지나자 구멍은 깊이가 1미터에 이르렀다. 소리는 점점 강해져서, 바깥과의 연락을 방해하고 있는 것은 흙으로 이루어진 얇은 층뿐이라는 것을 알았다.

다시 몇 분이 지났다. 갑자기 소령이 날카로운 칼날에 베인 손을 끌어당겼다. 그는 입에서 새어나오려는 신음을 억눌렀다.

존은 흙에서 튀어나와 움직이고 있는 칼을 자기 단검으로 막았다. 그리고 그 칼을 쥐고 있는 손을 움켜잡았다.

그것은 아이의 손, 유럽인의 하얀 손이었다!

양쪽에서 아무도 입을 열지 않았다. 침묵하는 편이 좋다는 것을 양쪽 다 분명히 알고 있었다. 그러다가 글레나번이 작은 소리로 속삭였다.

"로버트냐?"

글레나번이 이 이름을 아무리 낮은 소리로 말했어도, 오두막 안에서 일어나고 있는 움직임에 이미 눈을 뜨고 있던 메리 그랜트는 그 소리를 듣고는 글레나번 옆으로 살그머니 다가가서 진흙투성이가 된 그 손을 잡고 수없이 입을 맞추었다.

"너구나! 너야!" 메리가 동생의 손을 잘못 볼 리는 없었다. "내 동생 로버트, 너구나!"

"그래, 누나." 로버트가 대답했다. "모두를 구하러 왔어! 하지만 조용히 해!"

"용감한 녀석!" 글레나번이 말했다.

"바깥에 있는 놈들을 조심해주세요." 로버트가 또 말했다.

소년의 출현에 잠시 정신이 팔려 있던 멀래디도 원래의 자리로 돌아갔다.

"괜찮아." 멀래디가 말했다. "지금 우리를 감시하고 있는 것은 네 명뿐이야. 나머지는 모두 자고 있어."

"기운을 내." 윌슨이 말했다.

구멍은 순식간에 넓혀졌고, 로버트는 누나의 품에서 헬레나의 품으로 옮겨졌다. 그의 목에는 포르미움으로 짠 기다란 밧줄이 감겨 있었다.

"로버트, 죽지 않았구나. 그 야만인들한테 죽지 않았어!" 헬레나가 중얼거렸다.

"예, 마님. 어찌 된 일인지, 그 소동이 벌어지고 있을 때 저는 놈들의 눈을 피해 도망칠 수 있었어요. 그래서 울타리 밖으로 나갔죠. 이틀 동안 덤불숲 속에 숨어 있었고, 밤에는 숲에서 나와 주위를 돌아다녔어요. 여러분을 만나고 싶었거든요. 부족 전체가 장례식을 준비하는 동안 이 감옥이 있는 요새 이쪽을 살피러 왔다가 여러분이 있는 곳으로 갈 수 있다는 걸 알았어요. 사람이 없는 오두막에서 이 칼과 밧줄을 훔쳐냈지요. 나뭇가지를 발판으로 삼아서 이 오두막이 기대 있는 바윗덩어리를 살피다가 우연히 동굴 같은 것을 발견했어요. 흙을 수십 센티미터 팠을 뿐인데 이렇게 여기로 나올 수 있었던 거예요."

소리를 내지 않는 조용한 입맞춤 스무 번이 로버트가 얻은 유일한 대답이었다.

"어서 가요!" 로버트가 결연한 어조로 말했다.

"파가넬은 밑에 있니?" 글레나번이 물었다.

"파가넬 선생님요?" 소년은 놀라서 되물었다.

"그래. 우리를 기다리고 있나?"

"아뇨. 파가넬 선생님이 여기 안 계신다고요?"

"그래, 로버트." 메리 그랜트가 대답했다.

"뭐라고? 너는 파가넬을 보지 못했니? 그 소동 속에서 만나지 못했어? 함께 도망친 거 아냐?"

"아뇨." 로버트는 사이좋은 파가넬이 실종되었다는 말을 듣고 맥이 풀렸다.

"가자!" 소령이 말했다. "1분도 낭비할 수 없어. 파가넬은 어디에 있든, 여기 있는 우리보다 더 나쁜 처지에 있을 리는 없어. 자, 어서 가!"

사실 약간의 시간도 귀중했다. 빨리 도망치지 않으면 안 되었다. 동굴 밖의 깎아지른 암벽을 제외하면 탈출은 별로 어렵지 않았다. 거의 수직에 가까운 그 암벽도 높이가 6미터에 불과했다. 그다음은 산기슭까지 상당히 완만한 비탈이 이어져 있었다. 거기까지 가면 포로들은 아래 골짜기로 당장 도망쳐 들어갈 수 있지만, 마오리족은 그들의 탈주를 알아차렸다 해도 그들을 따라잡기 위해 아주 먼 길로 우회해야 한다. 그들은 와레아투아와 바깥의 산 중턱 사이에 뚫려 있는 이 통로의 존재를 모르기 때문이다.

탈출이 시작되었다. 탈출에 성공하기 위해 그들은 모든 경계 조치를 취했다. 포로들은 한 사람씩 좁은 통로를 지나 동굴 안으로 들어갔다. 존 맹글스는 오두막을 떠나기 전에 파낸 흙을 모두 감추고, 자기도 구멍 속으로 들어가 오두막의 거적을 통로 입구에 늘어뜨렸다. 그래서 통로는 전혀 눈에 띄지 않게 되었다.

이번에는 수직 암벽을 경사면까지 내려가야 했다. 로버트가 밧줄을 가져오지 않았다면 거기까지 내려갈 수 없었을 것이다.

돌돌 말려 있던 밧줄이 풀렸다. 한쪽 끝을 불쑥 튀어나온 바위에 묶고, 밧줄을 밖으로 던졌다.

존 맹글스는 삼실을 꼬아서 만든 밧줄에 동료들의 몸을 맡기기 전에 자기가 먼저 시험해보았다. 그에게는 밧줄이 별로 튼튼해 보이지 않았던 것이다. 경솔하게 위험에 몸을 내맡기면 안 된다. 여기서 떨어지면 끝장이기 때문이다.

"이 밧줄은 두 사람의 무게밖에 지탱할 수 없습니다." 존 맹글스가 말했다. "그러니까 거기에 맞는 방식을 써야겠어요. 우선 나리 내외분이 내려가세요. 두 분이 경사면에 도착하면 밧줄을 세 번 흔들어서 신호를 보내세요. 그러면 다음 사람이 내려가는 겁니다."

"제가 맨 먼저 갈게요." 로버트가 말했다. "사실은 경사면 아래쪽에서 깊은 동굴을 발견했어요. 먼저 내려간 사람은 거기에 숨어서 다른 사람을 기다리면 돼요."

"그래, 먼저 가거라, 로버트." 글레나번이 소년의 손을 잡고 말했다.

로버트는 동굴 입구에서 사라졌다. 1분 뒤 밧줄이 세 번 흔들려 소년이 무사히 내려간 것을 알렸다.

당장 글레나번과 헬레나가 동굴 밖으로 나갔다. 어둠은 아직 깊었지만, 동쪽에 우뚝 솟아 있는 봉우리들에 벌써 회색이 어슴푸레 나타나고 있었다.

살을 찌르는 듯한 새벽 추위가 젊은 부인의 활기를 되살려주었다. 그녀는 힘이 되살아나는 것을 느끼고 위험한 탈출을 개시했다.

글레나번이 앞장서고 헬레나가 그 뒤를 따랐다. 그들은 수직 암벽이 경사면과 만나는 곳으로 밧줄을 타고 내려갔다. 경사면 바닥이 가까워지자 글레나번은 발을 디딜 만한 곳을 찾았다. 그렇게 자기가 먼저 시험해보고 안전하다는 것을 확인한 뒤, 헬레나의 발을 거기에 내려놓게 했다. 새 몇 마리가 갑자기 잠에서 깨어나 소리를 지르며 날아올랐다. 그리고 돌멩이 하나가 바위 틈새에서 빠져나와 소리를 내며 산기슭까지 굴러떨어졌을 때는 그들도 흠칫 놀랐다.

비탈 중간까지 왔을 때 동굴 입구에서 목소리가 들렸다.

"정지!" 존 맹글스가 속삭였다.

글레나번은 한 손으로 번행초 줄기를 움켜잡고 또 한 손으로는 아내를 떠 안으면서 숨을 죽이고 기다렸다.

윌슨이 불안을 느낀 것이다. 와레아투아 밖에서 무슨 소리가 나는 것을 듣고, 윌슨은 오두막 안으로 돌아가 거적을 들어 올리고 마오리족의 동태를 살폈다. 그의 신호를 받고 존 맹글스가 글레나번을 세운 것이다.

글레나번과 헬레나는 밧줄을 타고 내려갔다.

실제로 마오리족 전사들 가운데 하나가 이상한 소리를 듣고는 일어나서 와레아투아 쪽으로 다가왔다. 그는 오두막에서 두세 걸음 떨어진 곳에 멈춰 서서 고개를 숙이고 귀를 기울였다. 그는 그 자세로 귀를 곤두세운 채 눈을 크게 뜨고 있었다. 그 시간은 1분 정도였지만 한 시간만큼 길게 느껴졌다. 그러고는 자기가 잘못 생각했다는 듯이 고개를 저으면서 동료들 쪽으로 돌아가더니 삭정이를 한 아름 안아서 반쯤 꺼져버린 모닥불 속에 던져 넣었다. 불길이 다시 타올랐다. 불빛을 받아 또렷이 드러난 그 얼굴은 이제 아무런 우려도 보이지 않았다. 그는 지평선을 희번하게 밝히고 있는 새벽빛을 바라본 뒤, 차가워진 손발을 덥히려고 모닥불 옆에 드러누웠다.

"괜찮습니다." 윌슨이 말했다.

존은 글레나번에게 계속 내려가라는 신호를 보냈다.

글레나번은 조용히 비탈을 미끄러져 내려갔다. 헬레나와 그는 곧 로버트가 기다리고 있는 좁은 산길로 나갔다.

밧줄이 세 번 흔들렸고, 이번에는 존이 메리 그랜트를 떠 안고 위험한 루트를 내려왔다. 하강은 순조롭게 이루어졌다. 로버트가 가르쳐준 동굴에서 존은 글레나번과 헬레나를 만났다.

5분 뒤에는 와레아투아에서 보기 좋게 탈출한 일행이 잠시 몸을 숨겼던 동굴을 나와서, 사람이 살고 있는 호숫가를 피해 좁은 오솔길을 따라 산속으로 들어갔다.

들킬 염려가 있는 지점은 모두 피하려고 애쓰면서 그들은 빠르게 걸었다. 그들은 아무 말도 하지 않고 덤불숲을 그림자처럼 미끄러져갔다. 어디로 가는가? 목적지는 없었다. 하지만 그들은 자유였다.

5시쯤 날이 밝기 시작했다. 푸르스름한 색조가 하늘 높이 떠 있는 구름을 얼룩덜룩 물들였다. 안개에 싸인 봉우리들이 아침 안개 속에서 나타났다. 태양은 이제 곧 얼굴을 내밀 것이다. 그리고 이 태양은 참혹한 죽음의 신호가 되지 않고 죄수들의 도주를 알려줄 터였다.

따라서 그들의 운명을 결정하는 순간까지 도망자들은 야만인들의 손이 미치지 않는 곳에 가서 야만인들과의 거리를 벌려 추적의 단서를 없애버리지 않으면 안 되었다. 하지만 그들의 걸음은 빠르지 않았다. 산길이 너무 험했기 때문이다. 헬레나는 글레나번에게 업혀 간다고까지는 말할 수 없지만 부축을 받으면서 비탈을 올라갔고, 메리 그랜트는 존 맹글스의 팔에 매달려 있었다. 로버트는 성공의 기쁨에 잠겨서 행복한 듯 의기양양하게 앞장서서 나아갔다. 두 명의 선원이 후미를 맡았다.

다시 30분이 지났다. 지평선에 자욱한 안개 속에서 눈부신 태양이 떠오르고 있었다.

30분 동안 도망자들은 무턱대고 걸었다. 그들을 인도해줄 파가넬이 없었기 때문이다. 그들의 불안거리인 파가넬, 그가 없는 것이 그들의 행복에 어두운 그림자를 던지고 있었다. 하지만 그들은 가능한 한 동쪽으로, 화려한 아침노을 쪽으로 나아갔다. 곧 그들은 타우포 호에서 150미터쯤 떨어진 높은 산 위로 나왔는데, 고도가 높은 탓도 있어서 아침의 냉기가 더욱 날카롭게 그들의 살을 찔렀다. 어렴풋한 형태의 언덕이나 산들이 층층이 겹쳐 쌓여 있었다. 하지만 그 속으로 도망쳐 들어가는 것이야말

5시쯤 날이 밝기 시작했다.

로 글레나번이 바라는 바였다. 이 산의 미궁에서 어떻게 빠져나갈 것인지는 나중에 생각하면 된다.

마침내 태양이 나타났다. 그리고 그 최초의 빛을 도망자들 쪽으로 보냈다.

갑자기 백 명의 외침 소리로 이루어진 무시무시한 고함 소리가 일어났다. 그것은 요새에서 일어난 소리였다. 이때 글레나번은 요새의 정확한 위치를 알 수 없게 된 상태였다. 게다가 발아래 자욱하게 낀 안개 장막 때문에 그는 낮은 골짜기도 분간하지 못하고 있었다.

하지만 도망자들은 이제 의심하지 않았다. 그들의 탈출이 발각된 것이다. 원주민의 추적을 벗어날 수 있을까? 원주민들이 그들의 모습을 보았을까? 놈들이 그들의 발자국을 찾아내지 않았을까?

바로 그때 아래쪽에서 안개가 올라와 축축한 구름으로 그들을 감쌌다. 그리고 그들은 100미터쯤 아래쪽에서 미쳐 날뛰고 있는 원주민 무리를 보았다.

그들도 원주민 무리를 보았지만 원주민들도 그들을 보았다. 수많은 고함 소리가 일어나고 개 짖는 소리도 거기에 가세했다. 부족 전체가 와레아투아 뒤쪽의 암벽을 기어오르려다가 실패한 뒤 울타리 밖으로 뛰쳐나가, 그들의 보복에서 도망치려는 죄수들을 지름길로 쫓아온 것이다.

14
성역이 된 산

산꼭대기는 거기서 30미터나 더 높이 솟아 있었다. 도망자들은 반대쪽 산허리로 나가서 마오리족의 눈에 띄지 않도록 우선 그 꼭대기로 올라가야 했다. 그러고 나면 사람이 지나다닐 수 있는 등성이를 따라 복잡한 산계를 이루고 있는 가까운 봉우리로 나갈 수도 있을 거라고 그들은 생각했다. 파가넬이 함께 있다면 이 복잡한 산계를 빠져나갈 수 있게 해주었을 텐데.

그래서 점점 다가오는 고함 소리의 위협 아래 등반 속도가 빨라졌다. 몰려오는 야만인 무리가 산기슭에 도착했다.

"기운을 내, 기운을!" 글레나번은 이렇게 외치면서 목소리와 몸짓으로 동료들을 격려했다.

5분도 지나기 전에 그들은 꼭대기에 이르렀다. 거기서 그들은 상황을 판단하고, 마오리족의 눈을 속일 수 있는 방향을 찾으려고 뒤를 돌아보았다.

이 높은 곳에서 바라보니, 아름다운 산들에 둘러싸여 서쪽으로 펼쳐져 있는 타우포 호가 한눈에 내려다보였다. 북쪽에는 피롱기아 산맥, 남쪽에는 통가리로 화산의 불타는 분화구, 동쪽에는 이스트 곶에서 쿡 해협까지 끊임없이 이어져 있는 와히티 산맥을 이루는 봉우리와 등성이의 암벽이 있었다. 따라서 그들은 다른 출구가 있는지 없는지도 모른 채 반대쪽 비탈을 내려가 좁은 골짜기로 들어갈 수밖에 없었다.

글레나번은 불안한 눈으로 재빨리 주위를 둘러보았다. 안개는 햇빛을 만나 사라져버렸기 때문에 그의 눈은 아주 작은 구덩이도 모두 알아볼 수 있었다. 마오리족의 어떤 움직임도 그의 눈을 피할 수 없었다.

원주민들이 원뿔 모양의 외딴 봉우리가 솟아 있는 이 구릉지 위에 도착했을 때, 글레나번과 그들 사이의 거리는 150미터도 채 되지 않았다.

글레나번은 잠시도 휴식을 연장시킬 수 없었다. 아무리 피곤해도 빨리 도망치지 않으면 들켜버린다.

"내려가자!" 그가 외쳤다. "길이 막히기 전에 어서!"

하지만 불쌍한 여자들이 남은 힘을 모두 쥐어짜내어 일어났을 때 맥내브스가 그들을 말리면서 말했다.

"그럴 필요 없네, 글레나번. 저걸 봐."

그제야 그들은 마오리족의 움직임에 설명할 수 없는 변화가 일어난 것을 알아차렸다.

마오리족의 추격이 갑자기 중단된 것이다. 산으로의 돌격은 고압적인 명령으로 중단되었다. 원주민 무리는 조급해지는 기세를 억누르고, 바위에 부딪힌 파도처럼 솟구쳐 올랐다.

피에 굶주려 있던 야만인들은 모두 산기슭에 늘어서서 고함을 지르고 팔이나 총이나 도끼를 휘둘렀지만 한 걸음도 나아가지 않았다. 개들도 주인처럼 딱 멈춰 서서 미친 듯이 짖어댔다.

도대체 무슨 일이 일어난 것일까? 눈에 보이지 않는 어떤 힘이 원주민들을 막은 것일까? 도망자들은 영문도 모른 채, 카이쿠무의 부족을 묶어놓은 마력이 언젠가 풀리지 않을까 걱정하면서 그들을 바라보고 있었다.

그때 갑자기 존 맹글스가 소리를 질렀다. 동료들은 모두 그를 돌아보았다. 존 맹글스는 원뿔 모양의 봉우리 꼭대기에 서 있는 작은 요새를 가리켰다.

"카라 테테 추장의 무덤이에요!" 로버트가 외쳤다.

"그게 정말이냐, 로버트?" 글레나번이 물었다.

"예, 나리. 정말로 무덤이에요! 전 알아요."

로버트의 말이 옳았다. 15미터쯤 위의 산꼭대기에 갓 칠한 말뚝들이 작은 울타리를 이루고 있었다. 이제는 글레나번도 그것이 원주민 추장의 무덤이라는 것을 알았다. 도망치는 동안 생각지도 않게 우연히 마웅가나무 산꼭대기에 와버린 것이다.

글레나번은 동료들을 따라 원뿔 모양의 봉우리 꼭대기까지 남은 비탈을 기어올라 무덤 아래까지 갔다. 거적으로 덮인 넓은 입구가 열려 있었다. 글레나번은 무덤 안으로 들어가려다가 갑자기 성큼 뒤로 물러섰다.

"야만인이!"

"이 무덤 속에 야만인이?" 소령이 물었다.

"그래요."

"상관없어. 들어가세."

글레나번과 소령, 로버트, 존 맹글스는 울타리 안으로 들어갔다. 포르미움으로 짠 커다란 도롱이를 걸친 마오리족이 거기에 있었다. 무덤 안이 어두워서 얼굴을 분간할 수는 없었다. 그는 아주 침착하고 태평스럽게 식사를 하고 있었다. 글레나번은 그에게 말을 걸려고 했지만, 바로 그때 그 원주민이 선수를 쳐서 유창한 영어로 상냥하게 말했다.

"앉으세요, 친애하는 나리. 식사가 준비되어 있습니다."

그것은 파가넬이었다. 도망자들은 그의 목소리를 듣고 무덤 안으로 뛰어들었다. 비범한 지리학자는 그들을 일일이 끌어안았다. 파가넬을 찾았다! 파가넬은 그들의 구원이었다. 사람들은 그에게 묻고 싶었다. 어떻게, 그리고 무엇 때문에 그가 이 마웅가나무 산꼭대기에 있는지 알고 싶었다. 하지만 글레나번은 이 성급한 호기심을 한 마디로 억눌렀다.

"야만인은?" 그가 물었다.

"야만인 말입니까?" 파가넬은 어깨를 으쓱하며 말했다. "난 그런 놈들은 전혀 상대하지 않아요!"

"하지만 놈들은……."

"나는 그런 놈들을 경멸해요! 가서 놈들을 보세요!"

모두 무덤을 나가는 파가넬을 따라갔다. 원주민들은 아직도 아까와 같은 곳에서 원뿔 모양의 봉우리를 둘러싼 채 무서운 고함을 지르고 있었다.

"외쳐라, 외쳐! 목이 쉬도록 외쳐라, 얼간이들아!" 파가넬이

"앉으세요, 친애하는 나리. 식사가 준비되어 있습니다."

말했다. "자, 올라올 수 있으면 올라와봐!"

"왜 저러는 겁니까?" 글레나번이 물었다.

"추장이 이 산에 묻혀 있으니까요. 이 무덤이 우리를 지켜주니까요. 이 산은 성역이니까요!"

"성역?"

"그래요. 그래서 나는 중세에 죄를 지은 사람들이 성역으로 도망치곤 했듯이 여기로 피신한 겁니다."

"하느님은 우리 편이에요!" 헬레나가 두 손을 하늘로 쳐들면서 외쳤다.

실제로 이 산은 터부로 신성화된 성역이었기 때문에 미신적인 야만인들의 침입을 면할 수 있었다.

이것으로 도망자들이 구조되었다고는 아직 말할 수 없지만, 잠시 쉴 수는 있었다. 기진맥진한 상태였던 그들에게 이 잠깐의 휴식은 더없이 달가웠다. 글레나번은 말할 수 없는 감동에 사로잡혀 아무 말도 하지 못했고, 소령은 정말로 기쁜 표정으로 고개를 젓고 있었다.

"그러면 여러분." 파가넬이 말했다. "저 짐승 같은 놈들이 인내력을 기르기 위해 우리를 이용할 생각이라면 그것은 놈들이 잘못 생각한 겁니다. 이틀도 지나기 전에 우리는 놈들의 손이 닿지 않는 곳에 가 있을 테니까요."

"도망치는 겁니까? 하지만 어떻게요?" 글레나번이 물었다.

"그건 아직 모릅니다. 하지만 어쨌든 우리는 도망칠 겁니다." 파가넬이 대답했다.

일행은 지리학자가 어떻게 해서 이곳으로 도망쳐왔는지 알고 싶어 했다. 평소에는 그렇게 말 많은 사람이 그 이야기를 삼가고 있는 것은 참으로 요상한 일이었지만, 그의 모험담을 듣기 위해서는 그의 입술에서 말을 억지로 끌어내야 했다. 언제든 자진해서 말할 준비가 되어 있는 그가 지금은 다른 사람의 질문에 얼버무리는 대답밖에는 하지 않았다.

'파가넬이 변해버렸군!' 소령은 속으로 생각했다.

사실 그 존경스러운 학자의 풍모도 전과 달라져 있었다. 그는 헐렁한 도롱이로 몸을 꽁꽁 감싸고 남의 눈길을 피하는 것 같았다. 그가 화제에 오를 때마다 당황해서 쩔쩔매는 모습을 모두 알아차렸지만, 보고도 모르는 척 아무 말도 하지 않았다. 파가넬은 자기가 화제에 오르지 않을 때는 여느 때의 쾌활함을 되찾곤 했다.

일행이 무덤의 말뚝 밑에 모두 함께 앉아 있을 때 동료들이 그에게서 끌어낸 모험담은 다음과 같았다.

카라 테테가 살해된 뒤 파가넬은 로버트와 마찬가지로 원주민의 소란을 틈타 요새의 울타리 밖으로 뛰쳐나갔다. 하지만 그는 로버트보다 운이 나빠서 어느 원주민 부족의 마을로 들어가고 말았다. 그곳에서 그는 키가 크고 똑똑해 보이는 추장을 만났는데, 그 추장은 물론 부족의 모든 전사들보다 지위가 높았고, 게다가 영어도 약간 할 줄 알았다. 그는 자기 코를 지리학자의 코에 문지르며 환영의 뜻을 표했다.

이 추장은 이름이 '햇빛'을 뜻하는 '히히'였는데, 결코 나쁜 사람은 아니었다. 그는 지리학자의 안경과 망원경 때문에 파가넬을 높이 평가한 것 같았다. 그리고 친절한 대우로 파가넬에 대한 애착을 표현했을 뿐만 아니라, 특히 밤에는 튼튼한 밧줄로 파가넬을 자기 몸에 묶어서 강한 애착을 나타냈다.

이런 상황이 사흘 동안 계속되었다. 그동안 파가넬은 좋은 대우를 받았을까? "그렇기도 하고 아니기도 하다"고 그는 대답했을 뿐, 더 이상 자세한 설명은 하지 않았다. 요컨대 그는 사로잡힌 포로였고 즉시 처형될 것 같지는 않았지만, 그 점을 제외하면 그의 처지가 불운한 동료들의 처지보다 나아 보이지도 않았다.

다행히 어느 날 밤 그는 밧줄을 이빨로 물어서 끊고 도망칠 수 있었다. 그는 멀리서 추장의 장례식을 보았다. 추장이 마웅가나무 산에 묻혔고, 그 사실 때문에 마웅가나무 산에 올라가는 것이 금지되리라는 것을 알았다. 동료들이 붙잡혀 있는 나라를 떠날 마음이 없었던 그는 거기에 몸을 숨기기로 결정했다. 그리고 그 위험한 시도에 성공했다. 전날 밤 카라 테테의 무덤에 도착한 그는 동료들이 신의 가호로 도망칠 길을 찾을 수 있기를 바라면서 기다리는 동안 힘을 비축해둘 작정이었다.

이것이 파가넬의 이야기였다. 원주민에게 붙잡혀 있는 동안 있었던 일을 그는 일부러 감춘 것일까? 그가 당혹스러워하는 모습을 여러 번 본 사람들은 자연히 그런 결론에 도달했다. 하지만 설령 그렇다 해도 모두 진심으로 그를 축하해주었고, 이제 과거를 알았기 때문에 이번에는 현재의 비상사태가 진지한 토론의 주제로 등장했다.

상황은 여전히 심각했다. 원주민들은 마웅가나무 산에 굳이 올라오지 않고 포로들이 허기와 갈증에 시달리기를 기다린 뒤에 그들을 잡을 작정이었다. 그것은 시간문제일 뿐이었다. 그리고 인내심은 모든 야만인들의 장점 가운데 하나다.

글레나번은 어려움을 충분히 알고 있었지만, 기회를 기다리거나 필요하면 기회를 만들기로 결심했다.

그리고 글레나번은 우선 마웅가나무 산이라는 이 예기치 않은 요새를 철저히 조사하기로 마음먹었다. 방어를 위해서 그런 것은 아니다. 이곳에서는 방어전을 치러야 할 걱정이 없었기 때문이다. 그가 요새를 조사한 것은 탈출을 위해서였다. 그는 소령과 존, 로버트, 파가넬과 함께 이 산의 정확한 지도를 작성했다. 그들은 산길의 방향, 산길이 도달하는 장소, 산길의 기울기 따위를 관찰했다. 마웅가나무 산을 와히티 산맥과 연결하고 있는 1.5킬로미터 길이의 능선은 평원 쪽으로 줄곧 내려가고 있었다. 좁고 변덕스러운 윤곽을 가진 그 능선은 그들이 탈출할 수 있을 경우에 이용할 수 있는 유일한 통로였다. 그들이 야음을 틈타 야만인들한테 들키지 않고 그 능선을 지날 수 있다면, 아마 산맥의 깊은 골짜기로 들어가 마오리족 전사들의 눈을 속이는 데 성공할 수 있을 터였다.

하지만 이 통로에는 몇 가지 위험이 있었다. 낮은 곳에서는 이 길이 소총의 사정거리 안을 지나고 있었다. 아래쪽 비탈에 진을 친 원주민들의 총알은 거기서 교차하고, 아무것도 무사히 빠져나갈 수 없는 최전선을 그곳에 형성할 터였다.

글레나번과 동료들은 능선의 위험한 구간에 발을 들여놓고 빗발치는 총알을 받았지만, 총알은 다행히 그들한테까지 닿지 않았다. 충전물* 몇 개가 바람에 실려 그들에게 날아왔다. 그것

---

* 탄약을 안정시키기 위해 총신 속에 채워 넣는 것.

은 글자가 인쇄된 종이로 만들어져 있었는데, 호기심 많은 파가넬이 그것을 주워서 간신히 판독했다.

"저 짐승 같은 놈들이 총신에다 뭘 채워 넣는지 아세요?" 그가 말했다.

"글쎄요." 글레나번이 대답했다.

"성서예요! 신성한 책을 이런 식으로 사용하다니, 선교사들이 불쌍하군요. 마오리족 도서관을 세우기는 상당히 어렵겠어요."

"그럼 저 원주민들은 성서의 어느 대목을 우리한테 쏘아 보낸 겁니까?" 글레나번이 물었다.

"전능하신 하느님이 보낸 메시지예요!" 존 맹글스가 폭발로 그슬린 종잇조각을 읽으면서 외쳤다. 그러고는 확고한 신앙을 가진 스코틀랜드인답게 덧붙였다. "하느님한테 희망을 걸랍니다."

"읽어보게, 존!" 글레나번이 말했다.

존은 화약이 폭발한 뒤에 남은 글자를 읽었다.

"그가 나를 믿었으니, 내가 그를 해방하리라."

"여러분." 글레나번이 말했다. "우리는 이 희망의 말씀을 헬레나와 메리에게 전달해야 합니다. 이 말씀은 헬레나와 메리에게 위안을 줄 거예요."

글레나번과 동료들은 서둘러 가파른 비탈을 올라가 원뿔 모양의 산꼭대기에 있는 무덤으로 갔다. 무덤을 자세히 조사할 생각이었다.

도중에 그들은 짧은 간격을 두고 땅속에서 희미한 진동이 일어나는 것을 느끼고 깜짝 놀랐다. 그것은 지진 같은 움직임이 아니라 높은 압력을 받은 보일러에 일어나는 그 독특한 떨림이었다. 땅속에서 타고 있는 불의 작용으로 생겨난 고압의 수증기를 산이 뚜껑처럼 덮고 있는 게 분명했다.

이런 특이한 현상도 와이카토의 뜨거운 샘들 사이를 방금 지나온 사람들에게는 그리 놀라운 일이 아니었다. 그들은 북섬의 중심에 있는 이 지역이 무엇보다도 우선 화산 지대라는 것을 알고 있었다. 마웅가나무 산은 북섬 중앙부에 늘어서 있는 수많은 봉우리들 가운데 하나, 즉 미래의 화산이었다. 지극히 작은 역학운동이 응회암 벽에 분화구를 뚫을지도 모른다.

"그렇군요." 글레나번이 말했다. "하지만 '덩컨'호의 보일러 옆에 있는 것보다 여기가 더 위험한 것은 아닙니다. 지각은 튼튼한 철판이니까요!"

"그래." 소령이 대답했다. "하지만 아무리 우수한 보일러라도 너무 오래 사용하면 폭발하게 마련이지."

"소령님." 파가넬이 말했다. "나는 이 봉우리에 머물고 싶지 않습니다. 지나갈 통로를 하느님이 가르쳐주시면 당장 이곳을 떠날 겁니다."

"이 마웅가나무 산 자체가 우리를 데려가주면 얼마나 좋을까요. 이렇게 강한 에너지가 산의 몸속에 갇혀 있는데 말입니다." 존 맹글스가 말했다. "어쩌면 우리 발밑에 쓸모없이 버려져 있는 수백만 마력의 힘이 있을지도 몰라요. 그 힘의 1000분의 1만 있어도 우리의 '덩컨'호는 우리를 세계 끝까지 데려가줄 수 있을 겁니다!"

존 맹글스가 되살려낸 이 '덩컨'호의 추억은 글레나번의 마음에 가장 우울한 상념을 되살리는 결과를 낳았다. 자신의 처지가 아무리 절망적이라 해도 그는 종종 그것을 잊고 부하 선원들의 운명을 탄식하고 있었기 때문이다.

마웅가나무 산꼭대기에 도착하여 불행을 함께 나누는 동료들을 만났을 때도 그는 여전히 생각에 잠겨 있었다.

헬레나는 남편을 보자마자 그에게 다가왔다.

"여보, 우리 처지를 알았나요? 희망을 가질 수 있어요? 아니면 절망해야 되나요?"

"희망을 가져." 글레나번이 대답했다. "원주민은 절대로 산의 경계선을 넘을 수 없어. 그리고 우리가 탈출 계획을 세울 시간은 충분히 있을 거야."

"그리고 마님." 존 맹글스가 덧붙였다. "하느님이 우리에게 희망을 가지라고 권하고 계십니다."

존 맹글스는 성서 구절이 적혀 있는 종잇조각을 헬레나에게 건네주었다. 믿음을 잃지 않고 신이 하는 모든 일을 안심하고 받아들이는 젊은 부인과 처녀는 이 성서 구절에서 그들이 반드시 구조될 거라는 확실한 예언을 보았다.

"그러면 무덤으로 갑시다!" 파가넬이 쾌활하게 외쳤다. "무덤은 우리의 요새이고 우리의 성채이고 우리의 식당이고 우리의 서재입니다! 여기서는 아무도 우리를 방해하지 않아요! 부인 그리고 메리 양, 두 분을 그 멋진 처소로 안내하는 영광을 저에게 베풀어주시겠습니까?"

모두 파가넬을 따라갔다. 야만인들은 도망자들이 또다시 성역을 침범하는 것을 보고 계속 총을 쏘며 고함을 질렀다. 야만인들의 고함은 총소리 못지않게 시끄러웠다. 하지만 다행히도 총알은 외침 소리만큼 멀리까지 가지 않고 산 중턱에 떨어졌고, 고함 소리는 공중으로 사라져갈 뿐이었다.

헬레나와 메리 그랜트 그리고 동료들은 마오리족의 미신이 그들의 분노보다 강한 것을 보고 완전히 안심하여 영묘 안으로 들어갔다.

뉴질랜드 원주민 추장이 묻혀 있는 이 무덤 주위에는 붉게 칠한 말뚝들이 울타리처럼 늘어서 있었다. 나무에 그린 상징적인 도형이나 문신 무늬가 고인의 고귀함과 위업을 말해주고 있었다. 조개껍데기나 다듬은 돌멩이 따위의 주물(呪物)을 늘어놓은 것이 기둥에 매달려 있었다. 울타리 안의 지면은 융단처럼 깔린 초록색 잎에 가려져 있었다. 중앙에 봉긋하게 솟은 곳이 있어서, 최근에 만든 무덤이 있음을 보여주고 있었다.

그곳에는 총알을 장전하고 뇌관을 장치한 총 몇 자루, 창, 초록색 비취로 장식한 도끼 같은 추장의 무기들이 영원히 사냥을 해도 충분할 만큼 많은 화약이며 탄환과 함께 놓여 있었다.

"무기의 양이 엄청나군." 파가넬이 말했다. "이건 고인보다 우리가 더 잘 쓸 수 있겠어요. 그 야만인들이 자기네 무기를 저세상까지 가져가려고 하는 건 아주 좋은 생각이에요!"

"아니! 이건 영국제 총이잖아!" 소령이 말했다.

"그렇겠지요." 글레나번이 대답했다. "야만인들에게 화기를 선물하는 것은 정말 어리석은 버릇이에요! 놈들이 다음에는 그 무기를 침입자에게 사용하죠. 그것도 당연해요. 어쨌든 이 총은 우리한테 도움이 되겠군요."

"하지만 그보다 우리한테 더 도움이 되는 것은 카라 테테에게

216

바쳐진 음식과 물입니다." 파가넬이 말했다.

과연 고인의 가족과 친지들은 온갖 것을 배려하고 있었다. 제물로 바쳐진 음식은 추장의 공덕에 대한 그들의 경의를 나타내고 있었다. 거기에는 고인이 된 부부가 보름 동안, 아니 영원히 먹을 수 있을 만큼 많은 식량이 마련되어 있었다. 이런 식물성 음식은 양치류와 고구마, 그리고 오래전에 유럽인이 들여온 감자였다. 그리고 몇 개의 커다란 항아리는 맑은 물이 가득 들어 있었다. 그래서 도망자들은 며칠 동안 허기와 갈증을 면할 수 있었다.

글레나번은 동료들에게 필요한 만큼만 음식을 갖고 나와서 올비넷에게 맡겼다. 심각한 상황에서도 형식을 지키는 것을 마다하지 않는 이 요리사는 메뉴가 너무 빈약하다고 생각했다. 뿐만 아니라 그는 이런 뿌리를 어떻게 요리해야 좋을지 몰랐다. 게다가 불이 없었다.

하지만 파가넬이 그를 구해주었다. 파가넬은 양치류와 고구마를 그대로 직접 땅에 묻으라고 가르쳐주었다.

실제로 땅의 상층부는 온도가 아주 높아서, 온도계를 이곳에 꽂으면 60도 내지 65도를 가리켰을 것이다. 그 정도에 그치지 않고, 하마터면 올비넷은 심한 화상을 입을 뻔했다. 뿌리를 묻기 위해 구덩이를 판 순간, 뜨거운 수증기가 기둥처럼 분출하여 쉭 소리를 내면서 2미터 높이로 치솟았기 때문이다.

요리사는 깜짝 놀랐다.

"꼭지를 잠가!" 소령이 외치고, 선원 두 명과 함께 달려가서 속돌 파편으로 구멍을 막았다.

구덩이를 판 순간, 뜨거운 수증기가 분출하며 치솟았다.

"다치지 않았나?" 맥내브스가 올비넷에게 물었다.

"아니, 괜찮습니다, 소령님." 요리사가 대답했다.

"이런 하늘의 은혜가 있다니!" 파가넬은 유쾌한 듯이 외쳤다. "카라 테테의 음식과 물 다음에는 지하의 불이로군! 이 산은 정말 낙원이에요! 나는 이곳에다 식민지를 개간해서 앞으로 평생 눌러살 것을 제안합니다! 우리는 마웅가나무 산의 로빈슨 크루소*가 되는 거예요! 정말이지 이 살기 좋은 산에서 우리에게 부족한 것은 아무것도 없는 것 같군요. 아무리 찾아보아도 부족한 게 보이지 않아요!"

"정말입니다. 땅이 단단하기만 하다면." 존 맹글스가 대답했다.

"뭐라고요? 여기는 어제오늘 생긴 게 아니오. 먼 옛날부터 땅속에서 타오르는 불의 작용에 저항하고 있다고요. 우리가 출발할 때까지는 충분히 견딜 거요." 파가넬이 대답했다.

"식사가 준비되었습니다." 올비넷이 맬컴 성에서 직무를 수행하고 있을 때와 똑같이 엄숙하게 알렸다.

조금 전까지만 해도 심각한 상황에 놓여 있던 도망자들은 당장 울타리 옆에 앉아, 신의 뜻으로 그들에게 보내진 식사를 하기 시작했다.

사람들은 음식 선택에 관해서는 까다롭게 말하지 않았지만, 식용 양치류의 뿌리에 대해서는 의견이 나뉘었다. 어떤 사람은 달착지근하고 좋은 맛이 난다고 말했고, 어떤 사람은 끈적끈적하고 맥 빠진 맛이고 게다가 너무 딱딱하다고 말했다. 불타는

* 영국의 작가 다니엘 디포의 장편소설(1719).

것처럼 뜨거운 흙 속에서 구운 고구마는 아주 맛있었다. 이래서는 카라 테테가 궁색하게 살았다고 말할 수는 없다고 지리학자는 말했다.

허기를 채운 뒤, 글레나번은 당장 탈출 계획을 논의하자고 제안했다.

"무엇보다 굶주림에 쫓기기 전에 탈출을 시도해야 한다고 생각합니다. 우리는 체력도 충분합니다. 그걸 이용해야 합니다. 오늘 밤에 야음을 틈타서 원주민의 포위망을 뚫고 동쪽 골짜기로 나갑시다."

"좋습니다. 마오리족이 우리를 통과시켜준다면." 파가넬이 대답했다.

"그럼 놈들이 저지하면요?" 존 맹글스가 물었다.

"그때는 비상수단을 써야겠지요." 파가넬이 대답했다.

"그럼 당신에게는 비상수단이 있소?" 소령이 물었다.

"남아돌 만큼 있지요!" 파가넬은 이렇게 대답했을 뿐, 더 이상은 설명하지 않았다.

이제는 밤이 되기를 기다려 원주민의 포위망을 뚫으려고 시도하는 일만 남았다.

원주민들은 지금도 자리를 떠나지 않았다. 산을 포위하고 있는 원주민은 나중에 가담한 부족민들 때문에 더 늘어난 것처럼 보였다. 여기저기서 타오르는 모닥불이 원뿔 모양의 산봉우리 기슭을 띠 모양으로 둘러싸고 있었다. 주위의 골짜기들이 어둠에 잠기자 마웅가나무 산은 커다란 잉걸불에서 튀어나와 있는 것처럼 보였고, 그 꼭대기는 짙은 어둠에 덮여 있었다. 180미터

밑에서 야영하는 적의 웅성거림과 중얼거리는 소리가 들려왔다.

9시에 글레나번과 존 맹글스는 일행을 그 위험한 통로로 데리고 나가기 전에 야음을 뚫고 주변을 정찰하기로 결심했다. 그들은 10분 동안 소리 없이 내려가, 원주민 진영보다 15미터 높은 곳에서 그들의 경계선을 가로지르고 있는 좁은 등성이를 밟았다.

거기까지는 만사가 순조로웠다. 마오리족은 모닥불 옆에 드러누운 채 두 사람을 눈치채지 못한 것처럼 보였다. 그들은 몇 걸음 더 전진했다. 하지만 갑자기 능선 좌우에서 총성이 울려 퍼지기 시작했다.

"퇴각!" 글레나번이 말했다. "저놈들은 고양이 같은 눈과 성능 좋은 총을 갖고 있어!"

존 맹글스와 글레나번은 다시 가파른 산 중턱을 올라가서, 총성에 겁먹은 동료들을 당장 안심시켰다. 총알 두 발이 글레나번의 모자를 꿰뚫었다. 이렇게 되면 두 저격병 사이에 길게 뻗어 있는 능선에 발을 들여놓는 것은 불가능했다.

"내일 합시다." 파가넬이 말했다. "그리고 당신들은 원주민들의 눈을 속일 수 없으니까, 이번에는 내가 나름대로 놈들한테 한 방 먹이는 것을 허락해주겠지요."

기온은 상당히 낮았다. 다행히 카라 테테의 가족은 추장의 제일 좋은 잠옷과 이불을 무덤에 갖다놓았기 때문에 도망자들은 각자 거리낌 없이 그것을 몸에 두르고, 원주민의 미신과 울타리의 보호를 받으며 땅속에서 끓어오르는 액체 때문에 희미하게 흔들리는 미지근한 땅바닥 위에서 편안히 잠들었다.

15
파가넬의 비상수단

이튿날인 2월 17일, 아침 해는 첫 햇살로 마웅가나무 산에 잠들어 있는 사람들을 깨웠다. 마오리족은 벌써 오래전에 산기슭을 오락가락하고 있었지만, 경계선에서 멀리 떨어지지는 않았다. 모독당한 성역에서 나오는 유럽인들을 보자 원주민들은 요란한 외침으로 그들에게 분노를 터뜨렸다.

일행은 각자 주위의 산들, 아직 안개에 잠겨 있는 골짜기, 아침 바람에 잔물결을 일으키고 있는 타우포 호의 수면에 첫 눈길을 던졌다.

그 후 일행은 파가넬의 새로운 계획을 빨리 알고 싶어서 그의 주위에 모여들어 눈짓으로 물었다.

파가넬은 동료들의 들뜬 호기심에 당장 대답했다.

"내 계획은 설령 기대한 성과를 거두지 못해도, 아니 실패하더라도 우리 처지가 더 나빠지지 않는다는 이점을 갖고 있습니다.

하지만 이 계획은 반드시 성공해야 하고, 분명 성공할 겁니다."

"그 계획이란 게 뭐요?" 맥내브스 소령이 물었다.

"그건 이렇습니다. 원주민의 미신 덕분에 우리는 이 산을 피난처로 삼을 수 있었지만, 이번에는 그 미신이 우리가 여기서 나가는 것을 도와줄 겁니다. 카이 쿠무에게 우리가 성역을 모독한 죄로 벌을 받았다고 믿게 하는 겁니다. 하늘의 노여움이 우리를 덮쳤고, 그래서 우리가 죽었다고, 게다가 참혹하게 죽었다고 믿게 하는 거예요. 그게 성공하면 놈들도 이 산을 떠나 자기네 마을로 돌아가지 않겠어요?"

"그건 그래요. 의심할 여지가 없지요." 글레나번이 대답했다.

"그러면 우리더러 어떻게 죽으라는 거예요?" 헬레나가 물었다.

"신성모독에 의한 죽음입니다." 파가넬이 대답했다. "징벌의 불길은 우리 발밑에 있습니다. 이 불길에 배출구를 열어주는 거예요."

"뭐라고요? 화산을 만들자는 겁니까?" 존 맹글스가 외쳤다.

"그래요. 인공 화산을 만들어서 그 분노를 유도하는 겁니다! 이곳에는 기회만 있으면 분출하려는 증기와 땅속의 불이 얼마든지 모여 있으니까, 그걸 가지고 우리한테 도움이 되도록 분화를 연출시키는 거예요!"

"참 좋은 생각이오, 파가넬 씨." 소령이 말했다.

"뉴질랜드의 지옥 불이 우리를 덮친 것처럼, 초자연적인 힘이 우리를 데려간 것처럼 카라 테테의 묘지로 사라지는 겁니다. 그리고 사흘이나 나흘, 필요하다면 닷새라도 그 안에 박혀 있는 거예요. 요컨대 야만인들이 우리가 죽었다고 확신하고 물러갈 때까지 거기서 지내는 겁니다."

"하지만 놈들이 우리가 정말로 벌을 받았는지 확인하려 들면 어떡하죠?" 메리 그랜트가 말했다. "그들이 산을 올라오면요?"

"아니, 그런 짓은 하지 않을 거야. 이 산은 성역이니까. 그리고 산 자체가 신성 모독자를 삼켜버렸다면 그 터부는 더욱 엄격해지겠지."

"정말로 묘책입니다." 글레나번이 말했다. "그 계획에 불리한 가능성은 한 가지밖에 없습니다. 우리 식량이 바닥날 때까지 야만인들이 산기슭에 집요하게 머물러 있을 가능성 말입니다. 하지만 그럴 가능성은 거의 없어요. 우리가 연극을 잘하기만 하면……."

"그럼 언제 그 마지막 기회를 시험할 거죠?" 헬레나가 물었다.

"오늘 밤에요. 어둠이 가장 짙은 시각에." 파가넬이 대답했다.

"좋아요." 맥내브스가 말했다. "파가넬 씨, 당신은 정말 천재요. 그리고 웬만해서는 감격하지 않는 나도 이 계획의 성공을 보증하겠소. 아아, 저 야만인들! 이제 저놈들에게 기적을 보여줍시다. 그 기적 덕분에 놈들이 기독교로 개종하는 게 적어도 한 세기는 늦어지겠지만! 선교사들이여, 우리를 용서하시라!"

파가넬의 계획은 이렇게 채택되었다. 그리고 실제로 마오리족의 미신적 관념을 생각하면 이 계획은 성공할 가능성이 컸다. 아니, 성공할 게 분명했다. 이제 남은 것은 실행뿐이었다. 발상은 좋았지만 실행은 어려웠다. 문제의 화산은 분화구를 뚫으려는 무모한 사람들을 정말로 삼켜버리지 않을까? 분화구를 뚫었을 때, 안에 갇혀 있던 증기나 불길이나 용암이 솟구치는 것을 통제할 수 있을까? 이 원뿔 모양의 봉우리 전체가 맹렬한 불길의 구렁텅이 속에 빠져들지는 않을까? 이것은 자연만이 절대적 독점권을 갖고 있는 현상에 인간이 손을 대는 짓이었다.

파가넬은 이런 어려움을 예상하고 있었지만, 극단에 이르지 않도록 신중하게 행동할 작정이었다. 산이 분화한 것처럼 보이기만 하면 마오리족을 속이기에는 충분할 것이다. 무서운 분화가 실제로 일어날 필요는 전혀 없다.

이날 하루가 얼마나 길게 느껴졌는지 모른다. 모두 무한으로 여겨지는 시간을 시시각각 세고 있었다. 도망칠 준비는 모두 갖추어져 있었다. 무덤 안에 있던 식량은 휴대하기 편한 작은 꾸러미로 나누어놓았다. 거적 몇 장과 총기가 추장의 묘지에서 빼앗은 짐에 추가되었다. 이런 준비가 야만인들에게 들키지 않도록 울타리 안에서 이루어진 것은 물론이다.

6시에 요리사가 식사를 내놓았다. 골짜기에 들어가면 언제 어디서 식사를 할 수 있을지 예견할 수 없었다. 그래서 그들은 서너 끼 분량을 먹어야 했다. 메인 요리는 윌슨이 잡아서 찐 여섯 마리의 살찐 쥐였다. 뉴질랜드에서는 아주 귀하게 여겨지는 쥐고기를 헬레나와 메리는 한사코 거부했지만, 남자들은 진짜 마오리족처럼 쥐 고기에 입맛을 다셨다. 이 쥐 고기는 정말 고급 요리일 뿐만 아니라 풍미도 있어서, 그들은 여섯 마리의 설치류를 뼈까지 아작아작 씹어 먹었다.

저녁이 되었다. 태양은 태풍을 몰고 올 것 같은 짙은 먹구름 뒤로 사라졌다. 번개가 지평선을 환하게 비추고, 하늘 저쪽에서 천둥이 울렸다.

파가넬은 이 폭풍을 환영했다. 야만인들은 이런 자연 현상에 미신적으로 영향을 받는 법이다. 뉴질랜드 원주민들은 천둥을 그들의 신인 누이 아투아의 성난 목소리라고 생각하고, 번개는 이 신의 성난 눈빛이라고 생각했다. 따라서 지금 폭풍이 천둥 번개와 함께 닥쳐온 것은 금기를 어긴 자들을 벌하기 위해 신이 직접 나선 것으로 보일 것이다. 9시에 마웅가나무 산꼭대기는 어쩐지 음산한 어둠에 잠겼다. 파가넬이 분출시키려 하고 있는 불길에 대해 하늘은 캄캄한 배경을 이루고 있었다. 마오리족에게는 이제 도망자들이 보이지 않았다. 드디어 행동해야 할 때가 왔다.

잽싸게 움직여야 했다. 글레나번, 파가넬, 맥내브스, 로버트, 요리사, 선원 두 명은 동시에 행동하기 시작했다.

분화구의 위치는 카라 테테의 무덤에서 서른 걸음쯤 떨어진 곳으로 정했다. 사실은 이 무덤이 분화를 면하는 것이 중요했다. 분화로 무덤이 파괴되면, 그와 함께 산의 금기도 사라져버리기 때문이다. 그곳에서 파가넬은 증기가 상당히 강하게 새어 나오고 있는 거대한 바위를 찾아두었다. 이 바위는 원뿔 모양의 봉우리에 뚫린 작은 천연 분화구를 덮고 있었고, 그 무게만으로 지하의 불길이 솟아 나오는 것을 막고 있었다. 이 바위를 구멍에서 치울 수 있다면, 열린 배출구에서 당장 증기와 용암이 분출할 것이다.

모두 무덤 안에서 꺼낸 말뚝을 지렛대로 삼아서 있는 힘껏 바위를 공격했다. 모두 힘을 합쳐 밀었기 때문에 바위는 곧 흔들리기 시작했다. 그들은 바위가 비탈을 미끄러져 내려갈 수 있도록 산허리에 작은 해자 같은 것을 파두었다. 바위를 들어 올릴

그들은 모두 말뚝을 지렛대로 삼아서 바위를 공격했다.

수록 지면의 진동은 점점 격렬해졌다.

불길이 내는 둔탁한 신음 소리와 가마솥의 쉭쉭거리는 소리가 얇아진 지표 밑에서 새어나왔다. 땅속의 불을 다루는 거인 키클로페스*와도 비슷한 대담한 사람들은 묵묵히 일을 계속했다. 곧 몇 군데 땅이 갈라지고 뜨거운 증기가 분출했기 때문에 그들은 이곳이 위험해진 것을 알았다. 하지만 그들은 마지막으로 안간힘을 써서 바위를 파냈고, 산비탈을 미끄러져 내려간 바위는 곧 시야에서 사라졌다.

얇아져 있던 지층은 당장 갈라졌다. 불기둥이 맹렬한 폭발음과 함께 하늘로 분출했고, 뜨거운 물과 용암은 원주민 야영지와 아래쪽 골짜기로 쏟아져 내려갔다.

원뿔 모양의 봉우리 전체가 뒤흔들려서, 무간지옥으로 떨어지는 게 아닐까 하는 생각이 들었다. 글레나번과 동료들에게는 간신히 분화에 말려들지 않고 달아날 시간밖에 없었다. 그들은 무덤의 울타리 안으로 도망쳐 들어갔지만, 그래도 95도까지 덥혀진 물이 그들에게 몇 방울 튀었다. 이 물은 처음에는 수프 같은 냄새를 희미하게 풍기고 있었지만, 이윽고 그것은 아주 확실한 유황 냄새로 변했다.

이때 부드러운 진흙과 용암과 바위 부스러기는 활활 타오르는 불길 속에서 하나가 되었다. 맹렬히 흐르는 불은 마웅가나무 산허리에 여러 개의 줄을 그었다. 가까운 산들도 그 불빛을 받

---

* 그리스 신화에 나오는 외눈박이 거인족. 바닷속 섬에 살면서 인간을 잡아먹고 양을 기른다.

불기둥이 맹렬한 폭발음과 함께 하늘로 분출했다.

아 환해졌다. 강렬한 반사광이 깊은 골짜기도 비추었다.

야만인들은 모두 자기네 야영지 한복판에서 부글부글 끓어 오르는 용암에 화상을 입고 일어나 있었다. 강처럼 흐르는 불의 습격을 받지 않은 사람들은 야영지에서 도망쳐 나와 언덕으로 올라갔다. 거기서 그들은 공포에 질려 부들부들 떨면서, 맹렬히 분출하고 있는 화산을 바라보았다. 그들의 신이 분노에 사로잡혀, 신성한 산을 침범한 자들을 그 분화구로 밀어 넣은 게 분명했다. 그리고 분화가 약해진 순간 그들이 악마를 쫓는 주문을 큰 소리로 외치고 있는 것이 들렸다.

"타부! 타부! 타부!"

그러는 동안에도 엄청난 양의 증기와 돌과 용암이 마웅가누무 산의 분화구에서 쏟아져 나오고 있었다. 그것은 아이슬란드의 헤클라 산* 옆에 있는 간헐천 같은 게 아니라 헤클라 산 그 자체였다. 이 화산의 고름은 지금까지 이 윗뿔 모양의 봉우리라는 껍데기 속에 갇혀 있었다. 그것은 통가리로라는 안전판만으로도 충분히 조절할 수 있었기 때문이다. 하지만 새로운 출구가 뚫리자 그것은 극도로 격렬하게 뿜쳐나왔다. 그리고 이날 밤에는 평형의 법칙에 따라 섬의 다른 화산들은 여느 때보다 분화가 약해졌을 게 분명하다.

이 화산이 탄생한 지 한 시간 뒤에는 작열하는 용암의 흐름이 산허리를 달리고 있었다. 그것도 하나가 아니라 여러 줄기였다. 수많은 쥐가 이제 살 수 없게 된 굴에서 나와 뜨거운 땅 위를 도

---

* 아이슬란드 남부에 있는 활화산.

망쳐가는 것이 보였다.

높은 하늘에서 거칠어지기 시작한 폭풍 아래에서 원뿔 모양의 봉우리는 그날 밤 내내 글레나번이 끊임없이 전전긍긍할 만큼 격렬하게 활동을 계속했다. 불은 분화구 가장자리를 깎아냈다.

일행은 말뚝을 박은 울타리 뒤에 숨어서 이 자연 현상의 무서운 추이를 지켜보고 있었다.

아침이 되었다. 화산의 분노는 아직도 가라앉지 않았다. 누런색의 짙은 증기가 불길과 섞였다. 용암은 산을 거의 뒤덮다시피 하며 거세게 굽이쳐 흐르고 있었다.

글레나번은 눈을 크게 뜨고 가슴을 두근거리면서 울타리의 모든 틈새로 밖을 내다보며 원주민 진영의 상황을 관찰했다.

마오리족은 분화가 미치지 않는 가까운 언덕 위로 피신해 있었다. 원뿔 모양의 봉우리 기슭에 누워 있는 몇 구의 시신은 불에 검게 타 있었다. 그 너머의 요새 쪽에서는 용암이 오두막 스무 채를 불태웠고, 오두막은 아직도 연기를 피워 올리고 있었다. 원주민들은 여기저기 모여서 연기에 덮인 마웅가나무 산꼭대기를 종교적인 경외감을 가지고 바라보고 있었다.

카이 쿠무가 전사들 한복판으로 들어갔다. 글레나번은 그를 알아보았다. 추장은 용암이 흐르지 않는 쪽에서 원뿔 모양의 봉우리 기슭까지 걸어왔지만, 산에 발을 들여놓지는 않았다.

그곳에서 카이 쿠무는 악마를 쫓는 주술사처럼 두 팔을 벌리고 몇 번 얼굴을 찡그려 보였지만, 글레나번은 그 의미를 확실히 알 수 있었다. 파가넬이 예상했듯이 카이 쿠무는 이 복수의 산에 더욱 엄격한 금기를 선포했던 것이다.

그리고 곧 원주민들은 요새로 내려가는 구불구불한 오솔길을 줄지어 떠나갔다.

"어서 가라!" 글레나번이 외쳤다. "놈들이 떠나고 있다! 아아, 고맙기도 해라! 우리 전략이 성공했어! 헬레나, 친구들, 우리는 여기서 죽었다. 그리고 여기에 묻혔어. 하지만 오늘 밤에 부활해서 저 야만인들로부터 도망칠 거야!"

무덤 안에 충만한 기쁨은 남들이 상상하기 어려운 것이었다. 모든 사람의 마음속에 희망이 되살아났다. 이 용감한 여행자들은 과거를 잊고 미래를 잊고 오로지 현재밖에는 생각지 않았다. 하지만 이 미지의 땅 한복판에서 유럽인이 사는 곳에 도착하기란 결코 쉬운 일이 아니었다. 다만 카이 쿠무의 눈을 속였기 때문에 그들은 뉴질랜드의 모든 야만인한테서 도망쳤다고 믿고 있었다.

최후의 탈주까지는 꼬박 하루가 남아 있었다. 그들은 도주 계획을 갈고 다듬는 데 그 하루를 바쳤다. 파가넬은 뉴질랜드 지도를 소중히 지니고 있어서, 가장 안전한 루트를 이 지도에서 찾을 수 있었다.

의논한 끝에 도망자들은 동쪽의 플렌티 만 쪽으로 가기로 결정했다. 그것은 사람이 없는 미지의 땅을 가로지르는 루트였다. 자연의 난관을 뚫고 물리적 장애물을 피해가는 데에는 이미 익숙해져 있는 이 여행자들이 두려워하는 것은 마오리족과 마주치는 것뿐이었다. 그래서 그들은 무슨 일이 있어도 마오리족을 피해 선교회 시설이 있는 동해안으로 나가기로 마음먹었다. 게다가 섬의 이 일대는 지금까지 전쟁의 참화를 면했고, 원주민들도 이 지역의 들판을 헤매고 다니지는 않았다.

타우포 호에서 플렌티 만까지의 거리는 150킬로미터로 어림잡을 수 있었다. 하루에 15킬로미터씩 간다면 열흘 일정이다. 이 정도라면 지치지 않고 갈 수 있다. 하지만 이 용감한 일행 중에 천천히 걸으려는 사람은 하나도 없었다. 일단 선교회에 도착하면 오클랜드로 나갈 기회를 기다리며 거기서 휴식을 취하면 된다. 그들은 여전히 오클랜드 시를 목적지로 삼고 있었기 때문이다.

이런 여러 가지 문제가 결정되자 그들은 저녁때까지 원주민을 계속 감시했다. 원주민들은 이제 아무도 산기슭에 머물러 있지 않았다. 그리고 타우포의 골짜기들이 어둠에 잠겼을 때에도 원뿔 모양의 봉우리 밑에 마우리족의 존재를 보여주는 불빛은 하나도 보이지 않았다. 길은 열려 있었다.

9시, 야음을 틈타서 글레나번은 출발 신호를 했다. 카라 테테 덕분에 무기와 여행 준비를 모두 갖춘 일행은 신중하게 마웅가나무 산의 비탈을 내려가기 시작했다. 존 맹글스와 윌슨이 눈과 귀를 바싹 긴장시키면서 앞장섰다. 아주 작은 소리에도 멈춰 서고, 아주 작은 빛도 유심히 살펴보았다. 모두 자신의 형체가 산과 구별되지 않도록, 걸어 내려간다기보다 비탈을 주르르 미끄러져 내려갔다.

꼭대기에서 50미터쯤 아래에서 맹글스와 윌슨은 원주민들이 그토록 집요하게 감시하고 있던 능선으로 나갔다. 불행히도 마오리족이 그 화산 현상에 속지 않았다면, 그래서 교활하게도 여행자 일행을 유인하기 위해 철수하는 체했다면, 바로 이곳에서 마오리족의 존재를 알 수 있을 터였다. 글레나번은 자신이 있었고 파가넬도 농담을 하고 있었지만, 그래도 여기서는 전율을 느끼지 않을 수 없었다. 그들의 구원은 바로 이 능선을 가로지르는 데 필요한 10분이라는 시간에 달려 있었다. 글레나번은 자기 팔에 매달려 있는 헬레나의 심장이 격렬하게 고동치는 것을 느꼈다.

물론 그는 물러설 생각은 없었다. 존은 더 말할 것도 없었다. 젊은 선장은 다른 사람들을 데리고 어둠의 보호를 받으며, 발부리에 채인 돌멩이가 비탈 아래로 굴러떨어질 때에는 잠시 멈춰서면서 좁은 등성이를 기어갔다. 야만인들이 더 아래쪽에 잠복해 있었다면, 이 기묘한 소리는 양쪽으로부터 총격을 불러일으켰을 것이다.

그래도 비탈진 등성이를 뱀처럼 미끄러져 내려가는 상황에서 속도를 낼 수는 없었다. 존 맹글스가 기슭에 도착했을 때 그의 위치는 지금까지 원주민들이 진을 치고 있던 언덕에서 겨우 7, 8미터밖에 떨어져 있지 않았다. 거기서 등성이는 다시 400미터쯤 떨어진 숲을 향해 상당히 가파르게 올라가고 있었다.

하지만 산마루가 움푹 꺼진 이 부분을 무사히 통과한 여행자들은 다시 가파른 비탈을 묵묵히 올라가기 시작했다. 나무들은 눈에 보이지 않았지만 그곳에 있는 것은 느껴졌다. 복병이 배치되어 있지 않다면 이제 그곳까지만 가면 안전하다고 글레나번은 생각했다. 하지만 앞으로는 '터부'가 그들을 보호해주지 않는다는 것을 깨달았다. 올라가는 산등성이는 마웅가나무 산이 아니라 타우포 호 동쪽에 솟아 있는 산맥에 속해 있었다. 따라서 그들은 단순히 총격만이 아니라 육박전도 두려워해야 했다.

일행은 10분쯤 눈에 보이지 않을 정도의 움직임으로 산꼭대기를 향해 올라갔다. 존에게는 아직 그 어두운 숲이 보이지 않았지만, 숲까지는 50미터도 떨어져 있지 않을 게 분명했다.

갑자기 그가 멈춰 서더니 뒷걸음질을 쳤다. 어둠 속에서 무슨 소리가 난 것 같았다. 그의 망설임은 동료들의 전진에 제동을 걸었다.

그는 꼼짝도 하지 않았다. 뒤따라오는 사람들을 불안에 빠뜨릴 만큼 오랫동안 움직이지 않았다. 그들은 이루 말할 수 없는 불안에 사로잡힌 채 조용히 기다렸다. 다시 돌아서서 마웅가나무 산꼭대기로 돌아가야 하나?

하지만 존은 소리가 되풀이되지 않는 것을 알고, 좁은 능선길을 다시 올라가기 시작했다.

곧 숲이 어둠 속에 어렴풋이 떠올랐다. 몇 걸음 만에 그 숲에 도착하자 도망자들은 울창한 나뭇잎 사이로 몸을 숨겼다.

16

협공을 받다

　탈출하는 데에는 밤이 유리했다. 그래서 이 야음을 틈타 타우포 호 부근에서 빨리 멀어져야 했다. 파가넬이 앞장섰다. 그리고 이처럼 힘들게 산속을 헤매는 동안 그는 또다시 여행자로서의 놀라운 본능을 발휘했다. 눈에 보이지 않는 산길을 주저 없이 선택하고, 일정한 방향을 잡아서 절대 거기서 벗어나지 않고 어둠 속에서 놀랄 만큼 민첩하게 움직였다. 그의 주맹증이 큰 도움이 되었다. 그는 그 고양이 눈 덕분에 이 깊은 어둠 속에서 아무리 작은 것도 분간할 수 있었다.

　세 시간 동안 그들은 동쪽 산 중턱의 긴 비탈을 쉬지 않고 전진했다. 파가넬은 조금 남동쪽으로 진로를 잡았는데, 호크스 만에서 오클랜드로 가는 도로가 지나는 카이마나와 산맥과 와히티 산맥 사이의 좁은 길을 이용하기 위해서였다. 일단 그 협곡을 지나면, 길에서 벗어나 높은 산맥의 보호를 받으며 오클랜드 주의 황무지를 가로질러 해안으로 나갈 작정이었다.

오전 9시까지 열두 시간 동안 그들은 20킬로미터를 걸었다. 용감한 여자들에게 그 이상을 요구할 수는 없었다. 게다가 이곳은 야영하기에 알맞은 곳으로 보였다. 일행은 두 산맥을 가르는 산마루에 이르러 있었다. 그곳을 세로로 관통하는 도로는 여전히 오른쪽에서 남쪽을 향해 뻗어 있었다. 파가넬은 지도를 손에 들고 북동쪽을 향해 직각으로 구부러져, 10시에는 불쑥 튀어나온 바위로 이루어진 일종의 절벽에 이르렀다. 그들은 자루에서 식량을 꺼내 배불리 먹었다. 지금까지 식용 양치류를 별로 좋아하지 않았던 메리와 소령도 이날은 그 음식에 입맛을 다셨다. 휴식은 오후 2시까지 계속되었고, 그 후 동쪽으로 출발했다. 그리고 여행자들은 저녁때 산에서 15킬로미터 떨어진 곳에서 걸음을 멈추었다. 노숙하라고 그들을 설득할 필요는 전혀 없었다.

이튿날은 길을 가는 데 중대한 어려움이 있었다. 와히티 산맥 동쪽에 화산호와 간헐천, 유황공이 많은 기묘한 지형이 펼쳐져 있었는데, 이곳을 가로질러야 했기 때문이다. 이곳은 눈으로 보기에는 즐거웠지만 발로 걷기에는 전혀 즐겁지 않았다. 400미터마다 한 번씩 길을 우회하거나 장애물을 만나거나 갈고랑이 모양으로 구부러졌다. 그것은 물론 사람을 몹시 지치게 했다. 하지만 자연은 이 웅장한 광경에 얼마나 이상한 조망과 얼마나 무한한 변화를 주었는지 모른다!

이 30평방킬로미터의 넓은 땅 위에서 지하의 힘이 온갖 형태로 빠져나오고 있었다. 수십억 마리의 곤충이 모여 있는 이상할 만큼 투명한 염천이 자생하는 차나무 숲에서 솟아나고 있었다. 짠물이 나오는 그런 샘은 탄 화약처럼 코를 찌르는 냄새를 풍기고, 눈부신 눈처럼 하얀 침전물을 땅바닥에 남긴다. 그 물은 부글부글 끓어오를 만큼 온도가 높지만, 가까이에 있는 다른 샘들은 얼음처럼 차가운 물이 되어 솟아나고 있었다. 거대한 양치류가 샘가에, 그것도 실루리아기*의 식물 같은 상태로 자라고 있었다.

사방팔방에서 소용돌이치는 증기를 휘감은 물기둥이 공원의 분수처럼 땅에서 치솟고 있었다. 어떤 것은 끊임없이, 또 어떤 것은 플루톤†의 변덕에 순응하기라도 하듯이 단속적으로. 이런 샘들은 근대 조경에서 자주 쓰이는 수반처럼 높이 쌓아올린 지반 위에 반원형으로 배치되어 있었다. 그 물은 하얀 연기 소용돌이 밑에서 서서히 섞이고, 이 거대한 반투명 계단에서 넘쳐나와 부글부글 끓어오르는 폭포를 이루며 여기저기 널려 있는 호수로 흘러든다. 그 너머에는 온천이나 간헐천은 사라지고 유황 가스가 나오는 기공만 있었다. 지면은 얼핏 보기에 고름이 가득 찬 커다란 농포투성이가 되어 있었다. 이것은 모두 불이 거의 꺼지고 수많은 금이 생긴 분화구였고, 거기에서 여러 종류의 가스가 나오고 있었다. 대기에는 코를 찌르는 유황 냄새가 가득 차 있다. 유황은 딱지나 결정을 이루며 땅에 깔려 있었다. 여기에는 벌써 수백 년 전부터 막대한 양의 자원이 축적되어 있다. 시칠리

---

* 고생대의 캄브리아기·오르도비스기에 이어지는 세 번째 시대. 지금부터 약 4억 4600만 년 전부터 약 4억 1600만 년 전까지.
† 로마 신화에 나오는 저승의 신. 그리스 신화에 나오는 하데스에 해당한다.

투명한 염천이 차나무 숲에서 솟아나고 있었다.

아 섬의 유황 광산이 언젠가 바닥나면, 산업계는 아직 사람들에게 거의 알려지지 않은 뉴질랜드의 이 지역에서 유황을 공급받아야 할 것이다.

장애물이 많은 이 지방을 가로지르느라 여행자들이 얼마나 심한 피로를 견뎌야 했는지는 이해하기 어렵지 않다. 여기서는 야영하기도 어려웠다. 그리고 사냥을 하려 해도, 올비넷이 깃털을 뽑을 만한 가치가 있는 새는 총구 앞에 나타나지 않았다. 그래서 대개는 양치류와 고구마뿐인 빈약한 식사로 참아야 했다. 그것으로는 탈진한 체력을 회복시킬 수 없었고, 그래서 누구나 이 불모지에서 빨리 벗어나고 싶어 했다.

하지만 걷기 어려운 이 지역을 벗어나려면 적어도 나흘은 더 걸어야 했다. 2월 23일이 되어서야 드디어 글레나번은 마웅가나무 산에서 80킬로미터쯤 떨어진 어느 산기슭에서 적당한 야영지를 찾아냈다. 그 산은 파가넬의 지도에 실려 있었지만 이름이 없었다. 그의 눈 아래에는 관목에 덮인 평원이 펼쳐져 있고, 커다란 숲이 다시 지평선에 나타났다.

이것은 길조였다. 다만 이 지방이 살기 좋아서 사람이 많이 살고 있지 않다면 말이지만. 지금까지 여행자들은 원주민의 그림자도 보지 못했다.

이날 맥내브스와 로버트는 키위새 두 마리를 잡았다. 그 키위새는 야영지의 식탁을 장식했지만, 식탁을 그리 오래 장식하지는 못했다. 불과 몇 분 만에 부리부터 발톱까지 먹어버렸기 때문이다.

그 후 디저트로 고구마와 감자를 먹는 동안 파가넬이 한 가지 동의안을 제출했고, 모두 뛸 듯이 기뻐하며 그 제안을 채택했다.

파가넬은 구름 속에 머리를 감추고 있는 900미터 높이의 그이름 없는 봉우리에 글레나번의 이름을 붙이자고 제안한 것이다. 그리고 그는 지도 위에 이 스코틀랜드 귀족의 이름을 정성껏 적어 넣었다.

그 후의 여행은 너무 단조롭고 재미없는 일만 일어났기 때문에 장황하게 기술할 필요는 없을 것이다. 타우포 호에서 태평양까지 가는 동안 조금이라도 중요한 사건이 일어난 것은 두세 번뿐이었다.

그들은 온종일 숲이나 평원을 걸었다. 존은 태양과 별로 방향을 측정했다. 날씨는 상당히 포근했고, 덥거나 비가 내리지는 않았다. 하지만 여행자들은 이미 겪은 시련 때문에 체력이 떨어져서 아주 천천히 걸을 수밖에 없었다. 그들은 그저 빨리 선교회에 도착하고 싶은 마음뿐이었다. 그래도 그들은 여전히 잡담을 나누었지만, 이제는 모든 사람이 대화에 참여하지는 않았다. 그 작은 무리는 편협한 공감이 아니라 생각을 공유하는 좀 더개인적인 교감을 통해 서로 애착을 느끼는 더 작은 무리로 나뉘었다.

글레나번은 해안이 가까워질수록 '덩컨'호와 선원들을 생각하면서 대개 혼자 걸었다. 오클랜드에 도착할 때까지는 여전히그를 위협하고 있는 위험을 잊고 학살당한 선원들을 생각했다. 이 무서운 상상은 한시도 그의 마음을 떠나지 않았다.

이제 그랜트 선장의 이야기는 거의 나오지 않았다. 그를 위해할 수 있는 일이 아무것도 없는 이상, 그에 대해 이야기해봤자 무슨 소용이 있겠는가? 그랜드 선장의 이름이 어쩌다 입에 오르는 것은 그의 딸과 존 맹글스가 대화를 나눌 때뿐이었다. 존은 메리가 와레아투아에서 보낸 마지막 밤에 한 말을 그녀 앞에서 전혀 언급하지 않고 있었다. 신중한 그는 메리가 절망에 빠진 순간에 한 말을 진지하게 믿으려 하지 않았다.

존은 메리에게 그랜트 선장에 대해 이야기할 때면 언제나 수색 계획에 대해 언급하는 것을 빼먹지 않았다. 글레나번 경은 이 실패로 끝난 사업을 반드시 재개할 거라고, 그러니 희망을 잃지 말라고 장담하듯 말하곤 했다. 그 문서의 진실성은 의심할 수 없다는 사실이 그의 주장의 출발점이었고, 그랜트 선장은 어딘가에 살아 있다, 따라서 전 세계를 뒤져서라도 그를 찾아내야 한다는 것이 그의 결론이었다. 메리는 언제나 그의 말에 귀를 기울였고, 같은 생각으로 결합된 메리와 존은 같은 희망을 품었다. 헬레나도 종종 그들의 대화에 참여했는데, 그녀는 이 부질없는 희망에 기대려 하지는 않았지만, 그래도 젊은 두 사람을 슬픈 현실로 다시 데려오는 것은 삼갔다.

그동안 맥내브스와 로버트, 윌슨과 멀래디는 일행 곁을 너무 멀리 떠나지 않고 사냥을 하여 잡은 사냥감을 갖고 돌아왔다. 파가넬은 여전히 도롱이를 몸에 두른 채 혼자 저만치 떨어진 곳에서 깊은 생각에 잠겨 있었다.

그럼에도 불구하고 시련이나 고난, 피로나 가난에 한창 시달릴 때는 아무리 착한 성격을 가진 사람도 짜증을 내고 서로 으르렁거리는 법이라는 자연법칙을 어기고, 불행을 함께하는 이들은 여전히 한마음 한뜻으로 서로 아끼고, 동료를 구하기 위해서는 목숨도 아끼지 않을 만큼 서로 헌신적이었다.

2월 25일에는 파가넬의 지도에서 와이카리 강에 해당하는 강이 앞을 가로막았다. 이 강은 쉽게 걸어서 건널 수 있을 만큼 얕았다.

이틀 동안은 관목이 우거진 평원이 계속되었다. 타우포 호에서 해안까지 가는 길의 절반은 피곤하기는 했지만 아무 사고도 일어나지 않고 무사히 지나갔다.

이윽고 오스트레일리아의 거대한 숲을 연상시키는 끝없는 숲이 나타났다. 그런데 이곳에는 유칼립투스 대신 카우리 소나무가 자라고 있었다. 넉 달에 걸친 여행으로 감탄하는 능력이 많이 쇠퇴했음에도 불구하고 레바는 삼나무와 캘리포니아의 '매머드 트리'*에 결코 뒤지지 않는 이 거대한 소나무를 보고 글레나번과 동료들은 경탄을 금치 못했다. 이 카우리 소나무는 가지가 갈라지는 곳까지의 높이가 30미터나 된다. 점점이 고립된 숲을 이루며 자라고, 숲은 나무로 이루어진 것이 아니라 지상 60미터 높이에 초록빛 잎을 양산처럼 펼치고 있는 수많은 나무 집단으로 이루어져 있었다.

이런 소나무들 가운데 수령이 100년 정도밖에 안 되는 젊은 소나무 몇 그루는 유럽 여러 지방의 적송과 비슷했는데, 그런 나무들은 원뿔 모양의 우듬지를 머리에 이고 있었다. 반대로 수령이 500년이나 600년쯤 된 늙은 나무는 복잡하게 갈라진 가지

* 미국 캘리포니아 주의 '세쿼이아 국립공원' 안에 있는 '자이언트 숲' 속에는 자이언트 세쿼이아 나무가 군락을 이루고 있다.

에 떠받쳐진 거대한 초록빛 텐트를 이루고 있었다. 이 뉴질랜드 숲의 원로들은 둘레가 15미터나 되어서, 여행자들이 모두 두 팔을 벌려도 나무줄기 하나를 둘러쌀 수 없을 정도였다.

사흘 동안 일행은 이런 거대한 아치 아래를 지나면서, 일찍이 인간의 발이 밟은 적이 없는 점토질 땅을 밟으며 나아갔다. 사람이 온 적이 없다는 것은 카우리 소나무 밑동에 여기저기 쌓여 있는 송진 덩어리를 보고 알았다. 그것만 수출해도 몇 년 동안이나 원주민을 먹여 살릴 수 있을 정도였다.

마오리족이 자주 돌아다니는 지방에는 키위가 드물지만, 여기서 사냥꾼들은 키위 떼를 많이 발견했다. 이 진귀한 새는 뉴질랜드 원주민의 개에게 쫓겨 사람이 접근하지 않는 이런 숲 속으로 도망쳐 들어왔던 것이다. 여행자들은 식사할 때 키위 고기를 실컷 먹었다.

그뿐만 아니라 파가넬은 먼 곳에 빽빽이 우거진 덤불에서 거대한 새 한 쌍을 발견했다. 그의 박물학자 본능이 눈을 떴다. 그는 동료들을 불렀고, 소령과 로버트와 함께 피로를 무릅쓰고 그 동물을 추적하기 시작했다.

지리학자의 열렬한 호기심을 사람들은 이해할 것이다. 그는 그 새가 많은 학자들이 멸종한 것으로 여기고 있는 '디노르니스' 종에 속하는 '모아'라는 것을 알아보았거나, 알아보았다고 생각했기 때문이다. 그런데 이 만남은 날개 없는 이 거대한 새가 뉴질랜드에 아직 살고 있다는 호흐슈테터를 비롯한 여행자들의 견해를 확인해준 것이었다.

파가넬이 추적하는 이 모아는 메가테리움이나 프테로닥틸

루스*와 같은 시대의 생물로서, 키가 무려 5미터에 달했다. 이 새는 터무니없이 큰 타조였고, 맹렬한 속도로 도망친 걸 보면 다소 겁쟁이기도 했다. 어떤 총알도 그 새들을 막지 못했다. 몇 분 동안 추적한 뒤, 발 빠른 모아들은 키 큰 나무들 사이로 사라져버렸고 사냥꾼들은 화약을 낭비하고 헛수고만 한 것으로 끝났다.

그날은 3월 1일이었다. 밤중에 글레나번과 동료들은 겨우 광대한 카우리 소나무 숲을 나와서, 1750미터 높이로 우뚝 솟아 있는 히쿠랑기 산기슭에서 야영했다.

그들은 마웅가나무 산에서 150킬로미터 가까이 걸어왔지만, 해안까지는 아직도 50킬로미터 정도가 남아 있었다. 존 맹글스는 열흘이면 충분히 갈 수 있을 거라고 생각했지만, 그때는 이 지방에 있는 여러 가지 난관을 알지 못했다.

사실 길을 우회하거나 장애물을 피하거나 방위 측정이 어긋나는 바람에 거리는 5분의 1이나 연장되었고, 게다가 여행자들은 히쿠랑기 산에 도착했을 때 완전히 녹초가 되어 있었다.

그런데 해안으로 나가기 위해서는 아직도 이틀은 꼬박 걸어야 했고, 게다가 이제는 또 새로운 기민함과 극도의 경계가 필요하게 되었다. 원주민이 자주 출몰하는 지역에 들어왔기 때문이다.

그들은 피로를 견디고 이튿날 새벽에 출발했다.

오른쪽에 남겨두고 가는 히쿠랑기 산과 왼쪽에 1200미터 높이로 우뚝 솟아 있는 하디 산 사이를 행진하는 것은 무척 힘들

* 메가테리움: 신생대 제4기(200만~1만 년 전) 때 아메리카에 살았던 거대한 초식 동물. 프테로닥틸루스: 중생대 쥐라기 후기(약 1억 6000만~1억 4500만 년 전)에 서식한 익룡. 익룡 중에서 가장 오래된 것으로 알려져 있다.

었다. 청사조 덩굴이 무성한 평원이 15킬로미터나 이어져 있었다. 한 걸음 내디딜 때마다 덩굴이 팔과 다리에 마구 얽히고 뱀처럼 구불거리면서 몸에 휘감겼다. 그들은 이틀 동안 도끼를 손에 들고 전진하면서, 머리가 십만 개나 되는 히드라*처럼 성가시고 강인한 이 식물과 싸우지 않으면 안 되었다. 파가넬이라면 아마 이 식물을 기꺼이 식충식물로 분류했을 것이다.

이 평원에서는 사냥할 수가 없어서, 사냥꾼들은 여느 때의 공물을 손에 넣지 못했다. 식량은 바닥났고, 새로 보급할 수는 없었다. 물도 부족해서 일행은 피로만이 아니라 갈증도 달랠 수 없었다.

이때 글레나번과 동료들이 맛본 고통은 끔찍했다. 그들의 정신력도 드디어 꺾일 것 같았다.

이제는 걷는 게 아니라 몸을 질질 끌다시피 했고, 영혼이 빠져나간 빈 껍데기가 된 채 다른 모든 감정이 사라진 뒤에도 살아남는 자기보존 본능에만 이끌려 마침내 태평양 연안의 로틴 곳에 도착했다.

이곳에서 그들은 최근 전쟁으로 황폐해진 마을의 폐허를 발견했다. 아무도 살지 않는 오두막 몇 채와 버려진 밭들이 보였다. 곳곳에 약탈과 화재의 흔적이 남아 있었다. 여기서 운명은 불행한 여행자들에게 또 다시 무서운 시련을 준비해놓고 있었다.

그들이 해안을 헤매고 있을 때, 해안에서 1.5킬로미터쯤 떨

---

* 그리스 신화에 나오는 물뱀. 아홉 개의 머리를 가졌는데, 한 개를 자르면 두 개가 생겨났다고 한다.

어진 곳에 원주민 무리가 나타나 무기를 휘두르면서 그들 쪽으로 달려온 것이다. 바다에 퇴로가 막힌 일행은 도망칠 길이 없었다. 글레나번이 마지막 힘을 짜내어 싸울 준비를 하려고 했을 때 존 맹글스가 외쳤다.

"배다! 배야!"

과연 스무 걸음쯤 떨어진 곳에 노 여섯 자루가 갖추어진 통나무배가 모래밭에 올라와 있었다. 그것을 바다로 밀어내고 올라타고 이 위험한 해안을 떠나는 과정이 순식간에 이루어졌다. 존 맹글스, 맥내브스, 윌슨, 멀래디가 노를 잡았다. 글레나번은 키를 잡았다. 두 여자와 올비넷과 로버트는 그 옆에 누웠다.

10분 동안 통나무배는 난바다로 400미터나 나갔다. 바다는 잔잔했다. 도망자들은 침묵을 지키고 있었다.

하지만 존이 해안에서 너무 멀리 떨어지지 않도록 해안을 따라서 가라고 말하려는 순간, 그의 노가 갑자기 손안에서 움직이지 않게 되었다.

로틴 곶에서 나온 통나무배 세 척을 발견한 것이다. 그 배들은 분명 그들을 쫓아오려 하고 있었다.

"난바다로! 난바다로! 차라리 파도에 휩쓸리는 편이 나아요!" 그가 외쳤다.

네 명의 노잡이가 힘껏 노를 젓자 통나무배는 빠르게 다시 난바다로 향했다. 30분 정도는 거리를 유지할 수 있었다. 하지만 불행한 도망자들은 기진맥진하여 힘이 빠지려 했고, 적의 통나무배 세 척은 그들의 배보다 훨씬 좋았다. 이때는 양쪽의 거리가 3킬로미터도 안 되었다. 그래서 긴 총을 들고 쏠 준비를 하고 있는 원주민의 공격을 피할 가능성은 전혀 없었다.

이때 글레나번은 무엇을 하고 있었을까? 그는 배의 고물에 서서 꿈속에서나 존재할 것 같은 구원을 수평선에 청하고 있었다. 그는 무엇을 기다리고 있었을까? 무엇을 하려는 것일까? 예감 같은 것이 있었던 것일까?

갑자기 그의 눈이 불타오르면서 바다 위의 한 점을 가리켰다.

"배다! 배야!" 그가 외쳤다. "노를 저어! 열심히 저어!"

네 명의 노잡이는 생각지도 않게 나타난 배를 보려고 뒤를 돌아보지도 않았다. 단 한 번도 노를 쉬면 안 되었기 때문이다. 파가넬 혼자만 일어나서 망원경을 그쪽으로 돌렸다.

"아, 배다! 기선이야! 전속력으로 달리고 있어! 모두 기운을 내!"

도망자들은 다시 새로운 힘을 짜내어 황급히 노를 저었고, 30분 정도는 지금까지의 거리를 유지하면서 통나무배를 몰았다. 기선의 모습은 점점 확실해졌다. 돛을 펴지 않은 두 개의 돛대와 소용돌이치는 검은 연기가 또렷이 보였다. 글레나번은 키를 로버트에게 맡기고, 지리학자의 망원경으로 기선의 움직임을 지켜보았다.

하지만 글레나번의 얼굴이 일그러지고 창백해지는 것을 보았을 때 존 맹글스와 동료들은 무슨 생각을 했을까? 단 한 마디의 말이 이 갑작스러운 절망을 설명해주었다.

"'덩컨'호야!" 글레나번이 외쳤다. "'덩컨'호와 탈옥수 놈들이야!"

"'덩컨'호라고요?" 존이 노를 내던지고 벌떡 일어났다.

"그래! 어느 쪽을 보아도 죽음뿐이야!" 글레나번이 이 지독한 불안을 견디지 못하고 중얼거렸다.

그것은 정말로 '덩컨'호였다. 잘못 볼 리가 없다. 악당을 태운 요트! 소령은 자기도 모르게 하늘을 향해 저주의 말을 내뱉었다. 이거 너무 심한 거 아니야?

그러는 동안 통나무배는 방치되어 있었다. 배를 어디로 몰고 갈까? 어디로 도망칠까? 야만인과 탈옥수 가운데 어느 쪽을 택할 수 있을까?

가장 가까이 다가온 원주민의 배에서 총성이 나고, 윌슨의 노에 총알이 맞았다. 그 후 노가 몇 번 물을 때리고 통나무배는 '덩컨'호 쪽으로 밀려갔다.

요트는 전속력으로 다가와 이제 두 배는 800미터 정도밖에 떨어져 있지 않았다. 존 맹글스는 독 안에 든 쥐가 되어 어떻게 배를 움직이면 좋을지, 어느 쪽으로 도망가야 할지도 알 수 없게 되었다. 불쌍하게도 두 여자는 무릎을 꿇고 간절히 기도를 드리고 있었다.

야만인들은 계속 총을 쏘았고, 총알이 통나무배 주위에 비 오듯 쏟아졌다. 바로 그때 요란한 폭발음이 나더니, '덩컨'호의 대포에서 튀어나온 포탄이 그들의 머리 위를 날아갔다. 협공을 받은 그들은 '덩컨'호와 원주민의 배 사이에서 옴짝달싹도 못하고 있었다.

존 맹글스는 절망에 빠져 도끼를 움켜잡았다. 그는 통나무배의 바닥에 구멍을 뚫어 불행한 동료들과 함께 배를 침몰시키려고 했지만, 바로 그때 로버트의 외침 소리가 그를 말렸다.

"톰 오스틴! 오스틴 아저씨가 배에 있어요! 봤어요! 그쪽도 우리를 알아보았어요! 모자를 흔들고 있어요!"

도끼는 존의 손끝에 대롱대롱 매달린 채였다.

두 번째 포탄이 공기를 가르며 그들의 머리 위를 지나, 원주민의 통나무배 세 척 가운데 가장 바싹 다가와 있던 한 척을 박살냈다. 그러자 '덩컨'호에서 만세 소리가 터져 나왔다.

야만인들은 공포에 질려 해안으로 돌아가려고 뱃머리를 돌렸다.

"톰, 이쪽으로 와! 이쪽으로!" 존 맹글스가 큰 소리로 외치고 있었다.

그리고 얼마 후 열 명의 도망자들은 모두 '덩컨'호에 무사히 타고 있었다.

두 번째 포탄이 공기를 가르며 그들의 머리 위를 지나……

17

'덩컨'호는 왜 뉴질랜드 동해안을
떠돌아다니고 있었나?

    스코틀랜드 민요가 들려왔을 때 글레나번과 동료들의 기분이 어땠을지를 묘사하는 것은 단념해야 한다. 그들이 '덩컨'호의 갑판을 밟은 순간 악사는 백파이프를 부풀려 맬컴 가문에 대대로 전해 내려오는 그 지방 특유의 민요를 부르기 시작했고, 선원들은 힘찬 만세 소리로 귀환하는 영주를 맞이했다.

    글레나번과 존 맹글스, 파가넬과 로버트, 심지어는 소령까지도 모두 눈물을 흘리며 서로 얼싸안았다. 처음에는 그저 기쁨에 미쳐 날뛰었다. 지리학자는 완전히 미쳐 있었다. 파가넬은 한시도 몸에서 떼어놓지 않는 그 망원경으로 이제야 겨우 해안에 도착한 원주민의 통나무배를 바라보면서 기쁨을 주체하지 못했다.

    옷은 너덜너덜한 누더기가 되고 얼굴은 초췌하고 게다가 고생한 흔적이 그대로 남아 있는 글레나번과 동료들을 보고, '덩

모두 눈물을 흘리며 서로 얼싸안았다.

컨'호의 선원들은 기쁨을 표현하는 것을 그만두었다. 배로 돌아온 것은 석 달 전 희망에 넘쳐 조난자의 흔적을 찾아 떠난 그 대담하고 원기왕성했던 여행자들이 아니라 유령들이었다. 그들은 이 배와의 재회를 더 이상 기대하지 않았지만, 우연이 ─ 오직 우연만이 ─ 그들을 이 배로 데리고 돌아왔다! 게다가 초췌하고 쇠약해진 상태로!

하지만 피로를 생각하고 허기와 갈증을 생각하기 전에 글레나번은 톰 오스틴에게 어떻게 이 해역에 있게 되었느냐고 물었다.

'덩컨'호는 왜 뉴질랜드 동해안에 있는 것일까? 어떻게 벤 조이스 일당에게 배를 빼앗기지 않았을까? 어떤 기적적인 운명으로 이 배는 도망자들 앞에 나타날 수 있었을까?

왜? 어떻게? 무슨 목적으로? 이렇게 온갖 질문이 동시에 톰 오스틴의 귀에 쏟아져 들어왔다. 늙은 선원은 어느 질문부터 들어야 좋을지 알 수 없게 되었다. 그래서 그는 글레나번의 말만 듣고, 그에게만 대답하기로 작정했다.

"그런데 탈옥수들은?" 글레나번이 물었다. "탈옥수 놈들은 어떻게 됐나?"

"탈옥수요?" 톰 오스틴은 질문의 뜻을 전혀 이해하지 못하는 듯한 투로 되물었다.

"그래! 요트를 습격한 놈들 말일세."

"어느 요트요? 나리의 요트 말인가요?"

"그래, 톰! '덩컨'호 말이야. 그리고 배를 습격한 벤 조이스란 놈은 어떻게 됐나?"

"벤 조이스란 놈은 전혀 모릅니다. 만난 적도 없습니다."

"전혀 모른다고?" 글레나번은 늙은 선원의 대답에 깜짝 놀라서 외쳤다. "그럼 말해주게, 톰. 왜 '덩컨'호가 지금 이곳 뉴질랜드 연안을 떠돌아다니고 있나?"

글레나번과 헬레나, 메리 그랜트, 파가넬, 소령, 로버트, 존 맹글스, 올비넷, 멀래디, 윌슨은 늙은 선원이 놀라는 이유를 전혀 몰랐지만, 톰이 조용한 목소리로 다음과 같이 대답했을 때 그들은 아연실색할 수밖에 없었다.

"'덩컨'호는 나리의 명령에 따라 여기서 떠돌아다니고 있었는데요."

"내 명령으로?" 글레나번이 외쳤다.

"그렇습니다. 저는 나리가 1월 24일자 편지에서 내린 지시에 따랐을 뿐입니다."

"내 편지?" 글레나번이 외쳤다.

이때 열 명의 여행자는 톰 오스틴을 둘러싸고 탐하듯이 그를 바라보았다. 그렇다면 스노이 강에서 쓴 편지가 '덩컨'호에 전달되었단 말인가?

"좋아." 글레나번이 말했다. "찬찬히 이야기해보세. 나는 꿈이라도 꾸고 있는 듯한 기분이 들어. 그럼 자네는 편지를 받았군?"

"예, 나리의 편지를 받았습니다."

"멜버른에서?"

"예, 멜버른에서 배 수리가 끝나가고 있을 때요."

"그럼 그 편지는?"

"나리가 직접 쓰신 건 아니었지만, 나리의 서명은 있었습니다."

"바로 그거야. 내 편지는 벤 조이스라는 탈옥수가 자네한테 전달했겠지?"

"아닙니다. '브리타니아'호의 갑판원인 에어턴이라는 자가 전달했습니다."

"그래! 에어턴과 벤 조이스는 동일인물이야. 그러면 그 편지에는 뭐라고 쓰여 있었나?"

"당장 멜버른을 떠나 뉴질랜드 동해안으로 가라는 나리의 명령이 적혀 있었습니다."

"오스트레일리아의 동해안이겠지?" 글레나번은 늙은 선원이 당황할 만큼 격렬하게 외쳤다.

"오스트레일리아요?" 톰은 눈을 크게 뜨고 외쳤다. "아니, 뉴질랜드 동해안입니다."

"오스트레일리아야! 오스트레일리아!" 글레나번의 동료들도 이구동성으로 외쳤다.

이때 톰 오스틴은 일종의 현기증을 느꼈다. 글레나번이 그렇게 확신을 갖고 말했기 때문에 그는 자기가 편지를 잘못 읽은 게 아닐까 하는 불안을 느꼈다. 충실하고 꼼꼼한 선원인 그가 그런 잘못을 저질렀다니? 그는 얼굴이 빨개져서 머뭇거렸다.

"진정해요, 톰." 헬레나가 말했다. "하느님의 뜻은……."

"아닙니다, 마님. 죄송하지만!" 늙은 톰이 말했다. "아니, 그럴 리가 없습니다! 저는 잘못 읽지 않았습니다. 에어턴도 저와 마찬가지로 편지를 읽었습니다. 그리고 에어턴이 저를 오스트레일리아 해안으로 다시 데려가려고 했습니다!"

"에어턴이?" 글레나번이 외쳤다.

"에어턴이 그랬습니다. 그건 잘못이라고, 투폴드 만으로 오라는 게 나리의 지시라고 녀석은 주장했지요!"

"그 편지를 갖고 있나?" 맥내브스가 강한 홍미를 느끼며 물었다.

"예, 소령님. 제가 가서 가져오겠습니다."

오스틴은 뱃머리에 있는 선실로 달려갔다. 그가 없는 1분 동안 모두 입을 다문 채 얼굴을 마주 보고 있었다. 다만 소령만은 팔짱을 끼고 파가넬을 뚫어지게 바라보면서 말했다.

"파가넬 씨, 이건 너무 심하다고 인정할 수밖에 없군요!"

"뭐라고요?" 지리학자는 말했지만, 등을 둥글게 구부리고 안경을 이마로 밀어 올린 그 모습은 마치 커다란 의문부호처럼 보였다.

톰 오스틴이 돌아왔다. 그는 파가넬이 쓰고 글레나번이 서명한 편지를 손에 들고 있었다.

"나리, 읽어보십시오." 늙은 선원이 말했다.

글레나번은 편지를 받아서 읽었다.

"톰 오스틴에게 지시한다. 당장 출범하여 '덩컨'호를 남위 37도선의 뉴질랜드 동해안으로 회항할 것……"

"뉴질랜드!" 파가넬이 벌떡 일어나면서 외쳤다.

그러고는 글레나번의 손에서 편지를 낚아채더니 눈을 비비고 안경을 코 위에 올려놓고 직접 편지를 읽었다.

"뉴질랜드!" 그는 도저히 형언할 수 없는 어조로 말하고 편지를 손에서 떨어뜨렸다.

그때 그는 누군가의 손이 어깨 위에 놓이는 것을 느꼈다. 그는 몸을 일으켰다. 눈앞에 소령이 있었다.

"어떻소. 파가넬 씨?" 맥내브스가 근엄한 목소리로 말했다. "당신이 '덩컨'호를 인도차이나로 보내지 않은 게 다행이오!"

이 농담은 불쌍한 지리학자에게 결정타를 먹였다. 선원들은 큰 소리로 웃음을 터뜨렸다. 파가넬은 두 손으로 머리를 감싸고 머리카락을 쥐어뜯으면서 미친 사람처럼 오락가락하고 있었다. 자기가 지금 뭘 하고 있는지도 그는 알지 못했다. 뭘 하려고 하는지도 역시 알지 못했다. 그는 무의식적으로 선미루의 계단을 내려간 뒤, 비틀거리며 앞으로 나아가 뱃머리의 갑판으로 올라갔다. 거기서 그의 발이 닻줄에 걸렸다. 그는 비틀거렸다. 그의 손이 우연히 밧줄 하나를 잡았다.

갑자기 무서운 폭발음이 울려 퍼졌다. 뱃머리 갑판에 설치된 대포가 발사되어 잔잔한 바다에 산탄을 우박처럼 퍼부었다. 파가넬이 아직 장전되어 있던 대포의 밧줄을 건드리는 바람에 공이가 뇌관 위로 떨어진 것이다. 그 때문에 일어난 굉음이었다. 지리학자는 선수루의 계단 위에서 공중제비를 돌더니 승강구를 통해 선원실 안으로 사라졌다.

포성이 일으킨 놀라움에 이어 공포의 외침 소리가 일어났다. 모두 사고가 난 줄 알았다. 선원 열 명이 중갑판으로 달려 내려가, 몸을 반으로 접은 파가넬을 끌어 올렸다. 지리학자는 아무 말도 하지 못했다.

사람들은 그의 기다란 몸을 선미루 위로 옮겼다. 이 선량한 프랑스인의 동료들은 절망했다. 일이 있을 때면 언제나 의사가 되는 소령은 상처를 치료하기 위해 파가넬의 옷을 벗기려고 했다. 하지만 소령이 빈사상태에 빠진 학자의 가슴에 손을 대자마자, 파가넬이 전기 코일에라도 닿은 것처럼 벌떡 일어났다.

"안 돼! 안 돼!" 하고 그는 외쳤다. 그러고는 그 깡마른 몸에 걸친 누더기를 여미고 묘하게 허둥대면서 단추를 채웠다.

"하지만 파가넬 씨!" 소령이 말했다.

"안 된다고 했잖아요!"

"어디를 어떻게 다쳤는지 봐야……."

"안 봐도 돼요!"

"어쩌면 뭐가 부러져서……."

"그럴지도 모르죠." 파가넬은 긴 다리를 펴고 똑바로 일어나서 대답했다. "하지만 내가 뭔가를 부러뜨렸다 해도 목공이 고쳐줄 겁니다."

"도대체 뭘 부러뜨렸다는 거요?"

"선원실 기둥이 부러졌어요. 내가 그 위로 떨어지는 바람에……."

이 대답을 듣고 사람들은 전보다 더 큰 소리로 웃음을 터뜨렸다. 이 대답은 존경스러운 파가넬의 친구들을 안심시켰다. 선수루의 대포를 상대로 한 그의 모험은 아무 상처도 입지 않고 끝났다.

'어쨌든……' 하고 소령은 생각했다. '저 친구는 정말 묘하게 수줍음을 타는 지리학자군.'

하지만 파가넬은 당황하여 어쩔 줄 모르는 상태에서 벗어나 제정신이 들자, 피할 수 없는 질문에 대답해야 했다.

"그러면 파가넬 씨." 글레나번이 말했다. "정직하게 대답해주세요. 선생의 부주의한 실수가 하늘의 도움이었다는 건 나도 인정합니다. 선생이 아니었다면 '덩컨'호는 탈옥수들의 수중에 들

"안 돼! 안 돼!" 하고 파가넬이 외쳤다.

어갔을 겁니다. 선생이 아니었다면 우리는 또 마오리족에게 붙잡혔을 거예요. 하지만 어떤 기이한 연상으로, 어떤 불가사의한 마음의 움직임으로 오스트레일리아 대신 뉴질랜드라고 쓰게 되었는지 알고 싶군요."

"아니, 정말이지 그건……." 파가넬이 외쳤다.

하지만 그 순간 그는 로버트와 메리 그랜트에게 눈길을 돌리고 흠칫 놀란 듯 입을 다물었다. 그리고 이렇게 대답했다.

"할 수 없군요. 나는 바보에다 미치광이에다 처치곤란한 인간이에요. 나는 죽을 때까지 얼빠진 인간으로 살다가 죽을 겁니다. 타고난 성격을 바꿀 수는 없어요."

"누군가가 산 채로 선생의 가죽을 벗기지 않는다면 그렇겠지요!"

"나를 산 채로 가죽을 벗긴다고요?" 지리학자는 분개한 태도로 외쳤다. "그건 나를 빗대어 빈정거리는 건가요?"

"무엇에 빗댄다는 거요?" 맥내브스가 특유의 차분한 목소리로 반문했다.

이 문제는 이것으로 끝났다. '덩컨'호가 이 해역에 머물고 있었던 수수께끼는 풀렸다. 기적적으로 구조된 여행자들은 이제 쾌적한 선실로 돌아가 식사를 하는 것밖에는 아무것도 생각지 않았다.

하지만 헬레나와 메리 그랜트, 소령, 파가넬, 로버트가 선미루로 들어가는 것을 지켜본 뒤, 글레나번과 존 맹글스는 톰 오스틴을 옆에 잡아두었다. 그들은 아직 오스틴에게 묻고 싶은 게 많았다.

"그러면 톰, 내 질문에 대답해주게." 글레나번이 말했다. "뉴질랜드 연안을 돌아다니라는 명령이 자네한테는 이상하게 여겨지지 않았나?"

"이상하다고 생각은 했습니다. 너무 뜻밖이긴 했지만, 저한테 내려진 명령에 대해 왈가왈부할 수는 없기 때문에 따랐지요. 달리 어떻게 할 수 있었겠습니까? 명령을 따르지 않아서 무슨 재난이 일어난다면, 그건 제 책임이 되잖습니까? 선장님이라면 다르게 행동했을까요?"

"아닐세, 톰." 존 맹글스가 대답했다.

"그런데 자네는 어떻게 생각했나?" 글레나번이 물었다.

"그랜트 선장을 위해 나리가 가라고 하신 그곳으로 가야 한다고 생각했습니다. 새로 계획을 짠 결과, 나리께서는 다른 배를 타고 오스트레일리아를 떠나 뉴질랜드로 오게 되었고 저는 섬의 동해안에서 나리를 기다리게 되었구나 하고 생각했지요. 게다가 멜버른을 출발할 때 저는 행선지를 비밀로 했고, 선원들은 배가 난바다로 나가서 오스트레일리아 땅이 보이지 않게 되었을 때에야 그걸 알았습니다. 하지만 이때 작은 사건이 일어나서 저는 정말 질려버렸지요."

"사건이라니, 그게 뭐지?" 글레나번이 물었다.

"'브리타니아'호의 갑판원인 에어턴이 출범한 이튿날 '덩컨'호의 행선지를 듣더니……."

"에어턴이?" 글레나번이 외쳤다. "그럼 그놈이 지금 배에 있나?"

"예."

"에어턴이 여기 있다고?" 글레나번은 존 맹글스를 돌아보면서 같은 말을 되풀이했다.

"주님의 뜻입니다!" 젊은 선장이 대답했다.

에어턴의 행동, 오랫동안 준비된 그의 배신, 글레나번의 부상, 멀래디를 죽이려 했던 일, 스노이 강변의 늪에 빠진 고난……
그 가증스러운 인간의 모든 과거가 두 사람의 눈앞을 번개처럼 빠른 속도로 스치고 지나갔다. 그리고 이제 여러 사정이 기묘하게 결부되어, 그 탈옥수가 이제는 그들의 손아귀에 들어와 있었다.

"놈은 지금 어디 있나?" 글레나번이 긴장한 얼굴로 물었다.

"선수루의 선실에 있습니다." 톰 오스틴이 대답했다. "엄중하게 감시하고 있지요."

"감금했다고? 왜 그랬지?"

"에어턴은 우리 배가 뉴질랜드로 가는 것을 알고는 난폭하게 날뛰었고, 배의 진로를 억지로 바꾸려 했고, 저를 협박했고, 마지막엔 제 부하들을 선동하여 반란을 일으키려고 했으니까요. 저는 그놈이 위험한 인물이라는 걸 알았습니다. 그래서 놈을 경계하지 않을 수 없었지요."

"그래서 그다음에는?"

"그 후로는 계속 선실에 머물러 있습니다. 나오려고도 하지 않고."

"좋아."

바로 그때 글레나번과 존 맹글스는 선미루로 불려갔다. 그들이 절실하게 필요로 하고 있던 식사가 준비된 것이다. 그들은 식탁 앞에 앉았고, 에어턴 이야기는 입 밖에도 내지 않았다.

하지만 식사가 끝나고 모두 허기와 피로를 달래고 갑판에 모였을 때 글레나번은 에어턴이 이 배에 있다는 것을 알렸다. 그와 동시에 에어턴을 이 자리에 끌어내리려는 의도를 밝혔다.

"여보, 그 심문에 입회하지 않을 수 없나요?" 헬레나가 물었다. "솔직히 말하면 그 남자를 보는 게 너무 괴로울 것 같아요."

"이건 대결이야, 헬레나." 글레나번이 말했다. "그냥 여기 있어줘. 벤 조이스는 피해자와 얼굴을 맞댈 필요가 있어!"

헬레나는 이 말에 따랐다. 메리 그랜트와 헬레나는 글레나번 옆에 자리를 잡았다. 그 주위에 소령과 파가넬, 존 맹글스, 로버트, 윌슨, 멀래디, 올비넷 등 이 탈옥수의 배신으로 중대한 위험을 맛본 모든 사람이 늘어섰다. '덩컨'호의 선원들은 이 장면의 중대성을 아직 이해하지 못한 채 깊은 침묵을 지키고 있었다.

"에어턴을 데려오게." 글레나번이 말했다.

18

에어턴이냐 벤 조이스냐?

에어턴이 나타났다. 그는 흔들리지 않는 걸음으로 갑판을 가로질러 선미루의 계단을 올라왔다. 그의 눈은 어두웠고, 이를 악물고 와들와들 떨릴 만큼 손을 힘껏 움켜쥐고 있었다. 그 태도에는 허세도 비굴함도 나타나 있지 않았다. 글레나번 앞에 나오자 그는 팔짱을 끼고 태연한 얼굴로 말없이 심문을 기다렸다.

"에어턴." 글레나번이 말했다. "우리는 이렇게 네놈이 벤 조이스 일당에게 넘기려고 한 '덩컨'호에 있다!"

이 말을 듣고 에어턴의 입술이 희미하게 떨렸다. 냉담한 그의 얼굴에 잠깐 붉은 핏기가 스쳤다. 회한으로 얼굴을 붉힌 게 아니라 실패를 수치스러워하는 얼굴이다. 자기가 주인이 되어 지휘하려고 했던 배 위에서 이제 그는 포로 신세였고, 이제 곧 그의 운명이 결정되려 하고 있었다.

하지만 그는 대답하지 않았다. 글레나번은 참을성 있게 기다

에어턴은 갑판을 가로질러 선미루의 계단을 올라왔다.

렸다. 하지만 에어턴은 끝까지 침묵을 지키려고 했다.

"말해라, 에어턴. 할 말이 없나?" 글레나번이 되풀이 말했다.

에어턴은 머뭇거렸다. 그의 얼굴에 주름이 깊이 새겨졌다. 이윽고 그는 조용한 목소리로 대답했다.

"아무것도 할 말이 없습니다, 나리. 저는 어리석게도 붙잡혀버렸습니다. 마음대로 하세요."

이렇게 대답한 뒤 서쪽 해안으로 눈길을 돌리고는 주위에서 일어나는 일에 철저히 무관심한 체했다. 그를 보고 있으면 그는 이 중대한 사건과 아무 관계도 없는 것처럼 보였다. 하지만 글레나번은 참을성 있게 해 나가기로 마음먹고 있었다. 그는 에어턴의 수수께끼 같은 인생에서 일어난 사건들, 특히 그랜트 선장 및 '브리타니아'호와 관계가 있는 사실에 강한 흥미를 느끼고 거기에 대해 알고 싶었다. 그래서 그는 초조한 마음을 애써 억누르고 평정한 태도를 유지하면서 지극히 부드러운 말투로 심문을 재개했다.

"에어턴, 자네도 내가 하고 싶은 몇 가지 질문에 대답하는 것은 거부하지 않을 거라고 생각한다. 우선 나는 자네를 에어턴이라고 불러야 하나, 아니면 벤 조이스라고 불러야 하나? 자네는 정말로 '브리타니아'호의 갑판원이었나?"

에어턴은 이 모든 질문에 귀를 닫고 태연한 얼굴로 해안을 바라보고 있었다.

"어떻게 '브리타니아'호를 떠났는지, 어떻게 오스트레일리아에 있게 되었는지 말해주지 않겠나?"

여전한 침묵, 여전한 무관심이었다.

"잘 들어라, 에어턴. 대답하는 편이 신상에 좋을 것이다. 정직하게 말하면 그만큼 정상이 참작될 테니까. 정직함이야말로 자네가 믿고 매달릴 수 있는 마지막 밧줄이다. 마지막으로 다시 한 번 묻겠다. 내 질문에 대답할 텐가?"

에어턴은 글레나번 쪽으로 얼굴을 돌리고, 글레나번의 눈을 똑바로 바라보았다.

"나리, 저는 대답할 게 없습니다. 저에게 불리한 증거를 제출하는 것은 제가 아니라 저를 재판하는 사람이 해야 할 일이니까요."

"증거를 제출하기는 쉬울 텐데?" 글레나번이 대꾸했다.

"쉽다고요?" 에어턴이 놀리듯이 말했다. "그건 말이 좀 지나치신 것 같은데요. 템플*의 최고 판사도 나를 어떻게 봐야 할지 몰라서 당황할 겁니다. 내가 오스트레일리아에 온 이유를 누가 알 수 있겠습니까? 그걸 말할 수 있는 그랜트 선장이 여기 없는데……. 경찰이 나를 체포한 적이 없고 내 동료들이 자유로운 이상, 내가 경찰이 수배하고 있는 그 벤 조이스라는 것을 누가 증명할 수 있겠습니까? 내가 범죄는커녕 비난받을 짓을 저질렀다고 주장할 수 있는 사람이 당신들 말고 또 누가 있겠습니까? 내가 이 배를 빼앗아 탈옥수들한테 넘기려 했다고 누가 주장할 수 있습니까? 아무도 없습니다. 아시겠습니까? 한 사람도 없습니다! 물론 당신은 나를 의심하고 있지만, 한 사람을 단죄하

---

* 런던의 중심가로, '이너 템플'과 '미들 템플' 등 2개의 법학원이 있다. 법학원에서는 법률가를 양성하며, 런던의 법정 변호사와 판사는 4개의 법학원 중 하나에 소속하는 것이 법률로 의무화되어 있다.

려면 확실한 증거가 필요한데, 당신한테는 그 증거가 없잖습니까? 그 증거가 나올 때까지 나는 '브리타니아'호의 갑판원인 에어턴입니다."

에어턴은 지껄이는 동안 흥분했지만, 곧 원래의 무관심한 태도로 돌아갔다. 아마 그는 자신의 이 발언으로 심문은 끝났다고 생각했을 것이다. 하지만 글레나번이 말을 이었다.

"에어턴, 나는 자네를 심문하는 판사가 아니다. 그런 건 내 관심사가 아니야. 우리의 입장을 명확히 해둘 필요가 있겠군. 나는 자네 입장을 위태롭게 할 만한 질문은 전혀 하고 있지 않다. 그건 재판소가 할 일이지. 하지만 자네는 내가 누구를 찾고 있는지 알고 있다. 그리고 자네의 한 마디로 나는 잃어버린 단서를 다시 잡을 수 있다. 그래도 이야기할 마음이 없나?"

에어턴은 절대로 입을 열지 않겠다고 결심한 사람처럼 고개를 저었다.

"그랜트 선장이 어디 있는지 말해주겠나?"

"아니요." 에어턴이 대답했다.

"'브리타니아'호가 어디서 좌초했는지 말해주겠나?"

"아니요."

"이보게, 에어턴." 글레나번은 거의 애원하는 듯한 어조로 말했다. "그랜트 선장이 어디 있는지 알고 있다면, 하다못해 자네 입에서 나올 단 한 마디를 애타게 기다리고 있는 저 가련한 아이들한테라도 가르쳐주지 않겠나?"

에어턴은 머뭇거렸다. 얼굴이 일그러졌다. 하지만 그는 낮은 목소리로 중얼거렸다.

"가르쳐줄 수 없습니다."

그러고는 잠깐 마음이 약해진 것을 자책하듯 격렬하게 덧붙였다.

"아니, 말하지 않겠습니다! 원하신다면 저를 교수형에 처하세요."

"교수형이라고?" 글레나번은 갑자기 분노에 사로잡혀 외쳤다.

하지만 그는 곧 자신을 억제하고 조용한 목소리로 말했다.

"에어턴, 이곳엔 판사도 검사도 없다. 다음 기항지에서 자네는 영국 관헌에 넘겨질 거야."

"그거야말로 제가 바라는 바입니다!" 에어턴이 대꾸했다.

그러고는 침착한 걸음걸이로 제 감옥이 되어 있는 선실로 돌아갔고, 두 선원이 그의 일거수일투족을 철저히 감시하라는 지시를 받고 선실 문간에 배치되었다. 이 장면에 입회한 사람들은 분노와 절망을 느끼면서 물러났다.

글레나번이 에어턴의 고집에 부딪혀 실패한 이상, 또 어떤 방법이 남아 있을까? 실패로 끝난 이 사업은 나중에 다시 한다 치고, 이든에서 세운 유럽 귀환 계획에 따를 수밖에 없었다. 지금은 '브리타니아'호의 자취를 결정적으로 잃어버린 것 같고, 문서를 새롭게 해석할 여지도 전혀 없으며, 남위 37도선 위에는 이제 어떤 나라도 없었다. '덩컨'호는 영국으로 돌아갈 수밖에 없었다.

글레나번은 동료들과 의논한 뒤, 특별히 존 맹글스와 귀환 문제를 논의했다. 존은 선창을 조사했다. 비축된 석탄은 기껏해야 2주밖에 지탱할 수 없는 분량이었다. 따라서 가장 가까운 항구로 가서 연료를 보급해야 한다.

존은 글레나번에게 '덩컨'호가 세계일주 항해를 떠나기 전에 연료를 보급한 적이 있는 탈카우아노 만*으로 뱃머리를 돌리자고 제안했다. 그것은 직선 코스이고, 게다가 37도선 위에 있었다. 요트는 그곳에서 필요한 물자를 충분히 보급한 뒤 남쪽으로 가서 혼 곶을 돌고, 그런 다음 대서양 항로를 따라 스코틀랜드로 돌아간다는 계획이다.

이 계획이 채택되어, 기관사에게 증기압을 올리라는 명령이 내려졌다. 30분 뒤, 태평양이라는 이름에 걸맞게 잔잔한 바다에서 '덩컨'호는 뱃머리를 탈카우아노 만으로 돌렸고, 오후 6시에는 마지막 남은 뉴질랜드의 산들도 짙은 안개 속으로 사라졌다.

이리하여 스코틀랜드를 향한 항해가 시작되었다. 그랜트 선장도 구출하지 못하고 돌아가는 이 용감한 수색대에는 우울한 여행이었다. 그래서 출범할 때는 그렇게 쾌활했고 그렇게 자신만만했던 선원들이 이제는 낭패감과 절망감에 싸인 채 귀로에 올랐다. 이 선량한 선원들은 고국으로 돌아갈 생각을 해도 전혀 감흥을 느끼지 못했다. 그랜트 선장을 찾기 위해서라면 그들은 더 오랫동안 바다의 위험에 도전했을 것이다.

그래서 글레나번이 배로 돌아온 것을 환영하며 만세를 외쳤던 선원들은 곧 의기소침해졌다. 승객들은 이제 전처럼 친밀하게 어울리지도 않고 항해에 생기를 불어넣었던 활기찬 대화도 사라졌다. 모두 자기 선실에 혼자 틀어박혀 있었고, 어쩌다 누

---

* 칠레 남부의 태평양 기슭에 있는 후미.

군가가 '덩컨'호 갑판에 모습을 나타낼 뿐이었다.

평소에는 기쁨이든 슬픔이든 배에 탄 모든 사람의 감정을 과장되게 대표하고 있던 인물, 필요하다면 이야기를 지어내면서까지 남들에게 희망을 주었던 파가넬도 우울한 얼굴로 침묵을 지키고 있었다. 그의 모습은 거의 보이지 않았다. 그는 천성적으로 말이 많고 프랑스인답게 늘 활기에 차 있었지만, 이제는 말도 하지 않고 의기소침해 있었다. 그뿐만 아니라 그는 동료들보다 더 철저히 낙담해버린 것처럼 보였다. 글레나번이 수색을 재개하는 문제에 대해 이야기해도 전혀 희망을 갖지 않고, '브리타니아'호의 조난자들에 대해서는 아예 포기해버린 것처럼 고개를 저었다. 조난자들은 이제 돌이킬 수 없게 되었다고 그가 생각하는 것은 누구나 느낄 수 있었다.

하지만 이 참사에 대해 결정적인 말을 할 수 있는 사람이 배에 타고 있었다. 그의 침묵은 여전히 계속되고 있었다. 그것은 물론 에어턴이었다. 이 가증스러운 사내가 그랜트 선장이 지금 있는 곳을 알지는 못하더라도 조난 장소를 알고 있는 것은 의심할 여지가 없었다. 하지만 그랜트 선장이 발견되면 에어턴을 고발하는 증인이 된다. 그래서 에어턴은 완강하게 입을 다물고 있는 것이다. 특히 선원들이 그에게 격한 분노를 보이는 것은 그 때문이고, 선원들은 그를 혼내주려고 벼르고 있었다.

글레나번은 몇 번이나 에어턴을 설득하려고 애썼다. 약속도 위협도 소용이 없었다. 에어턴의 고집은 철저했고, 도저히 이해할 수가 없었다. 그래서 소령은 에어턴이 사실은 아무것도 모른다고 믿게 되었을 정도다. 지리학자도 같은 의견이었고, 또한 이것은 그랜트 선장에 대한 그 자신의 독자적인 생각을 뒷받침해주는 것이기도 했다.

하지만 에어턴이 아무것도 모른다면, 그는 왜 모른다고 고백하지 않을까? 모른다고 말해도 그에게 불리해질 것은 아무것도 없다. 그의 침묵은 새 계획을 세우는 것을 더욱 어렵게 만들고 있었다. 오스트레일리아에서 에어턴을 만났으니까 그랜트 선장도 그 대륙에 있다고 추론해야 할까? 어떻게든 이 문제에 대해 설명할 결심을 하도록 에어턴을 설득할 필요가 있었다.

헬레나는 남편의 실패를 보고, 이번에는 자기가 에어턴의 고집과 맞서보고 싶다고 말했다. 남자가 실패한 일도 여자는 그 부드러운 영향력으로 성공할지도 모른다. 세찬 바람은 나그네의 어깨에서 외투를 날려버리지 못해도, 태양이 잠깐 햇빛을 보내면 당장 외투를 벗길 수 있다는 우화, 언제까지나 변함없는 그 비유가 있지 않은가. 글레나번은 젊은 아내의 총명함을 알고 있었기 때문에 뭐든지 마음대로 해보라고 말했다.

그날(3월 5일), 에어턴이 헬레나의 방으로 끌려왔다. 메리 그랜트도 이 자리에 입회하게 되었다. 어쩌면 메리가 에어턴에게 더 큰 영향력을 행사할 수 있을지도 모른다. 헬레나는 성공하기 위해 어떤 가능성도 소홀히 하고 싶지 않았다.

한 시간 동안 두 여자는 에어턴과 함께 선실에 틀어박혀 있었지만, 이 회담에 대해서는 아무 정보도 새어나오지 않았다. 여자들이 한 말, 탈옥수의 비밀을 알아내기 위해 그녀들이 들고 나온 논리, 이 심문의 세부 내용은 전혀 알려져 있지 않다. 게다가 에어턴과 헤어질 때 그녀들의 얼굴에는 밝은 표정보다는 어

두 여자는 갑판원과 함께 선실에 틀어박혀 있었다.

두운 표정이 더 짙게 나타나 있었다.

그래서 에어턴이 다시 끌려갈 때 선원들은 그가 지나가기를 기다렸다가 마구 으름장을 놓으며 위협하는 말을 퍼부었다. 에어턴은 어깨만 으쓱해 보일 뿐이었다. 이것이 선원들의 분노에 기름을 부었고, 그것을 억누르기 위해서는 존 맹글스와 글레나번이 사이에 끼어들 필요가 있었다.

하지만 헬레나는 자기가 졌다고는 생각하지 않았다. 그녀는 이 무자비한 마음과 끝까지 싸우려 했고, 이튿날은 에어턴이 갑판을 지나갈 때 다툼이 일어나는 것을 피하기 위해 헬레나가 직접 에어턴의 선실로 갔다.

두 시간 동안, 선량하고 상냥한 이 스코틀랜드 여성은 탈옥수들의 우두머리와 단둘이 마주 앉아 이야기를 나누었다. 글레나번은 신경이 곤두서서 선실 밖을 오락가락하고 있었다. 때로는 성공할 가능성을 끝까지 추구해보기로 결심하고, 때로는 에어턴과 힘든 면담을 하고 있는 아내를 그 선실에서 데리고 나와야겠다고 결심하면서.

하지만 이윽고 선실에서 나온 헬레나의 얼굴이 이번에는 낙관에 가득 차 있었다. 그러면 헬레나는 그 비밀을 알아내고, 가증스러운 사내의 마음에 조금이라도 남아 있는 동정심을 움직였을까?

그것을 맨 처음 알아차린 맥내브스는 미심쩍은 마음을 억누르지 못했다. 사실 소령이 믿지 못하는 것도 무리는 아니었다.

하지만 에어턴이 헬레나의 간절한 부탁에 마침내 마음이 움직였다는 소문은 당장 선원들 사이에 퍼졌다. 그 효과는 전격적

에어턴은 어깨만 으쓱해 보일 뿐이었다.

이었다. 모든 선원이 갑판에 모였다. 게다가 톰 오스틴이 작업을 위해 호루라기로 선원들을 소집했을 때보다 더 빠르게.

그동안 글레나번은 아내 쪽으로 달려갔다.

"말했어?" 그가 물었다.

"아뇨." 헬레나가 대답했다. "하지만 에어턴은 저의 간청에 마음이 움직여서 당신을 만나고 싶대요."

"아아, 헬레나. 그건 성공이야!"

"그렇다면 좋겠지만."

"내가 추인해야 할 무슨 약속이라도 해주었어?"

"한 가지만 약속했어요. 그 사람에게 주어질 가혹한 운명을 조금이라도 누그러뜨리기 위해 당신이 모든 신망을 걸고 노력할 거라고."

"좋아, 헬레나. 에어턴을 당장 보내줘."

헬레나는 메리 그랜트를 데리고 자기 방으로 돌아갔고, 갑판원은 글레나번이 기다리고 있는 식당으로 끌려갔다.

19
거래

에어턴이 글레나번 앞에 서자 감시하는 사람은 곧 물러났다.

"나와 이야기하고 싶다고?" 글레나번이 말했다.

"그렇습니다, 나리."

"나 혼자만?"

"그렇습니다. 하지만 맥내브스 소령과 파가넬 씨가 입회해주면 그게 더 나을 거라고 생각합니다."

"누구한테 낫다는 거지?"

"저한테요." 에어턴은 태연히 말했다.

글레나번은 그를 뚫어지게 바라보았다. 그리고 맥내브스와 파가넬에게 알리자, 두 사람은 당장 초대에 응했다.

"자, 그러면 자네 이야기를 들어보세." 두 동료가 식탁 앞에 앉자마자 글레나번이 말했다.

에어턴은 잠시 생각하고 나서 말했다.

"나리, 두 당사자 사이에 계약이나 거래가 이루어지는 경우에는 반드시 입회인을 두는 게 관례입니다. 그래서 제가 파가넬 선생과 맥내브스 소령님을 입회시키라고 요구한 겁니다. 제가 나리한테 제안하러 온 것은 바로 거래니까요."

에어턴의 방식에 익숙해져 있던 글레나번은 이 사내와 자기가 거래를 한다는 것은 기묘한 일이라고 생각했지만 눈썹 하나 까딱하지 않았다.

"어떤 거래지?" 그가 물었다.

"말씀드리죠. 나리께서는 나리 자신에게 도움이 될지도 모르는 몇 가지 사실을 저한테서 알아내고 싶어 하십니다. 저는 저한테 귀중한 몇 가지 유리한 조건을 얻고 싶습니다. 기브 앤 테이크지요. 이 이야기가 마음에 들지 않으십니까? 어떠세요?"

"그 사실이란 게 뭔가?" 파가넬이 열심히 물었다.

"아니, 그 유리한 조건이란 게 뭐지?" 글레나번이 말했다.

에어턴은 글레나번의 배려를 이해했다는 표시로 고개를 숙였다.

"제가 요구하는 유리한 조건은 다음과 같습니다. 나리께서는 여전히 저를 영국 관헌의 손에 넘길 작정이십니까?"

"그래. 당연한 일이니까."

"그렇지 않다고는 말씀드리지 않겠습니다." 갑판원은 공손하게 대답했다. "그러면 나리는 저한테 자유를 돌려주는 데에는 절대로 동의해주시지 않겠군요?"

글레나번은 그만큼 확실하게 제기된 질문에 대답하기 전에 잠깐 망설였다. 그가 지금부터 하는 말에 그랜트 선장의 운명이 걸려 있었다.

하지만 정의에 대한 의무감이 이겼다.

"그래. 나는 자네한테 자유를 돌려줄 수 없어."

"저는 자유를 요구하지 않습니다." 갑판원이 오만하게 대답했다.

"그러면 뭘 요구하나?"

"저를 기다리고 있는 처형대와 나리가 저한테 줄 수 없다는 자유, 그 사이의 중간 상태를 요구합니다."

"그렇다면……?"

"살아가는 데 필요한 물건과 함께 저를 태평양의 무인도에 놔두고 가주십시오. 저는 어떻게든 살아가겠습니다. 그리고 그럴 시간이 있으면 회개할지도 모릅니다."

글레나번은 이런 제의를 미처 예상하지 못했기 때문에, 침묵을 지키고 있는 두 동료를 돌아보았다. 그리고 잠시 생각한 끝에 대답했다.

"에어턴, 내가 그 요구를 받아들이면 내가 알아야 할 것은 모두 말해주겠나?"

"그렇습니다, 나리. 그랜트 선장과 '브리타니아'호에 대해 제가 알고 있는 것은 모두 말씀드리죠."

"모든 진상을?"

"예, 모든 진상을."

"하지만 누가 그걸 보증해주지?"

"나리께서 무엇 때문에 불안한지 모르겠군요. 나리는 저를, 이 악당의 말을 믿으셔야 합니다! 그건 사실입니다! 하지만 별

수 없잖습니까. 현재 상황은 그렇습니다. 결단을 내릴 수밖에 없어요."

"자네를 믿겠네, 에어턴." 글레나번은 시원스럽게 말했다.

"그게 옳습니다. 그리고 제가 나리를 속이면 나리는 언제라도 저를 벌할 수 있을 겁니다."

"어떻게?"

"저는 절대로 도망칠 수 없으니까요. 섬으로 저를 잡으러 오면 됩니다."

에어턴은 어떤 질문에 대해서도 대답을 준비해놓고 있었다. 그는 곤경을 예상하고, 자신에게 불리한 반박할 수 없는 논거를 스스로 제공하기까지 했다. 그것으로 알 수 있듯이 그는 의심할 여지없는 성실한 태도로 '거래'를 추진할 작정인 게 분명했다. 그보다 더 완전한 신뢰를 보이는 것은 불가능했다. 하지만 그는 사심도 욕심도 없는 이런 태도를 더욱 철저하게 고수할 각오가 되어 있었다.

"나리, 그리고 두 분." 그가 덧붙여 말했다. "제가 가진 카드를 탁자 위에 숨김없이 다 펼쳐놓고 있다는 사실을 믿어주셨으면 합니다. 저는 나리를 속이고 싶지 않습니다. 이 점에서 제 진실함을 입증하는 새로운 증거를 제시하겠습니다. 저는 나리의 신의를 믿기 때문에 솔직하게 나리를 대하는 겁니다."

"말해보게, 에어턴." 글레나번이 대답했다.

"저는 아직 저의 제안을 받아들이겠다는 약속을 받지 못했습니다. 그럼에도 불구하고 주저 없이 말씀드리자면, 저는 그랜트 선장에 대해 아는 게 별로 없습니다."

"아는 게 별로 없다고?" 글레나번이 외쳤다.

"그렇습니다. 제가 말씀드릴 수 있는 사실은 저 자신과 관련된 것뿐입니다. 그건 저 개인에 관한 것이니까 그랜트 선장의 흔적을 찾는 데에는 별로 도움이 되지 않을 겁니다."

글레나번과 소령의 얼굴에는 실망한 표정이 뚜렷이 나타났다. 그들은 이 갑판원이 중대한 비밀을 알고 있다고 믿었는데, 막상 본인을 만나보니 자기가 알고 있는 것은 별로 도움이 되지 않을 거라고 단언한 것이다. 하지만 파가넬은 태연했다.

그거야 어쨌든, 말하자면 담보도 없이 이루어진 에어턴의 고백은 듣는 사람들의 마음을 이상하게 감동시켰다. 특히 갑판원이 결론적으로 다음과 같은 말을 덧붙였을 때에는 더욱 그러했다.

"그래서 미리 말씀드리겠는데, 이 거래는 나리보다 저한테 유리합니다."

"그건 상관없네." 글레나번이 대답했다. "자네 제안을 받아들이겠네, 에어턴. 태평양의 어느 섬에 자네를 상륙시켜주겠다고 약속하지."

"좋습니다, 나리." 갑판원이 말했다.

이 기묘한 남자는 이 결정을 기뻐하고 있을까? 그것은 의심하려 들면 의심할 수도 있었다. 그의 무심한 얼굴은 어떤 감정도 드러내지 않았기 때문이다. 마치 자기를 위해서가 아니라 남을 위해 거래를 하고 있는 것 같았다.

"저는 대답할 준비가 되어 있습니다." 그가 말했다.

"우리가 자네한테 할 질문은 없네." 글레나번이 말했다. "자네가 알고 있는 걸 전부 다 말해주면 돼. 우선 자네가 누군지, 그것부터 분명하게 말해주게."

"저는 정말로 '브리타니아'호의 갑판원인 톰 에어턴입니다. 저는 1861년 5월 12일에 해리 그랜트 선장의 배를 타고 글래스고를 떠났습니다. 14개월 동안 우리는 스코틀랜드인의 식민지를 건설하기에 적합한 곳을 찾으면서 태평양의 모든 해역을 돌아다녔지요. 해리 그랜트는 큰 사업을 할 수 있는 대단한 인물이지만, 그와 저 사이에는 종종 말다툼이 일어났습니다. 그랜트의 성격이 저와는 맞지 않았지요. 저는 남에게 복종을 하지 못합니다. 그런데 상대가 해리 그랜트인 경우, 일단 그가 결단을 내려버리면 어떤 항의도 할 수 없습니다. 해리 그랜트는 자신에 대해서나 남에 대해서나 강철 같은 의지를 갖고 있었어요. 그럼에도 불구하고 저는 감히 반항했습니다. 그리고 선원들을 반란에 끌어들여 배를 탈취하려고 했지요. 제가 나빴는지 아닌지는 문제가 아닙니다. 어쨌든 해리 그랜트는 저를 의심하자마자 망설이지 않았습니다. 그래서 1862년 4월 8일 오스트레일리아 서해안에다 저를 내버린 것입니다."

"오스트레일리아에?" 소령이 에어턴의 이야기에 끼어들었다. "그러면 자네는 카야오*에 기항하기 전에 '브리타니아'호를 떠났군. '브리타니아'호는 카야오에서 마지막 소식을 보냈는데."

"그렇습니다. 제가 배에 타고 있을 때는 한 번도 카야오에 기항하지 않았으니까요. 그리고 제가 패디 무어의 농장에서 카야

* 남아메리카 페루 중부, 태평양 연안에 있는 항구 도시.

"저는 정말로 톰 에어틴입니다."

오에 대해 말한 것은 여러분의 이야기를 듣고 그 사실을 알았기 때문입니다."

"계속하게, 에어턴." 글레나번이 말했다.

"해리 그랜트는 아무도 살지 않는 해안에 저를 내려놓고 가버렸습니다. 하지만 60킬로미터 떨어진 퍼스에 형무소가 있었지요. 해안을 헤매고 있을 때 그 감옥에서 탈출한 유형수 무리를 우연히 만나서 그 패거리에 들어갔습니다. 그 후 2년 반 동안 제가 어떻게 살았는지는 말씀드리지 않아도 되겠지요. 다만 벤 조이스라는 이름으로 탈옥수들의 우두머리가 된 것은 기억해주십시오. 1864년 9월에 저는 그 아일랜드인의 농장에 갔습니다. 그리고 본명인 에어턴으로 고용되었지요. 거기서 저는 배를 빼앗을 기회가 오기를 기다렸습니다. 그것이 저의 최종 목적이었습니다. 두 달 뒤에 '덩컨'호가 나타났습니다. 나리는 농장을 방문하셨을 때 해리 그랜트 선장에 대해 자초지종을 말씀하셨습니다. 저는 미처 몰랐던 사실, '브리타니아'호가 카야오에 기항했고 제가 배를 떠난 지 두 달 뒤인 1862년 6월에 '브리타니아'호가 마지막 소식을 보냈다는 것, 문서가 발견되었고 남위 37도선에서 조난을 당했다는 것, 마지막으로 나리가 오스트레일리아 대륙에서 해리 그랜트를 찾아야 한다고 말씀하시는 이유를 그때 비로소 알았지요. 저는 망설이지 않았습니다. '덩컨'호는 영국 해군에서 가장 빠른 배도 따돌릴 수 있을 만큼 우수한 배니까요. 저는 그 배를 빼앗기로 마음먹었지요. 하지만 '덩컨'호는 중대한 손상을 수리해야 했습니다. 그래서 저는 '덩컨'호를 멜버른으로 보내게 하고, 저 자신은 갑판원이라는 본래의 자격으

로 나리한테 고용되어, '브리타니아'호가 오스트레일리아 동해
안에서 조난했다고 거짓말을 하고 그곳으로 나리를 안내하겠다
고 제의했던 것입니다. 이렇게 해서 저는 때로는 제 휘하의 탈
옥수 일당을 앞서 가게 하고 때로는 뒤따라오게 하면서, 나리
일행을 안내하여 빅토리아 주를 가로지르려 했던 것이지요. 제
부하들은 캠든 철교에서 쓸데없는 범죄를 저질렀습니다. '덩컨'
호는 일단 해안으로 회항하면 제 손에서 벗어날 수 없었고, 그
배만 있으면 저는 태평양의 지배자가 될 수 있을 테니까요. 이
렇게 해서 저는 아무런 의심도 사지 않고 스노이 강까지 나리
일행을 데려갔던 것입니다. 말과 소들은 가스트롤로비움에 중
독되어 한 마리씩 죽어갔습니다. 저는 달구지를 늪지대로 끌어
들였고, 달구지는 거기에 반쯤 파묻혔지요. 저의 제안으로……
아니, 그다음 일은 나리도 잘 알고 계십니다. 파가넬 씨가 실수
를 하지 않았다면 지금쯤은 제가 '덩컨'호를 지휘하고 있겠지
요. 제가 말씀드릴 수 있는 것은 이것뿐입니다. 유감이지만, 이
걸로는 해리 그랜트의 흔적을 찾을 수 없을 겁니다. 저와 거래
해서 손해를 보았다고 생각하시겠지요?"

갑판원은 입을 다문 채 평소의 버릇대로 팔짱을 끼고 기다렸
다. 글레나번과 동료들도 말이 없었다. 모든 진상이 이 묘한 악
당의 입에서 지금 밝혀지고 있다는 것을 그들은 느꼈다. '덩컨'
호 탈취는 그의 의지와는 무관한 이유로 실패했다. 글레나번이
발견한 죄수 작업복이 증명하듯 그의 공범들은 투폴드 만에 와
있었다. 거기서 그들은 두목의 명령을 충실히 지켜 '덩컨'호가
오기를 기다리고 있었겠지만, 결국은 기다리다 지쳐서 뉴사우

스웨일스 주의 시골에서 또다시 강도질을 시작했을 것이다. 우선 소령이 '브리타니아'호와 관련된 날짜를 확실히 하기 위해 질문하기 시작했다.

"그러면 자네가 오스트레일리아 서해안에 상륙한 것은 분명히 1862년 4월 8일이었지?"

"그렇습니다."

"자네는 당시 그랜트 선장의 계획이 무엇이었는지 알고 있나?"

"막연하게는 알고 있습니다."

"막연해도 좋으니까 말해보게." 글레나번이 말했다. "지극히 사소한 단서라도 우리한테 길을 가르쳐줄지 모르니까."

"제가 말씀드릴 수 있는 것은 이것뿐입니다. 그랜트 선장은 뉴질랜드를 방문할 작정이었습니다. 그런데 예정표의 이 부분은 제가 배에 있는 동안은 실행되지 않았습니다. 그래서 '브리타니아'호가 카야오를 떠나 뉴질랜드 땅을 정찰하러 왔을 가능성도 전혀 없지는 않습니다. 그건 문서에서 그 배가 조난한 날로 되어 있는 1862년 6월 27일이라는 날짜와도 부합될 겁니다."

"물론이지." 파가넬이 말했다.

"하지만……" 하고 글레나번이 말을 이었다. "문서에 남아 있던 문구 가운데 뉴질랜드에 해당하는 것은 하나도 없어."

"그 점은 제가 대답할 수 없습니다." 갑판원이 말했다.

"좋아." 글레나번이 말했다. "자네는 약속을 지켰어. 나도 약속을 지키겠네. 태평양의 어느 섬에다 자네를 놓아두고 갈지 결정하겠네."

"저는 어느 섬이라도 상관없습니다." 에어턴이 대답했다.

"선실로 돌아가 있게. 그리고 우리 결정을 기다리게."

두 선원이 갑판원을 데리고 물러갔다.

"저 흉악한 놈은 훌륭한 사내가 될 수도 있었을 텐데." 소령이 말했다.

"그래요." 글레나번이 대답했다. "의지가 강하고 지성이 뛰어난 사람입니다! 그 능력이 왜 나쁜 쪽으로 작용해야 했을까요?"

"하지만 그랜트 선장은?"

"그랜트 선장은 이제 영원히 구조되지 못하는 게 아닐까 걱정입니다. 불쌍한 아이들, 아버지가 있는 곳을 누가 그 아이들한테 말해줄 수 있을까요?"

"내가!" 파가넬이 대답했다. "그래요. 내가 해줄 수 있어요!"

누구나 알아차렸겠지만, 여느 때에는 그렇게 말이 많고 그렇게 성마른 지리학자가 에어턴을 심문하는 동안은 거의 입을 열지 않았다. 그는 입을 다문 채 귀를 기울이고 있었다. 하지만 그의 입에서 나온 이 마지막 말에는 천만 마디의 가치가 있었다. 글레나번은 놀라서 펄쩍 뛰었다.

"선생이?" 글레나번이 외쳤다. "그랜트 선장이 있는 곳을 안다고요?"

"알 수 있는 만큼은 다 알고 있지요."

"어떻게 알았습니까?"

"역시 그 문서를 보고 알았습니다."

"아니!" 소령이 도저히 믿을 수 없다는 투로 말했다.

"우선 들어보세요, 소령님. 듣고 나서 어깨를 으쓱하든 말든 마음대로 하세요. 좀 더 일찍 말하지 않은 것은, 그래봤자 어차피

믿지도 않을 거라고 생각했기 때문입니다. 그리고 말해봤자 아무 소용도 없었기 때문이죠. 오늘 내가 말하기로 결심한 것은 에어턴의 생각이 정확히 내 생각을 뒷받침해주었기 때문이에요."

"뉴질랜드에 있습니까?" 글레나번이 물었다.

"잘 듣고 판단하세요. 우리를 구해준 그 엉뚱한 실수를 내가 저지른 데에는 나름대로 이유가, 좀 더 정확히 말하면 '한 가지 이유가' 있었습니다. 경의 구술을 받아 적고 있을 때 내 머릿속에는 '질랜드'라는 낱말이 가득 차 있었어요. 그게 이유입니다. 우리가 그때 달구지 안에 있었던 것을 기억하고 계시죠? 소령님은 마침 헬레나 부인에게 탈옥수들에 대해 가르쳐준 참이었습니다. 소령님은 캠든 다리의 참사를 보도한 《오스트레일리아 앤 뉴질랜드 가제트》지를 부인에게 건네주었지요. 그런데 마침 내가 편지를 쓰고 있을 때 이 신문이 바닥에 떨어져 있었는데, 표제의 일부만 보이도록 접혀 있었어요. 그 일부는 'aland(어랜드)'였지요. 내 머릿속에 어떤 생각이 번득였는지! 'aland'는 바로 영어 문서에 적혀 있던 낱말, 우리가 그때까지 '육지에서'로 해석한 낱말입니다. 그런데 이건 'Zealand(질랜드)'라는 고유명사의 뒷부분이었을 게 분명합니다."

"아하!" 글레나번이 외쳤다.

"그래요." 파가넬은 자신 있게 말을 이었다. "그때까지는 그 해석에 생각이 미치지 못했습니다. 왜 그랬는지 아십니까? 내가 다른 문서보다는 누락된 부분이 적지만 이 중요한 낱말은 빠져 있는 프랑스어 문서를 연구했기 때문입니다."

"오호!" 소령이 말했다. "그건 공상에 불과해요, 파가넬 씨.

그리고 당신은 전에 당신 자신이 내린 추론을 너무 가볍게 잊어
버리는군."

"그러면 소령님이 질문해보세요. 뭐든지 대답해드릴 테니까."

"그러면 'austra'라는 낱말은 어떻게 되는 거요?"

"처음에 해석한 것과 같습니다. 그건 '남쪽 땅(australes)'을
의미할 뿐입니다."

"좋아요. 그러면 처음에는 'indiens'라는 낱말의 어간, 다음
에는 'indigénes'라는 낱말의 어간으로 해석한 'indi'는 어떻게
되죠?"

"세 번째이자 마지막 해석은 'indigence(극심한 곤궁)'라는 낱
말의 첫 음절이라는 겁니다."

"그러면 'contin'은?" 맥내브스가 외쳤다. "그건 여전히
'continent(대륙)'을 의미하나요?"

"아닙니다. 뉴질랜드는 섬에 불과합니다."

"그러면?" 글레나번이 물었다.

"이제 나의 세 번째 해석에 따라 문서를 번역할 테니까 한번
판단해보세요. 우선 두 가지를 주의해두겠습니다. 첫째는 지난
번의 해석을 최대한 잊어버리고, 머리에서 모든 선입관을 제거
해달라는 겁니다. 둘째, 어느 부분은 '억지'로 생각될 겁니다.
그리고 내 번역이 서투를 수도 있어요. 하지만 그런 부분은 전
혀 중요하지 않습니다. 아무래도 내 마음에는 안 들지만 달리
어떻게 설명할 수가 없는 'agonie'라는 낱말이 특히 그렇습니
다. 게다가 내가 해석한 것은 프랑스어 문서입니다. 그 문서를
쓴 것은 영국인이니까, 프랑스어 특유의 어법에 익숙할 리가 없

다는 것을 잊지 말아주십시오. 그것을 전제로 시작하겠습니다."

파가넬은 각 철자를 천천히 분명하게 발음하면서 다음과 같은 문장을 낭독했다.

"1862년 6월 27일, 글래스고 선적의 삼대선 '브리타니아'호는 오랜 사투 끝에 뉴질랜드 연안의 남쪽 바다에서 침몰했다. 두 선원과 그랜트 선장은 거기에 상륙할 수 있었지만, 그곳에서 끊임없이 지독한 곤궁에 시달리면서 이 문서를 동경…… 남위 37분 11분 해역에 던졌다. 그들을 구하러 와달라. 안 그러면 그들은 파멸이다."

파가넬은 여기서 말을 끊었다. 그의 해석은 충분히 납득할 수 있는 것이었다. 하지만 그것은 과거의 두 가지 해석과 같은 정도의 진실성을 갖고 있었기 때문에, 과거의 해석과 마찬가지로 틀렸을 가능성도 있었다. 그래서 글레나번과 소령은 거기에 대해 논의하려 하지 않았다. 하지만 파타고니아 연안과 오스트레일리아 연안이 남위 37도선과 만나는 지점에서는 '브리타니아'호의 흔적이 발견되지 않았으니까, 상황은 뉴질랜드에 유리했다.

파가넬이 이 점을 지적하자 두 동료는 흠칫 놀랐다.

"그러면 파가넬 씨." 글레나번이 말했다. "약 두 달 동안이나 그 해석을 비밀로 한 것은 무엇 때문인지 말해줄 수 있습니까?"

"또다시 헛된 희망을 품게 하고 싶지 않았기 때문입니다. 게다가 우리는 오클랜드, 바로 그 문서에 나와 있는 위도로 가는 참이었고."

"하지만 그 후 우리가 그 루트에서 벗어나려고 했을 때 왜 말하지 않았죠?"

"이 해석이 아무리 옳다 해도 선장을 구하는 데에는 도움이 될 수 없으니까요."

"아니, 왜요?"

"그랜트 선장이 뉴질랜드에서 조난했다는 가정이 인정되었다 해도, 2년 동안 그가 나타나지 않는다는 것은 난파했을 때 이미 죽었거나 원주민에게 희생되었기 때문입니다."

"그러면 선생의 생각은?" 글레나번이 뒷말을 재촉했다.

"어쩌면 난파한 배의 파편을 얼마간 찾을 수 있을지는 모르지만, '브리타니아'호의 조난자들은 이미 돌이킬 수 없게 되었다고 생각합니다."

"지금 그 이야기는 입 밖에 내지 마세요." 글레나번이 말했다. "내가 적당한 때를 봐서 그랜트 선장의 아이들에게 이 슬픈 소식을 전하겠습니다!"

20

한밤의 외침 소리

선원들은 곧 에어턴의 진술이 그랜트 선장의 위치를 알아내는 데 전혀 도움이 되지 못했다는 말을 들었다. 그들의 낙담은 심각했다. 모두 갑판원을 믿고 있었는데, 정작 그 갑판원은 '덩컨'호가 '브리타니아'호의 흔적을 찾는 데 필요한 단서를 전혀 알지 못했기 때문이다.

그래서 요트의 침로는 바뀌지 않았다. 이제는 에어턴을 놓아두고 갈 섬을 고르는 일밖에 남지 않았다.

파가넬과 존 맹글스는 해도를 조사했다. 마침 남위 37도선 위에 마리아테레지아라는 이름으로 알려져 있는 작은 외딴섬이 있었다. 이것은 아메리카 대륙 해안에서 5500킬로미터, 뉴질랜드에서 2500킬로미터 떨어진 태평양 한가운데 외따로 솟아 있는 바위일 뿐이다. 북쪽으로 가장 가까운 육지는 프랑스 보호령인 투아모투 제도다. 남쪽으로는 남극해에 떠 있는 거대한 부빙

(떠다니는 얼음 덩어리)까지 아무것도 없다. 어떤 배도 이 외딴섬을 탐사하러 오지 않았다. 세계의 어떤 메아리도 여기에는 닿지 않는다. 바다제비만이 먼 길을 여행하는 동안 여기서 잠시 쉴 뿐이다. 그리고 대부분의 해도는 태평양의 파도에 씻기고 있는 이 섬을 기재하지도 않는다.

지구상에서 완전한 고립을 찾을 수 있는 곳이 있다면, 그것은 사람이 다니는 길에서 멀리 벗어나 있는 이 섬이었다. 그들은 에어턴에게 이 섬의 위치를 알렸다. 그는 인간 세상에서 멀리 떨어진 그 섬에 사는 것을 승낙하고, 뱃머리를 마리아테레지아 섬으로 돌리게 했다. 이때 '덩컨'호와 마리아테레지아 섬과 탈카우아노를 선으로 연결하면 그 선은 반듯한 직선이 되었을 것이다.

이틀 뒤, 2시에 망꾼이 수평선에 육지가 보인다고 알렸다. 그것은 마리아테레지아 섬이었다. 섬은 낮고 길쭉하게 수면 위로 조금 나와 있을 뿐이어서 거대한 고래처럼 보였다. 요트에서는 아직 50킬로미터나 떨어져 있었고, 뱃머리는 시속 15노트의 속도로 파도를 가르고 있었다.

작은 섬의 윤곽이 수평선에 점점 또렷이 나타났다. 태양은 서쪽으로 기울고, 밝은 햇빛 속에 섬의 들쭉날쭉한 윤곽이 떠올랐다. 별로 높지 않은 산들이 햇살에 찔리면서 여기저기 솟아 있었다.

5시에 존 맹글스는 하늘을 향해 올라가는 희미한 연기를 본 듯한 기분이 들었다.

"화산일까요?" 맹글스는 망원경을 눈에 대고 이 낯선 섬을 관찰하고 있는 파가넬에게 물었다.

"어떻게 생각해야 좋을지 모르겠군요." 지리학자가 대답했다. "마리아테레지아는 거의 알려지지 않은 곳이니까요. 하지만 해저에서 무언가가 융기하여 생긴 섬이고, 따라서 화산섬이라고 해도 놀랄 일은 아니지요."

"하지만 분화로 섬이 생겼다면 분화로 섬이 사라질 염려도 있잖습니까?" 글레나번이 말했다.

"그럴 가능성은 별로 없습니다." 파가넬이 대답했다. "이 섬의 존재는 벌써 수백 년 전에 알려졌으니까, 그 점은 안심해도 될 겁니다. 지중해에서 줄리아 섬이 출현했을 때는 오랫동안 물 위에 머물지 않고 생긴 지 몇 달 뒤에 사라져버렸지요."

"좋습니다." 글레나번이 말했다. "존, 밤이 되기 전에 도착할 수 있을까?"

"아니요. 어둠 속에서 제가 모르는 해안으로 '덩컨'호를 접근시킬 수는 없습니다. 보일러의 압력을 낮추어서 조금씩 움직이다가 내일 새벽에 보트를 해안으로 보내겠습니다."

오후 8시에 마리아테레지아 섬은 바람이 불어오는 쪽으로 7, 8킬로미터밖에 떨어져 있지 않았지만, 거의 눈에 띄지 않는 가느다란 그림자로밖에 보이지 않았다. '덩컨'호는 끊임없이 그곳으로 다가가고 있었다.

9시에 상당히 강한 빛이 어둠 속에서 빛났다. 그 빛은 움직이지 않고 계속 빛나고 있었다.

"이걸로 화산이라는 게 확실해졌군요." 파가넬이 그 불빛을 지켜보면서 말했다.

"그렇다 해도, 이렇게 가까운 거리라면 당연히 분화에 따른 굉음이 들릴 텐데, 동풍에는 아무 소리도 실려오지 않는데요." 존 맹글스가 대답했다.

"그렇군요." 파가넬이 말했다. "저건 빛나기는 하지만 말은 하지 않는 화산이에요. 게다가 마치 섬광 등대처럼 명멸하는 것 같지 않나요?"

"정말 그렇군요. 배는 빛이 있는 쪽 해안으로 가고 있지 않은데……." 그러다가 존 맹글스가 큰 소리로 외쳤다. "앗, 불이 또 하나 생겼어요! 이번에는 바닷가에! 보세요! 움직이고 있어요! 이동하고 있습니다!"

존의 말이 옳았다. 새로운 불이 나타났고, 이따금 꺼지는 듯 싶다가 또 갑자기 밝아지곤 했다.

"그러면 사람이 살고 있나?" 글레나번이 말했다.

"물론 야만인이겠지요." 파가넬이 대답했다. "그렇다면 에어턴을 저 섬에 놔두고 갈 수는 없잖습니까?"

"그건 그래요." 소령이 말했다. "그런 짓을 하면 야만인들한테 너무 고약한 선물을 주는 결과가 될 테니까."

"다른 무인도를 찾아야겠군요." 글레나번이 맥내브스의 배려에 미소를 지으면서 말했다. "에어턴의 목숨은 살려주겠다고 약속했으니까, 약속은 지킬 생각입니다."

"어쨌든 조심합시다." 파가넬이 덧붙여 말했다. "옛날 콘월*의 주민처럼 뉴질랜드 원주민은 불을 움직여 배를 속이는 야만

* 영국 잉글랜드 서남부의 콘월 반도에 있는 지방.

적인 풍습을 갖고 있지요. 마리아테레지아 섬의 원주민도 그 방식을 알고 있을지 몰라요."

"바람이 불어가는 쪽으로 1포인트." 존은 키를 잡고 있는 선원에게 외쳤다. "내일 새벽이 되면 진상을 알 수 있겠지요."

11시에 승객들과 선장은 각자 선실로 돌아갔다. 앞쪽에서는 당직 선원이 갑판을 돌아다니고 있었다. 고물에서는 조타수가 혼자 위치를 지키고 있었다.

이때 메리와 로버트가 선미루 위로 나왔다.

그랜트 선장의 두 아이는 난간에 팔꿈치를 괸 채 인광을 발하는 바다와 '덩컨'호의 빛나는 항적을 슬픈 눈으로 바라보았다. 메리는 동생의 장래를 생각하고, 로버트는 누나의 장래를 생각했다. 그리고 둘 다 아버지를 생각했다. 사랑하는 아버지는 아직 살아 계실까? 체념해야 하나? 아니, 아버지가 없으면 어떻게 살아가지? 아버지가 없으면 우리는 어떻게 될까? 아니, 글레나번 나리와 헬레나 마님이 아니었다면 우리는 어떻게 되었을까?

불행을 겪으면서 한결 어른스러워진 소년은 누나의 마음을 어지럽히고 있는 생각을 짐작했다. 그는 메리의 손을 잡았다.

"누나, 절망하면 안 돼. 아버지가 우리한테 주신 가르침을 생각해. '용기는 이 세상의 모든 것을 대표한다'고 말씀하셨잖아. 그러니까 용기를 가져. 불굴의 용기를. 아버지가 누구보다 훌륭한 사람이었던 것은 그 때문이야. 지금까지는 누나가 나를 위해 애썼으니까, 이제는 내가 누나를 위해 애쓸 차례야."

"착한 로버트." 누나가 대답했다.

선장의 두 아이는 슬픈 눈으로 바다를 바라보았다.

"누나한테 한 가지 말해두어야 할 게 있어. 화내지 않을 거지, 누나?"

"내가 왜 화를 내?"

"안 된다고 말하지 않을 거지?"

"뭔데 그래?" 메리는 불안해져서 물었다.

"누나, 나는 뱃사람이 될 거야."

"나랑 헤어지겠다고?" 누나는 동생의 손을 잡으면서 외쳤다.

"그래, 누나! 나도 아버지처럼, 그리고 존 선장님처럼 뱃사람이 되겠어! 누나, 존 선장님은 아직 희망을 잃지 않았어. 누나도 나처럼 선장님의 헌신적인 기분을 믿어! 선장님은 나를 뱃사람으로 만들어주겠다고, 훌륭한 뱃사람으로 만들어주겠다고 약속했어. 그때까지 모두 힘을 합쳐 아버지를 찾는 거야! 좋다고 말해줘. 응? 아버지가 우리를 위해 해주신 것과 같은 일을 이번에는 우리가 아버지를 위해 하는 것이 우리 의무야. 아니, 적어도 나의 의무야! 내 인생에는 인생 전부를 바칠 만한 목적이 있어. 아버지는 우리 남매를 절대로 버릴 리가 없어. 그런 아버지를 찾는 것, 끝까지 찾는 게 내 목적이야! 누나, 우리 아버지는 정말 상냥하셨지!"

"게다가 고결하고 대범하셨지! 로버트, 아버지는 이미 우리나라의 자랑이 되어 있었다는 것, 만약 운명이 도중에 발목을 붙잡지 않았다면 위인의 반열에 오르셨으리라는 걸 알고 있니?"

"그럼, 알지!"

메리 그랜트는 로버트를 끌어안았다. 소년은 눈물이 이마에 떨어지는 것을 느꼈다.

"누나! 그 친절한 분들이 말씀을 해주시든 잠자코 있든 그건 문제가 아니야. 나는 아직 희망을 갖고 있어. 언제까지나 희망을 버리지 않을 거야! 아버지 같은 사람은 임무를 완수한 뒤가 아니면 절대로 죽지 않아!"

메리 그랜트는 아무 대답도 할 수 없었다. 솟구치는 눈물 때문에 그녀는 숨을 쉬기가 힘들었다. 그랜트 선장을 찾으려는 새로운 시도가 이루어질 것이다. 젊은 선장의 헌신은 끝이 없을 거라고 생각하면, 수많은 생각이 그녀의 마음속에서 서로 싸웠다.

"존 선장님은 아직 희망을 갖고 있다고?" 메리가 물었다.

"그래. 선장님은 우리의 형님이고 오빠야. 절대로 우리를 버리지 않아. 누나, 나는 뱃사람이 될 거야. 선원이 되어서 선장님과 함께 아버지를 찾으러 갈 거야! 어때, 좋잖아?"

"물론 좋고말고. 하지만 너와 헤어지는 건……." 메리는 다시 중얼거렸다.

"누나 혼자 외톨이가 되거나 하진 않아. 나는 알고 있어! 존 선장님이 그렇게 말했어. 헬레나 마님도 누나가 곁을 떠나는 걸 허락하지 않으실 거야. 누나는 여자니까 마님의 친절을 받아들여도 돼. 아니, 반드시 받아들여야 돼. 거절하는 건 배은망덕한 짓이야! 하지만 남자는 스스로 운명을 개척해 나가야 돼. 아버지는 몇 번이나 나한테 그렇게 말씀하셨어."

"하지만 던디에는 추억으로 가득 차 있는 우리의 그리운 집이 있잖아. 그 집은 어떻게 되지?"

"그 집은 팔지 마! 그런 일은 선장님과 나리가 알아서 처리해주실 거야. 나리는 누나를 딸로 삼아서 맬컴 성에서 살게 해주실 거야! 나리가 선장님한테 그렇게 말씀하셨대. 존 선장님이 나한테 알려주셨어! 누나는 성에서 집에 있는 것처럼 편안히 살 수 있어! 아버지 이야기를 할 말 상대도 있고. 누나는 존 선장님과 내가 아버지를 모시고 돌아갈 날을 기다리고 있으면 돼! 아아, 그날은 얼마나 멋진 날이 될까?" 로버트는 감격에 빛나는 얼굴로 외쳤다.

"로버트, 아버지가 그 말을 들을 수 있다면 얼마나 기뻐하실까? 너는 아버지를 정말 많이 닮았어! 어른이 되면 너는 아버지와 똑같아질 거야!"

"나도 그랬으면 좋겠어." 로버트는 아버지를 존경하는 아들답게 자랑스러움으로 얼굴을 붉히며 말했다.

"그런데 어떻게 하면 나리와 마님께 은혜를 갚을 수 있을까?" 메리 그랜트가 말했다.

"그건 간단해!" 소년다운 느긋한 태도로 로버트가 외쳤다. "두 분을 사랑하고 존경하고, 그런 기분을 입 밖에 내어 말하고 진심으로 따르는 거야. 그리고 언젠가 기회가 오면 두 분을 위해 목숨을 던지는 거야!"

"아니, 반대로 두 분을 위해 살아야지!" 누나는 동생의 이마에 입을 맞추면서 말했다. "두 분은 그게 더 낫다고 생각하실 거야. 나도 그렇고."

그랜트 선장의 두 아이는 종잡을 수 없는 생각에 잠겨 어렴풋한 어둠 속에서 말없이 서로 얼굴을 마주 보았다. 하지만 마음속으로는 아직도 서로 문답을 계속하고 있었다. 조용한 바다는 천천히 흔들리고, 스크루는 어둠 속에서 빛나는 파도를 휘젓고 있었다. 바로 그때 이상한 사건, 정말로 초자연적인 사건이 일어났다. 누나와 동생은 사람들의 영혼을 신비적으로 연결하는 텔레파시를 통해 동시에 똑같은 환각을 느꼈다. 어두워졌다 밝아졌다 하는 파도 한복판에서 자기들 쪽으로 올라오는 어떤 목소리를 들은 것 같았다. 그 깊고 애절한 목소리는 그들의 심금을 울렸다.

"도와줘! 도와줘!" 그 목소리가 외치고 있었다.

"누나, 들었어?" 로버트가 물었다.

그리고 두 아이는 난간 위로 몸을 내밀고 어둠 속을 살폈다.

하지만 두 사람 앞에 끝없이 펼쳐져 있는 어둠 말고는 아무것도 보이지 않았다.

"로버트." 메리는 감동으로 창백해져서 말했다. "나도…… 그래. 나도 너처럼 무슨 소리를 들은 것 같아…… 우리 둘 다 열에 들떠 있는 거야. 로버트……."

하지만 그들을 부르는 소리가 다시 들렸다. 게다가 이번에는 그 환청이 너무나 생생해서, 두 아이의 가슴에서 똑같은 외침 소리가 동시에 터져 나왔을 정도였다.

"아버지! 아버지!"

메리 그랜트에게 이것은 너무나 강렬했다. 감동한 메리는 실신하여 로버트의 품에 쓰러졌다.

"도와주세요!" 로버트가 외쳤다. "누나! 아버지! 누가 좀 와주세요!"

조타수가 달려와서 메리를 일으켰다. 당직 선원들이 달려오고,

이어서 외침 소리에 눈을 뜬 존 맹글스와 헬레나와 글레나번도 달려왔다.

"누나가 죽어가고 있어요! 그리고 우리 아버지는 저기 계세요!" 로버트가 바다를 가리키며 외쳤다. 사람들은 로버트가 무슨 말을 하는지 알 수가 없었다.

"그래요." 로버트는 같은 말을 되풀이했다. "아버지가 저기 계세요! 아버지 목소리를 분명히 들었어요! 누나도 함께 들었어요!"

이때 메리가 의식을 되찾고는 자제심을 잃고 미친 듯이 외쳤다.

"아버지! 우리 아버지가 저기 계세요!"

불행한 소녀는 일어나서 난간 너머로 몸을 내밀고 바다로 뛰어들려고 했다.

"나리! 마님!" 메리는 두 손을 맞잡고 되풀이해 말했다. "정말로 아버지가 저기 계세요! 정말로 아버지 목소리가 비탄에 잠긴 목소리처럼, 영원히 작별을 고하는 것처럼 바닷속에서 올라오는 걸 들었어요!"

그리고 다시 발작과 경련이 가엾은 처녀를 덮쳤다. 그녀는 몸부림을 쳤다. 선실로 데려가야 했다. 헬레나는 간호하기 위해 메리를 따라갔다. 한편 로버트는 여전히 같은 말을 되풀이하고 있었다.

"아버지! 우리 아버지가 저기 계세요! 정말이에요, 나리!"

이 애처로운 장면을 목격한 사람들은 그랜트 선장의 두 아이가 환각에 사로잡혀 있다는 것을 비로소 깨달았다. 하지만 이처럼 심한 혼란에 빠져 있는 아이들을 어떻게 하면 미망에서 깨어나게 할 수 있을까?

그래도 글레나번은 시도해보았다. 그는 로버트의 손을 잡고 말했다.

"아버지 목소리를 들었다고?"

"예, 나리. 저기 바닷속에서 들려왔어요! 도와줘! 도와줘! 그렇게 외쳤어요."

"그래서 너는 그게 누구 목소리인지 알아들었니?"

"아버지 목소리라는 걸 알았어요! 알고말고요. 맹세코 말하지만 틀림없어요. 누나도 들었어요. 누나도 저처럼 그게 아버지 목소리라는 걸 알았어요. 둘 다 잘못 들을 수도 있을까요? 나리, 아버지를 구하러 가요! 보트! 보트를 내려요!"

글레나번은 이 가엾은 아이를 미망에서 깨어나게 할 수 없다는 것을 알아차렸다. 하지만 그는 마지막 시도를 하려고 조타수를 불렀다.

"호킨스, 메리 그랜트가 발작을 일으켰을 때 자네는 키를 잡고 있었지?"

"예, 나리."

"그런데 자네한테는 아무 소리도 들리지 않고 아무것도 보이지 않았나?"

"전혀요."

"어때, 로버트?"

"호킨스의 아버지였다면……" 소년은 억누를 수 없을 만큼 격렬하게 말했다. "호킨스도 아무것도 보이지 않고 아무 소리도 들리지 않았다고는 말하지 않을 거예요. 그 목소리는 틀림없이 우리 아버지였어요. 나리! 아버지! 아버지……."

로버트의 목소리는 흐느낌 속으로 사라졌다. 이번에는 창백해져서 입을 다문 로버트가 기절했다. 글레나번은 로버트를 선실로 데려가게 했다. 감동으로 녹초가 된 아이는 깊은 혼수상태에 빠졌다.

"가엾은 아이들!" 존 맹글스가 말했다. "하느님은 저 아이들한테 너무 가혹한 시련을 주시는군요!"

"그래." 글레나번이 대답했다. "지독한 고통 때문에 둘 다 같은 순간에 같은 환청을 들은 것 같아."

'둘 다?' 파가넬이 중얼거렸다. '그건 이상하군! 과학은 그런 걸 인정하지 않아!'

파가넬은 뱃전 너머 수면 위로 몸을 내밀고 귀를 곤두세우면서 다른 사람들한테 조용히 하라는 신호를 보냈다. 사방이 깊은 침묵에 싸여 있었다. 파가넬은 큰 소리로 외쳐보았다. 그 외침소리에 응답하는 것은 아무것도 없었다.

'거 참 이상하군!' 지리학자는 선실로 돌아가면서 다시 중얼거렸다. '생각이나 슬픔의 깊은 공감이라는 걸로는 이 현상을 설명할 수 없어.'

이튿날인 3월 8일 새벽 5시, 동이 트자마자 로버트와 메리―아무도 이 아이들을 말릴 수 없었다―를 포함한 모든 승객이 '덩컨'호 갑판에 모였다. 그들은 모두 전날 잠깐 보았던 그 육지를 잘 보고 싶어 했다.

망원경은 그 섬의 주요 지점을 부지런히 돌아다녔다. 요트는 섬에서 1킬로미터쯤 떨어져서 섬의 해안을 따라 돌고 있었다. 섬의 사소한 부분도 모두 포착할 수 있었다. 그때 로버트가 갑자기 큰 소리로 외쳤다. 로버트는 두 남자가 달리면서 몸짓을 하고 또 한 사람이 깃발을 휘두르고 있는 것을 보았다고 주장했다.

"영국 깃발이다!" 로버트의 작은 망원경을 빼앗아 들여다본 존 맹글스가 외쳤다.

"정말이야!" 파가넬이 로버트 쪽으로 돌아서서 외쳤다.

"나리." 로버트는 감동으로 떨면서 말했다. "어서 보트를 내려주세요. 안 그러면 제가 바다로 뛰어들어 저 섬까지 헤엄쳐갈 거예요. 나리, 부탁합니다. 제가 맨 먼저 섬에 상륙하게 해주세요!"

배에 탄 사람들은 아무도 감히 입을 열려고 하지 않았다. 이게 무슨 일인가! 37도선이 가로지르고 있는 이 작은 섬에 세 사람이, 조난자가, 영국인이! 그리고 모두 어젯밤의 사건을 돌이켜 생각하고, 메리와 로버트가 어둠 속에서 들은 그 목소리를 생각했다. 아이들은 한 가지 점에서는 아마 틀리지 않았을 것이다. 어떤 목소리가 실제로 그들에게 들렸을지도 모른다. 하지만 그 목소리는 과연 아이들 아버지의 목소리였을까? 아니, 유감이지만 그런 일은 절대 있을 수 없다. 모두 아이들이 맛보게 될 비참한 실망을 생각하고, 이 새로운 시련이 아이들이 견딜 수 있는 한계를 넘어서는 건 아닐까 하고 걱정했다. 하지만 어떻게 아이들을 말릴 수 있겠는가? 글레나번에게는 그럴 용기가 없었다.

"좋다. 함께 가자!" 글레나번이 외쳤다.

1분 만에 보트가 바다에 내려졌다. 그랜트 선장의 두 아이, 글레나번, 존 맹글스, 파가넬이 보트에 올라탔고, 열심히 노를 저을는 선원 여섯 명의 힘으로 보트는 당장 배에서 멀어졌다.

해안에서 20미터쯤 떨어진 곳에서 메리는 가슴이 찢어지는 듯한 소리를 질렀다.

"아버지!"

한 남자가 다른 두 남자 사이에 끼어 해안에 서 있었다. 훤칠하고 늠름한 체격, 온화하면서도 단호한 표정, 메리 그랜트와 로버트의 얼굴을 합해놓은 듯한 얼굴, 두 아이가 그렇게 자주 묘사한 모습이었다. 아이들의 간절한 마음이 그들을 환각에 빠뜨린 게 아니었다. 이 사람은 정말로 그들의 아버지인 해리 그랜트 선장이었다!

그랜트 선장은 메리의 외침 소리를 듣더니 두 팔을 벌리고 마치 벼락에라도 맞은 것처럼 모래 위에 쓰러졌다.

한 남자가 해안에 서 있었다.

21

타보르 섬

사람은 기뻐서 죽는 경우는 없다. 아버지와 아이들은 요트에 태워지기 전에 이미 되살아났기 때문이다. 이 장면을 어떻게 묘사할 수 있을까? 말로는 도저히 묘사할 수 없다. 세 사람이 말 없이 한 덩어리로 껴안고 있는 것을 보고 모두 눈물을 흘렸다. 그랜트 선장은 갑판으로 올라오자 무릎을 꿇었다. 이 경건한 스코틀랜드인은 조국 땅과 다름없는 곳에 발을 디뎠을 때 누구보다 먼저 자기를 구해준 신에게 감사를 드리고 싶었던 것이다.

그런 다음 그는 헬레나와 글레나번, 그리고 그의 동료들에게 감동하여 갈라진 목소리로 감사 인사를 했다. 작은 섬에서 요트로 돌아오는 그 짧은 시간에 아이들은 '덩컨'호가 지금까지 겪은 자초지종을 아버지에게 간략하게 말해주었다.

이 고귀한 부인과 그 동행들에게 그는 얼마나 큰 은혜를 입었던가! 글레나번부터 말단 선원에 이르기까지 모든 사람이 그를 위해 싸우고 고생하지 않았던가! 해리 그랜트는 마음에 넘쳐흐르는 감사의 정을 아주 솔직하고 고상하게 표현했고, 그의 남성적인 얼굴은 지극히 순수하고 세심한 감동으로 빛나고 있었기 때문에 선원들은 충분히 보상받은 듯한 기분을 느꼈다. 지금까지 맛본 고통을 상쇄하고도 남을 정도였다. 좀처럼 동요하지 않는 소령조차도 눈물을 참지 못하고 촉촉이 젖은 눈으로 울먹이고 있었다. 존경스러운 파가넬은 눈물을 감추려고도 하지 않는 어린애처럼 드러내놓고 훌쩍이고 있었다.

해리 그랜트는 딸을 싫증도 내지 않고 바라보았다. 딸이 아름답고 매력적인 처녀가 되었다고 생각했다! 그는 속으로 그렇게 생각했을 뿐만 아니라, 자기가 아버지의 애정으로 눈이 멀어서 그렇게 생각하는 건 아니라고 자신을 납득시키려는 듯 헬레나에게 자기 생각을 털어놓고 그 의견이 맞는지 확인해달라고 호소했다. 그러고는 아들을 보고 기뻐하며 "정말 많이 컸구나! 이젠 어엿한 사나이가 됐어!" 하고 외쳤다.

그리고 사랑하는 두 아이에게 지난 2년 동안 마음에 쌓이고 쌓였던 입맞춤을 모두 퍼부었다.

로버트는 친구들을 차례로 아버지에게 소개했다. 게다가 그는 머리를 짜내어 그 소개말에 변화를 주려고 애썼지만, 모든 친구에 대해 똑같은 말을 할 수밖에 없었다. 모두 우리 남매에게 더없이 친절했다는 것이다. 존 맹글스를 소개할 차례가 되자, 젊은 선장은 소녀처럼 얼굴을 붉히고 떨리는 목소리로 메리의 아버지에게 대답했다.

헬레나는 지난 항해에 대해 그랜트 선장에게 이야기했다. 그

이야기를 듣고 그랜트 선장은 아들과 딸을 자랑스럽게 여길 수 있었다.

해리 그랜트는 소년 영웅이 세운 수훈을 알았고, 아버지가 진 빚의 일부를 글레나번 경에게 어떻게 지불했는지를 알았다. 그러자 이번에는 존 맹글스가 메리에 대해 이야기했는데, 헬레나한테 간략하게 사정 이야기를 미리 들은 그랜트 선장은 존 맹글스의 말투를 듣고는 딸의 손을 젊은 선장의 억센 손에 쥐어주면서 글레나번 부부에게 말했다.

"우리 아이들을 축복해줍시다!"

모든 것을 몇 번이고 되풀이해서 의논한 끝에 글레나번은 에어턴과 관련된 일을 그랜트 선장에게 알렸다. 그랜트 선장은 오스트레일리아 해안에 상륙한 것에 대한 갑판원의 고백을 확인했다.

"똑똑하고 대담한 사람인데……" 그는 덧붙여 말했다. "그만 격정에 사로잡혀 나쁜 짓을 저지르고 말았지요. 반성하고 잘못을 깨달아서 올바른 마음으로 돌아와주면 좋겠는데!"

하지만 에어턴을 타보르 섬에 유배하기 전에 그랜트 선장은 새 친구들을 자신의 바위섬에 초대하고 싶었다. 그는 나무로 지은 집에 가서 로빈슨 크루소 식으로 함께 식사를 하자고 그들을 초대했다. 글레나번 일행은 기꺼이 초대에 응했다. 로버트와 메리는 아버지가 아이들을 생각하며 그렇게 많은 눈물을 흘린 그 외딴집을 보고 싶은 열망에 불타고 있었다.

보트가 준비되었고, 아버지와 두 아이, 글레나번 내외, 소령, 존 맹글스, 파가넬은 곧 바위섬에 상륙했다.

해리 그랜트의 영지를 둘러보는 데에는 두어 시간이면 충분했다. 그 섬은 사실 바닷속에서 솟아오른 산의 꼭대기였고, 현무암과 화산의 잔해로 이루어진 대지였다. 지질시대*에 이 산은 땅속에서 타오르는 불의 작용으로 태평양 바닥에서 조금씩 올라왔다. 하지만 벌써 수 세기 전에 화산은 평화로운 산이 되었고, 분화구는 메워지고 드넓은 해수면 위에 작은 섬이 나타났다. 그 후 부식토가 생겼고, 식물계가 이 새로운 육지를 점령했다. 이 섬에 들른 몇 척의 포경선에서 산양이나 돼지 같은 가축이 상륙하여 야생상태에서 번식했다. 그리고 남태평양 한복판에 버려진 이 섬에 자연의 세 왕국인 광물계와 식물계와 동물계가 나타났다.

'브리타니아'호의 조난자들이 이곳으로 피난한 뒤에는 인간의 손길이 자연의 영위를 조정하게 되었다. 2년 반 동안 그랜트 선장과 두 선원은 섬의 양상을 완전히 바꾸어놓았다. 정성껏 경작한 몇 에이커의 땅에서 아주 품질 좋은 채소가 수확되었다.

손님들은 초록빛 고무나무 그늘에 있는 집에 도착했다. 창문 앞에는 아름다운 바다가 햇빛에 반짝거리면서 펼쳐져 있었다. 해리 그랜트는 아름다운 나무 그늘에 식탁을 내놓았고, 각자 그 식탁을 둘러싸고 앉았다. 새끼 산양의 넓적다리, 나르두로 만든 빵, 양젖 몇 잔, 상추 두세 포기, 맑고 시원한 물이 아르카디아†

---

* 지구가 이루어진 이후부터 역사 시대 이전까지의 시대. 지층 속에 있는 동물의 화석을 기초로 하여 시대 구분을 하며, 그 절대 연도는 방사성 동위원소로 측정한다.
† 고대 그리스의 펠로폰네소스 반도에 있었던 고원. 이곳 주민들은 목양을 업으로 삼고 목가적이며 평화로운 도원경을 이루고 살았다는 전설이 있다.

손님들은 초록빛 고무나무 그늘에 있는 집에 도착했다.

의 목동한테도 어울리는 이 소박한 식사의 내용이었다.

파가넬은 뛸 듯이 기뻐했다. 그가 옛날부터 로빈슨 크루소에 대해 품고 있던 관념이 머리에 되살아났다.

"그 악당 에어턴을 동정할 필요는 없겠군요!" 그는 감격한 나머지 그렇게 외쳤다. "이 작은 섬은 낙원이에요."

"그렇습니다." 해리 그랜트가 대답했다. "신의 뜻에 따라 이곳에 살아야 했던 조난자 세 명에게는 낙원이지요! 하지만 나는 이 섬이 작은 개울이 아니라 큰 강을 갖고 있고, 난바다의 파도가 밀려오는 후미가 아니라 항구를 가진 넓고 비옥한 섬이 아니었던 게 유감입니다."

"왜요?" 글레나번이 물었다.

"그런 섬이었다면 나는 조국에 바치고 싶은 식민지의 토대를 이곳에 쌓았을 테니까요."

"아아, 그랜트 선장." 글레나번이 말했다. "그러면 당신은 고국에서 당신의 인기를 그렇게 높여준 그 꿈을 아직도 버리지 않았군요?"

"그렇습니다. 하느님이 나리의 손을 통해 저를 구해준 것은 바로 저에게 그 꿈을 실현시키기 위해서입니다. 스코틀랜드의 가난한 동포들, 궁핍하게 살고 있는 사람은 모두 새로운 땅으로 이주하여 비참한 생활에서 벗어나야 합니다. 우리의 그리운 조국은 이 넓은 바다에 오직 자기만의 식민지를 가져야 합니다. 유럽에서는 누릴 수 없는 독립과 복지를 다소라도 얻을 수 있는 식민지를 세워야 합니다!"

"그건 정말로 훌륭한 말씀이세요, 그랜트 선장님." 헬레나가 대답했다. "그거야말로 훌륭하고 원대한 기개와 포부를 가진 분에게 어울리는 계획이에요! 하지만 이 작은 섬은?"

"안 됩니다. 이 바위섬은 기껏해야 몇 명의 식민자밖에 부양할 수 없습니다. 우리에게는 태곳적부터 모든 자원을 풍부하게 갖고 있는 넓은 땅이 필요합니다."

"그러면 선장." 글레나번이 외쳤다. "미래는 우리의 것입니다. 우리 함께 그런 땅을 찾아봅시다!"

이 약속을 확인하듯 해리 그랜트와 글레나번은 열렬하게 손을 맞잡았다.

이어서 그들은 이 외딴섬에서, 이 소박한 집에서 길고 고독한 2년의 세월 동안 '브리타니아'호의 조난자들이 어떻게 살았는지 알고 싶다고 말했다. 해리 그랜트는 새 친구들의 소망을 당장 이루어주려고 했다.

"폭풍이 엿새 동안 계속되었을 때 파손된 '브리타니아'호가 마리아테레지아 섬 근처에서 암초에 부딪혀 부서진 것은 1862년 6월 26일에서 27일로 넘어가는 밤이었습니다. 바다는 미친 듯이 날뛰고, 그 와중에 불행한 부하들은 모두 죽었습니다. 보브 리어스와 조지 벨이라는 두 선원과 나만 스무 번이나 실패한 끝에 겨우 해안에 상륙할 수 있었지요.

우리를 맞이한 육지는 너비가 3킬로미터에 길이가 8킬로미터인 작은 무인도에 불과했습니다. 섬에는 서른 그루 정도의 나무와 약간의 풀밭, 그리고 정말 다행히도 결코 마르지 않는 샘이 하나 있을 뿐이었지요. 이 좁은 땅에 두 선원과 함께 있을 뿐인데도 나는 절망하지 않았습니다. 하느님을 믿고 의연하게 싸울 각오를 굳혔지요. 내 불행의 길동무이자 새로운 삶의 동반자인 보브와 조지는 나를 열심히 도와주었습니다.

우리는 우리의 본보기인 로빈슨 크루소처럼 우선 배의 파편과 연장, 약간의 화약과 무기, 그리고 귀중한 곡식 한 자루를 주워 모았습니다. 처음 며칠은 힘들었지만, 곧 사냥이나 낚시로 식량 걱정은 덜 수 있었지요. 야생 산양이 섬에서 번식하고 있었고, 바다짐승도 해안에 많이 있었으니까요. 우리 생활은 차츰 안정되어 갔습니다.

나는 배에서 건져낸 기구를 이용하여 섬의 위치를 정확히 알고 있었습니다. 그 기구로 측정한 결과 우리는 이곳이 일반 항로에서 벗어나 있다는 것도 알게 되었지요. 기적이라도 일어나지 않는 한 우리가 구조될 가망은 없었습니다. 내가 사랑하는 사람들을 생각하고 이제 그들을 만날 수 없다고 체념하면서, 나는 용기를 갖고 이 시련을 받아들였습니다. 그리고 매일 기도를 드릴 때마다 두 아이의 이름을 불렀지요.

하지만 우리는 굳은 결의를 갖고 열심히 일했습니다. 곧 몇 에이커의 땅에 '브리타니아'호에서 가져온 곡식을 뿌렸지요. 감자와 상추와 수영*이 일상의 식사에 맛을 더해주었습니다. 그리고 또 다른 채소도 있었지요. 우리는 새끼 산양을 몇 마리 잡아서 쉽게 길들였습니다. 이것으로 양젖과 버터를 얻을 수 있었고, 바싹 마른 개울에 많이 나는 나르두로는 빵을 만들 수 있었지요. 우리는 이렇게 물질적인 생활에서는 전혀 불편을 느끼지

* 마디풀과의 여러해살이풀. 어린잎과 줄기는 식용한다.

않았습니다.

우리는 '브리타니아'호의 파편으로 판잣집을 지었습니다. 꼼꼼히 타르를 바른 범포로 판잣집을 덮고, 이 튼튼한 지붕 밑에서 비가 많은 우기도 편하게 보낼 수 있었지요. 여기서는 여러 계획과 여러 몽상을 서로 이야기했지만, 그중에서도 가장 멋진 꿈이 바로 지금 실현된 겁니다!

처음엔 나도 배의 파편으로 만든 보트를 타고 바다로 나가볼까 생각했지만, 가장 가까운 육지인 투아모투 제도도 2500킬로미터나 떨어져 있습니다. 어떤 보트도 이렇게 긴 항해는 견딜수 없었을 거예요. 그래서 나는 포기했습니다. 그리고 신의 뜻에만 기대를 걸었지요.

우리는 해안의 바위 위에서 난바다에 배가 지나가지 않는지를 수없이 살폈습니다. 우리가 유형 생활을 하는 동안 범선 두세 척이 수평선에 나타났지만 당장 사라져버렸지요! 2년이 그렇게 지나갔어요. 우리는 이제 희망을 잃고 있었지만, 그래도 아직은 절망하지도 않았습니다.

드디어 어제, 나는 이 섬에서 제일 높은 봉우리 위에 올라가 있었는데, 그때 서쪽에서 희미한 연기를 보았습니다. 연기는 점점 커졌지요. 곧 배 한 척이 내 눈에도 보이기 시작했습니다. 그 배는 이쪽으로 오고 있는 것 같았지요. 하지만 이번에도 기항지가 전혀 없는 이 작은 섬을 피해서 가버리지 않을까?

아아, 얼마나 불안한 하루였을까요. 그리고 어떻게 심장은 내 가슴속에서 터지지 않았을까요? 내 부하들은 뾰족한 봉우리에 불을 피웠습니다. 밤이 되었지만 요트에서는 우리가 피운 불을 보았다는 신호를 보내오지 않는 거예요. 하지만 어쨌든 구조는 눈앞에 와 있었지요! 두 눈으로 뻔히 보면서 그것이 사라져버리는 걸 그냥 두고 볼 수는 없잖습니까?

나는 더 이상 주저하지 않았습니다. 어둠은 짙어지고, 배는 밤사이에 섬 앞을 그냥 지나쳐가버릴지도 모른다. 나는 바다에 뛰어들어 배를 향해 헤엄쳤습니다. 희망 때문에 평소의 두 배나 되는 힘으로 헤엄칠 수 있었지요. 초인적인 힘으로 파도를 갈랐습니다. 요트에 가까이 다가가서 이제 50미터밖에 남지 않았을 때, 배가 갑자기 방향을 바꾸더군요. 그래서 나는 필사적으로 외쳤지요. 그 외침 소리를 들은 건 나의 두 아이뿐이었지만, 그건 환청이 아니었습니다.

그 후 힘이 빠진 나는 슬픔과 피로에 녹초가 된 채 해안으로 돌아왔지요. 두 선원은 반죽음이 된 나를 건져 올렸습니다. 이 섬에서 보낸 마지막 밤은 정말로 무서운 하룻밤이었습니다. 우리는 이제 영원히 버림받았다고 생각했지만, 그러는 동안 날이 밝자 요트가 느린 속도로 파도를 헤치며 달리고 있는 게 보였습니다. 그리고 당신들의 보트가 바다에 내려졌고, 우리는 구조되었지요. 그리고 무슨 신의 은총인지, 내 아이들, 그리운 내 아이들이 보트에 타고 있었고, 나를 향해 손을 내밀고 있었습니다!"

해리 그랜트의 이야기는 메리와 로버트의 입맞춤과 애무 속에서 끝났다. 그리고 그제야 비로소 그랜트 선장은 그가 조난한 지 일주일 뒤에 병에 넣어 바다에 띄운 문서 덕분에 자기가 구조된 것을 알았다. 그런데 그랜트 선장이 이야기하는 동안 자크 파가넬은 무슨 생각을 하고 있었을까? 존경스러운 지리학자는 그 문서의 어구를 벌써 천 번째로 머릿속에서 뒤엎고 있었다. 차례로 내린 세 가지 해석을 다시 검토하고 있었던 것이다. 그 세 가지 해석이 모두 틀렸다! 그러면 왜 이 마리아테레지아 섬이 바닷물에 침식된 그 종이에 기재되지 않았던 것일까? 파가넬은 더 이상 견딜 수가 없었다. 그래서 그는 그랜트 선장의 손을 잡고 외쳤다.

"선장님, 도저히 판독할 수 없는 그 문서에 뭐라고 쓰여 있었는지, 이제 슬슬 말해주실 수 없습니까?"

지리학자의 질문은 모두의 호기심을 불러일으켰다. 벌써 아홉 달 동안이나 찾고 있는 수수께끼의 해답이 드디어 밝혀지려는 순간이었기 때문이다!

"어떻습니까, 선장님?" 파가넬이 물었다. "그 문서의 정확한 문구를 기억하고 계십니까?"

"기억하고말고요." 그랜트 선장이 대답했다. "우리의 유일한 희망이 걸린 그 문구가 내 머리를 떠난 날은 단 하루도 없었으니까요."

"그건 어떤 문구였습니까?" 글레나번도 말했다. "말해주십시오. 우리의 자존심이 큰 상처를 입었으니까요."

"물론 말씀드리겠습니다. 하지만 아시다시피 구조될 가능성을 높이기 위해 나는 3개 국어로 쓴 세 통의 문서를 그 유리병에 넣어두었습니다. 그 가운데 어느 문서를 알고 싶으십니까?"

"그러면 세 문서가 모두 같은 게 아니었나요?" 파가넬이 외쳤다.

"모두 같습니다. 명사 하나만 빼고."

"그러면 프랑스어 문서를 말해주십시오." 글레나번이 말했다. "바닷물에 가장 손상되지 않은 게 프랑스어 문서니까요. 그리고 그 문서가 주로 우리 해석의 토대가 되었거든요."

"한 구절 한 구절을 충실히 번역하면 이렇습니다. 1862년 7월 27일, 글래스고 선적의 삼대선 '브리타니아' 호는 남반구 파타고니아에서 6천 킬로미터 떨어진 곳에서 침몰했다. 육지로 밀려 올라간 두 선원과 그랜트 선장은 타보르 섬에 도착했다……."

"예?" 파가넬이 외쳤다.

"거기서 끊임없이 지독한 곤궁에 시달리면서……" 그랜트 선장이 말을 이었다. "이 문서를 동경 153도 · 남위 37도 11분 해역에서 던졌다. 그들을 구하러 와달라. 안 그러면 그들은 파멸이다."

이 타보르라는 이름이 나왔을 때 파가넬은 자리에서 벌떡 일어나 있었다. 그리고 자기도 모르게 외쳤다.

"뭐라고요? 타보르 섬? 하지만 마리아테레지아 섬이 아닌가요?"

"그렇습니다, 파가넬 씨." 그랜트 선장이 대답했다. "영국과 독일의 해도에서는 마리아테레지아 섬이지만, 프랑스의 해도에서는 타보르입니다."

그 순간 파가넬은 주먹으로 어깨를 호되게 얻어맞았고, 그 충격으로 허리를 구부렸다. 사실 그대로 말하면 그것은 평소의 근엄한 예의범절을 지금 처음으로 깨버린 소령의 짓이었다.

"지리학자라고?" 맥내브스는 더없이 경멸하는 투로 말했다.

하지만 파가넬은 소령의 손맛을 느끼지도 못했다. 그를 때려눕힌 지리학적 타격에 비하면 소령의 주먹은 아무것도 아니었다.

이것은 파가넬이 그랜트 선장에게 한 말이지만, 그는 서서히 진실에 다가가고 있었다! 그는 해독할 수 없는 문서를 거의 다 해독했다! 파타고니아, 오스트레일리아, 뉴질랜드라는 이름이 차례로, 각각 부정할 수 없을 만큼 확실하게 나타났다. 처음에는 'continent(대륙)'로 해석되었던 'contin'은 차츰 'continuelle(끊임없이)'라는 올바른 의미를 되찾았다. 'indi'는 처음에는 'indiens(인디언)', 다음에는 'indigenes(원주민)', 마지막에는 'indigence(극심한 곤궁)'이 되었고, 이 마지막 해석이 옳았다. 단 하나, 일부 글자가 사라진 'abor'라는 어구만이 지리학자의 형안을 속였다! 파가넬은 고집스럽게 그것을 동사 'aborder(충돌하다)'의 어간으로 해석했지만, 사실은 고유명사였다. 타보르 섬, '브리타니아'호 조난자들의 피난처가 된 마리아테레지아 섬의 프랑스어 이름이었던 것이다! 하지만 이것은 피하기 어려운 실수였다. '덩컨'호에 있는 평면구형도에는 이 작은 섬이 마리아테레지아라는 이름으로 표기되어 있었기 때문이다.

"그게 문제가 아니라고?" 파가넬은 머리털을 쥐어뜯으면서 외쳤다. "나는 그 두 가지 명칭을 잊으면 안 되었어! 이건 용서할 수 없는 실수, 지리학회 간사에게 전혀 어울리지 않는 실수야! 나는 이제 면목을 완전히 잃었어!"

"파가넬 선생님, 너무 그렇게 자책하지 마세요!" 헬레나가 말했다.

"아니, 부인. 안 됩니다! 나는 멍청한 노새일 뿐이에요!"

"게다가 박식한 노예도 아니지." 소령이 위로하듯 덧붙였다.

식사가 끝나자 그랜트 선장은 집 안을 말끔히 정리했다. 이 성실한 인물이 지금까지 쌓아놓은 부를 그 악당이 고스란히 물려받도록 그랜트 선장은 집에서 아무것도 가져가지 않았다.

그들은 배로 돌아갔다. 글레나번은 그날 당장 출범할 작정으로 갑판원을 섬에 상륙시키라고 명령했다. 에어턴은 선미루 위로 끌려나와 해리 그랜트 앞에 섰다.

"날세, 에어턴." 그랜트가 말했다.

"선장님이세요?" 에어턴은 해리 그랜트를 재회하고도 전혀 놀란 기색을 보이지 않고 태연히 대답했다. "그렇군요. 건강한 모습을 뵈니까 저도 기분이 나쁘지는 않습니다."

"에어턴, 내가 자네를 사람이 살고 있는 곳에 상륙시킨 게 잘못이었던 모양이야."

"그런 것 같습니다."

"자네가 나 대신 이 무인도에 살게나. 하느님이 자네에게 회개하는 마음을 주시면 좋겠군!"

"그렇게 되면 좋겠지요!" 에어턴은 조용한 어조로 말했다.

그러자 글레나번이 에어턴에게 말했다.

"에어턴, 아직도 우리가 자네를 여기 남겨두고 가기를 바라나? 그 마음엔 변함이 없나?"

"예, 나리."

"타보르 섬이 마음에 들었나 보군?"

"더할 나위 없이 좋습니다."

"그러면 내 마지막 말을 듣게. 이곳은 어떤 육지에서도 멀리 떨어져 있고, 다른 사람과 교섭할 가능성도 없네. 기적이라는 것은 좀처럼 일어나지 않는 법이야. '덩컨'호가 자네를 여기 놓아두고 가버리면 자네는 이 작은 섬에서 탈출할 수 없네. 자네는 완전히 혼자고, 인간의 마음속 밑바닥까지 속속들이 읽으시는 하느님이 자네를 지켜보고 있을 뿐이야. 하지만 그랜트 선장이 그랬듯이 자네는 잊히지도 않고 버림받지도 않을 걸세. 자네가 아무리 기억될 가치가 없는 인간이라 해도 사람들은 자네를 머리에 떠올리겠지. 나는 자네가 어디 있는지 알고 있어. 어디 가면 자네를 만날 수 있는지 알고 있어. 나는 절대로 그걸 잊지 않을 걸세."

"주님께서 나리를 지켜주시기를 빌겠습니다!" 에어턴은 그렇게만 대답했다.

이것이 글레나번과 에어턴 사이에 오간 마지막 말이었다. 보트는 준비되어 있었다. 에어턴은 보트로 내려갔다.

존 맹글스는 다시 섬에 보존 식량 몇 상자, 연장과 무기, 약간의 화약과 탄약을 갖다 두었다. 따라서 에어턴은 노동을 통해 생활방식을 바꿀 수 있을 터였다. 그에게는 무엇 하나 부족하지 않았다. 책도 있었고, 특히 영국인의 마음에 귀중한 양식인 성서도 있었다.

헤어질 때가 왔다. 선원과 승객들은 갑판에 있었다. 가슴이 옥죄이는 듯한 기분을 느낀 것은 한 사람만이 아니었다. 메리 그랜트와 헬레나는 감동을 억누르지 못했다.

"꼭 이렇게 해야 하나요?" 젊은 아내가 남편에게 물었다. "저 사람을 놔두고 가야 하나요?"

"그래, 헬레나." 글레나번이 대답했다. "이건 속죄야!"

이때 존 맹글스가 지휘하는 보트가 뱃전을 떠났다. 에어턴은 여전히 태연한 얼굴로 모자를 벗고 정중하게 고개를 숙였다.

글레나번도 모자를 벗었고, 선원들도 모두 그를 따랐다. 임종하는 사람 앞에서 하듯. 그리고 보트는 깊은 침묵 속에서 떠나갔다.

에어턴은 섬에 도착하자 모래밭에 뛰어내렸고, 보트는 요트로 돌아왔다. 시간은 오후 4시였다. 선미루 위에서 승객들은 에어턴이 바위 위에서 팔짱을 끼고 석상처럼 꼼짝도 않은 채 배를 지켜보고 있는 것을 볼 수 있었다.

"갈까요, 나리?" 존 맹글스가 물었다.

"가세, 존." 글레나번은 서둘러 대답했지만, 자기가 이렇게까지 감동하고 있는 것을 얼굴에 드러내고 싶지는 않았다.

"전진!" 존이 기관사에게 외쳤다.

파이프 안에서 증기가 울리고 스크루는 파도를 때렸다. 저녁 8시에 타보르 섬의 마지막 산이 밤의 어둠 속으로 사라졌다.

에어턴은 팔짱을 끼고 석상처럼 꼼짝도 않은 채……

22
자크 파가넬의 마지막 별난 짓

'덩컨'호는 섬을 떠난 지 열하루 뒤인 3월 18일에 남아메리카 대륙 해안을 보았고, 이튿날 탈카우아노 만에 닻을 내렸다.

남위 37도선을 따라 다섯 달 동안 세계를 일주한 뒤 '덩컨'호는 마침내 여기로 돌아왔다. '여행자 클럽'의 역사에도 전례가 없는 이 기념할 만한 원정에 참여한 사람들은 칠레와 팜파스, 아르헨티나, 대서양, 트리스탄다쿠냐 제도, 인도양, 암스테르담 섬, 오스트레일리아, 뉴질랜드, 타보르 섬, 그리고 태평양을 가로질러온 것이다. 그들의 노고는 결코 헛되지 않았다. 게다가 그들은 '브리타니아'호의 조난자들을 데리고 돌아왔다.

영주의 부름을 받고 출정한 이 스코틀랜드 용사들은 한 사람도 빠짐없이 그리운 고국으로 돌아왔다.

'덩컨'호는 보급을 끝내자 파타고니아 연안을 따라 혼 곶을 돌아서 대서양의 파도를 가르며 달렸다.

이만큼 평온한 항해는 없었다. 요트는 배 안에 행복이라는 짐을 싣고 있었다. 배 안에는 더 이상 비밀이라는 게 없었다. 메리 그랜트에 대한 존 맹글스의 감정도 이제는 비밀이 아니었다.

아니, 역시 그렇지는 않았다. 한 가지 수수께끼가 아직도 맥내브스 소령의 호기심을 자극하고 있었다. 왜 파가넬은 항상 옷으로 몸을 꽁꽁 감싸고 있는 것일까? 옷을 단단히 차려입고 머플러를 목에 둘둘 감고 귀까지 가리고 있는 이유는 무엇일까? 소령은 이 특이한 버릇의 이유를 알고 싶어서 조바심이 났다. 하지만 맥내브스의 질문과 빈정거림과 의심에도 불구하고 파가넬이 절대로 단추를 풀지 않았다는 사실은 여기서 미리 말해두어야 한다.

그렇다. 이것은 '덩컨'호가 적도를 통과하고 갑판의 접착 부위가 50도의 더위 때문에 녹기 시작했을 때조차도 마찬가지였다.

"정신 나간 사람이니까 자기가 상트페테르부르크에 있는 줄 아는 거겠지." 수은이 온도계 안에서 얼어버리기라도 한 것처럼 두꺼운 외투로 몸을 감싸고 있는 지리학자를 보고 소령은 말했다.

마침내 탈카우아노 만을 떠난 지 53일 뒤인 5월 9일에 존 맹글스는 클리어 곶*의 불빛을 보았다. 요트는 세인트조지 해협†으로 들어가 아일랜드 해를 가로지른 다음 5월 10일에 클라이드 만으로 들어갔다. 10시에 요트는 덤바턴에 닻을 내렸다. 오

---

* 아일랜드의 남쪽 끝에 있는 곶.
† 아일랜드와 영국 웨일스 사이에 있는 해협.

후 2시에 승객들은 하일랜드 사람들의 열렬한 환호를 받으며 맬컴 성에 도착했다.

운명으로 예정되어 있었기나 한 것처럼 그랜트 선장과 두 선원은 구조되었고, 존 맹글스는 글래스고의 유서 깊은 성 뭉고 성당에서 메리 그랜트와 결혼했고, 아홉 달 전에 그랜트 선장의 구조를 축원하며 기도해주었던 모턴 신부가 이번에는 같은 성당에서 그랜트의 딸과 그랜트를 구조한 젊은 선장의 결혼을 축복해주었다. 로버트는 아버지와 매형처럼 뱃사람이 되어, 글레나번 경의 후원 아래 그들과 함께 그랜트 선장의 원대한 계획에 참여하게 될 터였다.

하지만 자크 파가넬은 죽을 때까지 독신으로 지낼 운명이었을까? 물론 그렇지는 않았다.

사실 이 박식한 지리학자는 영웅적인 공적을 세운 뒤 명성을 피할 수 없었다. 그의 별난 행동은 스코틀랜드 상류사회에서 화제가 되었고, 여기저기서 초대를 받아 몸이 두 개라도 모자랄 판이었다.

이런 와중에 다름 아닌 맥내브스 소령의 사촌 누이인 서른 살의 사랑스러운 처녀가 지리학자의 남다른 면모에 홀딱 반하여 그에게 손을 내밀었다. 그녀 자신도 조금 남달랐지만 마음씨가 곱고 용모도 매력적이었다. 그녀에게는 4만 파운드의 재산이 있었지만, 그 재산은 전혀 언급되지 않았다.

파가넬은 아라벨라 양의 감정에 결코 무감각하지는 않았지만, 감히 말을 건네지 못했다. 천생연분인 두 사람 사이에서 중매쟁이 역할을 한 것은 바로 소령이었다. 소령은 파가넬에게 결혼은

맬컴 성으로 귀환하다.

당신이 할 수 있는 '마지막 별난 짓'이라고 말하기까지 했다.

파가넬은 몹시 당황했고, 묘하게도 운명을 결정하는 말을 할 결심을 하지 못했다.

"아라벨라가 마음에 안 드시오?" 맥내브스 소령은 언제나 그렇게 물었다.

"아니, 소령님, 아라벨라는 매력적이에요!" 파가넬은 외쳤다. "지나칠 만큼 매력적이죠. 솔직히 말하면 그렇게 매력적이 아닌 편이 훨씬 내 마음에 들 정도예요! 결점이 한 가지 정도는 있어야 좋은데."

"안심해요. 결점은 있으니까. 그것도 한 가지가 아니요. 아무리 완벽한 여자에게도 나름대로 결점은 있는 법이죠. 그럼 결정했나요?"

"나는 그럴 용기가 없어요."

"아니, 왜 그렇게 주저하는 거요?"

"나는 아라벨라에게 어울리지 않아요!" 지리학자는 그렇게 대답하곤 했다.

그리고 그는 이 대답을 고집했다.

드디어 어느 날 고집 센 소령의 추궁으로 궁지에 몰린 파가넬은 비밀을 지키겠다는 약속을 받아낸 뒤, 언젠가 경찰이 그를 추적하게 되었을 경우에는 수배하기에 아주 편리한 특징이 있다고 털어놓았다.

"어처구니가 없군!" 소령이 외쳤다.

"정말입니다." 파가넬은 대답했다.

"그게 무슨 문제가 된단 말이오?"

"문제가 안 된다고 생각하세요?"

"문제가 되기는커녕 그건 당신을 더욱 남다르게 만들어줄 뿐이오. 당신의 독특한 특징이 더욱 늘어날 뿐이란 말이지. 아라벨라는 비할 데 없이 뛰어난 남편을 꿈꾸고 있는데, 그게 바로 당신을 그런 남편으로 만들어주는 거란 말이오."

그리고 소령은 어떤 일에도 흐트러지지 않는 근엄한 표정을 지은 채, 극도의 불안에 시달리고 있는 파가넬을 남겨두고 떠났다.

맥내브스 소령과 아라벨라 사이에 짧은 대화가 이루어졌다.

보름 뒤, 맬컴 성의 예배당에서 성대한 결혼식이 열렸다. 파가넬은 당당해 보였지만 단추를 단단히 채우고 있었고, 아라벨라는 눈이 번쩍 뜨일 만큼 화려한 신부 차림이었다.

그리고 소령이 글레나번에게 그 이야기를 하지 않았다면 지리학자의 비밀은 영원히 어둠 속에 묻혔을 것이다. 그러나 글레나번은 그것을 헬레나에게 감추지 못했고, 헬레나는 거기에 대해 맹글스 부인에게 슬쩍 암시를 주었다. 결국 이 비밀은 올비넷 부인의 귀에 들어갔고, 소문은 금세 집 밖으로 퍼져버렸다.

자크 파가넬은 마오리족에게 붙잡혀 있던 사흘 동안 문신을 당했다. 게다가 발에서 어깨에 이르기까지 온몸이 문신으로 뒤덮이게 되었다. 그의 가슴에는 날개를 활짝 편 키위새가 새겨져 있고, 키위새는 그의 심장을 콕콕 쪼고 있었다.

이 파란만장한 항해에서 파가넬이 끝내 극복하지 못한 모험은 이것뿐이었고, 그것 때문에 그는 항상 뉴질랜드에 원한을 품고 있었다. 프랑스인들은 그가 프랑스에 돌아오지 않는 것을 섭섭하게 여기고 고국으로 돌아올 것을 권유하고 간청했지만 그

보름 뒤, 맬컴 성의 예배당에서 성대한 결혼식이 열렸다.

가 끝내 프랑스로 돌아가려 하지 않은 이유도 바로 이것이었다. 최근에 문신을 한 간사가 돌아가면, 풍자 만화가들과 삼류 신문들이 지리학회 전체를 웃음거리로 삼을까봐 두려웠던 것이다.

그랜트 선장이 스코틀랜드에 돌아온 것은 국민적 사건이었다. 해리 그랜트는 곧 스코틀랜드에서 가장 인기 있는 인물이 되었다. 그의 아들 로버트는 아버지와 맹글스 선장처럼 뱃사람이 되었고, 글레나번 경의 후원 아래 남태평양에 스코틀랜드인의 식민지를 건설할 계획을 다시 추진하기 시작했다. ■

> "쥘 베른은 과거의 낭만주의와
> 미래의 사실주의가 만나는
> 문학의 교차로에 서 있었다."
> 빅터 코헨, 〈컨템퍼러리 리뷰〉(1966년)에서

1. 쥘 베른과 그의 시대

쥘 베른(Jules Verne)은 과학의 시대가 시작될까 말까 한 1828년에 태어나 20세기가 막 시작된 1905년에 세상을 떠났다. 그러니 그는 19세기 사람이었다. 게다가 그는 기술자도 아니고 과학자도 아니었다. 그런데도 그는 20세기에 이룩된 놀라운 과학기술의 진보에 실질적으로 참여했다. 그는 영감을 받은 몽상가, 앞으로 인류에게 일어날 일을 오래전에 미리 '보고' 글로 쓴 예언자였기 때문이다.

베른의 주요 업적은 분명 동시대인들의 과학적·낭만적 열망을 표출한 것이었다. 그는 언뜻 보기에 불가능해 보일 수도 있는 것에다 기존 지식과 그럴듯한 추론을 적용하여, 독자 대중이 미래를 미리 맛볼 수 있게 해주었다. 하지만 그는 거기에서 그치지 않았다. 베른은 진보와 과학과 산업주의에 대한 믿음을 자극하는 한편, 산업 시대와 불가피하게 결부될 것으로 여겨진 비

인간성과 비참한 사회 현실에서 벗어날 수 있는 탈출구를 제공했다.

하지만 무엇보다도 그는 뛰어난 몽상가였다. 그는 내면의 눈으로 본 장면들을 놀랄 만큼 정확하고 생생하게 묘사했기 때문에, 수많은 독자들도 저자만큼 또렷하게 그 장면들을 볼 수 있을 정도였다. '경이의 여행'(Voyages extraordinaires) 시리즈를 이루고 있는 60여 편(중편과 작가 사후에 발표된 작품을 포함하면 80편에 이른다)의 책을 보면, 지상이나 지하나 하늘에 그가 묘사하지 않은 곳이 한 군데도 없고, 실제 과학에서 이루어진 발전들 가운데 그가 풍부한 상상력으로 미래의 상황을 정확하게 예측하고 과감하게 이용하지 않은 것이 하나도 없었다.

간단히 말해서 쥘 베른은 이 세상에 'SF'(Science Fiction)를 가져다주었다. 물론 신기한 이야기는 오래전부터 존재해왔다. 베른이 한 일은 당시의 과학적 성취를 넘어서지만 인간의 꿈을 이루는 아이디어를 진지하게 다루고 체계적으로 개발한 것이었다. 그는 정보와 이야기를 결합했고, 이 새로운 공식을 근대 테크놀로지의 테두리 안에 도입함으로써 모험과 판타지를 과학소설로 변화시켰다.

하지만 베른이 문학에 이바지한 것이 과학소설뿐이라고 생각하는 것은 잘못이다. 좀 더 자세히 살펴보면, 모험소설 작가들도 모두 베른에게 큰 빚을 지고 있다는 것을 알 수 있기 때문이다. 베른의 소설을 읽다 보면 작가는 동시대의 과학자나 탐험가들을 실명 그대로 등장시켜, 그들의 현재진행형 업적을 끊임없이 독자들에게 일깨운다. 그럼으로써 베른이 만들어낸 허구의 과학자들과 그들의 장래 계획도 독자들이 믿지 않을 수 없게 한다. 현재의 과학을 언급함으로써 미래의 과학을 '실재'시킨다고나 할까. 베른 연구의 권위자인 I.O.에번스는 이런 기법의 소설을 일컬어 '테크니컬 픽션'이라고 불렀다.

이렇게 놀라운 상상력과 천재적인 통찰력을 가진 작가 쥘 베른은 어떤 사람이었는가? 그는 어떤 인생을 살았을까? 사실은 놀랄 만큼 평범하다.

쥘 베른은 1828년 2월 8일에 프랑스 북서부의 항구 도시 낭트의 페이도 섬에서 태어났다. 낭트는 1598년에 앙리 4세가 '낭트 칙령'을 발표하여 36년간에 걸친 종교전쟁에 마침표를 찍은 곳으로 유명하지만, 대서양으로 흘러드는 루아르 강 연안에 위치한 지리적 여건 때문에 예로부터 해외무역 기지로 발달한 도시다. 특히 18세기 초에는 프랑스의 잡화와 아프리카의 노예와 아메리카 대륙의 산물을 교환하는 이른바 '삼각무역'으로 프랑스 제1의 무역항이 되어 번영을 누렸다.

쥘 베른의 외가는 15세기에 귀족의 지위를 얻은 지방 명문 집안이지만, 일찍부터 낭트로 나와 해운업과 무역업에 종사하고 있었다. 쥘의 어머니 소피 드 라 퓌의 친할아버지는 유복한 선주였고 외할아버지는 항해사였다고 한다. 한편 베른 집안은 대대로 법관을 배출한 법률가 가문인데, 원래 낭트에 연고가 있었던 것은 아니지만 1825년에 쥘의 아버지 피에르가 낭트에 법률사무소를 차리고 이곳으로 이주했다. 이렇게 낭트에서 두 집안이 인연을 맺어, 이윽고 쥘이 태어나게 된 것이다.

그 무렵 낭트는 혁명기의 내란과 동인도회사의 폐지 등의 영향으로 100년 전의 활기는 잃어버렸지만, 이국정서가 풍부한 항구 도시로서 번영의 흔적을 간직하고 있었다. 그런 환경 속에서 태어나 자란 덕에 쥘 소년의 마음에도 일찍부터 바다와 이국에 대한 동경이 싹튼 모양이다.

그의 생애를 이야기할 때면 반드시 인용되는 에피소드가 하나 있다. 열한 살 때인 1839년, 동갑내기 사촌 누이에게 연정을 품고 있던 쥘은 산호목걸이를 구해다 선물하려고 인도로 가는 원양선에 몰래 탔다가 배가 프랑스 해안을 벗어나기 직전에 루아르 강어귀에서 아버지에게 붙잡혀 호된 꾸지람을 들었다. 그때 소년은 "앞으로는 상상 속에서만 여행하겠다"고 맹세했다고 한다. 이 유명한 '전설'이 사실인지 아닌지는 알 수 없지만, 낭만적인 꿈을 좇아 미지의 나라로 여행을 떠나려는 소년의 모습은 과연 쥘 베른답다는 생각이 든다.

현실의 여행을 금지당한 쥘은 집안의 전통과 아버지의 뜻에 따라 법조계에 진출하려고, 파리로 나와 법률 공부를 시작한다. 베른 집안처럼 법조계와 관계가 깊은 가문이 아니더라도 19세기 부르주아 집안의 자제들은 법률가가 되는 것이 일반적인 진로의 하나였다. 유명한 작가들 중에도 발자크, 메리메, 플로베르, 모파상 등이 젊은 시절에 법률을 공부했다.

파리로 나온 베른은 샤토브리앙(프랑스 낭만주의의 선구적 작가)의 누나와 결혼한 삼촌의 소개로 문학 살롱에 드나들게 되었고, 거기서 알렉상드르 뒤마(아버지)와 사귀게 되었다. 뒤마는 《삼총사》와 《몬테 크리스토 백작》의 작가로 유명하지만, 무엇보다도 연극계의 거물이었다. 소년 시절부터 문학(특히 극작)에 관심을 가지고 있었던 베른은 1849년에 법학사 학위를 받았지만, 낭트로 돌아가지 않고 문학의 길을 걷기로 결심한다. 20대 초반부터 30대 초반까지 그는 희극이나 중편소설, 특히 오페레타의 대본을 쓰고, 셰익스피어와 에드거 앨런 포의 작품, 여행기, 과학서 등 많은 책을 읽었다. 베른에게는 화려한 비약을 앞둔 수련기였다.

1857년에 베른은 두 아이가 딸린 젊은 과부 오노린과 결혼했다. 이 결혼에는 수수께끼 같은 부분이 많고, 그 후의 생활에 대해서도 베른 자신은 거의 언급하지 않았다. 이윽고 아들도 태어나고, 겉보기에는 죽을 때까지 평온한 가정생활이 계속되지만, 여러 가지 점으로 보아 그에게는 여성과 결혼을 혐오하는 경향이 있었던 것 같다. 작품의 등장인물을 보아도 독신 남자가 압도적으로 많고, 여성 등장인물은 거의 판에 박힌 조역에 머물러 있다.

어쨌든 이 결혼으로 베른의 생활은 가정 밖에서도 크게 달라지게 되었다. '생계를 위해' 처남의 소개로 증권거래소에 취직한 것이다. 베른과 주식은 전혀 어울리지 않는 듯 보이지만, 19세기 후반부터 20세기 초까지 주식시장의 발전과 함께 투자는 대중적으로 널리 보급되어 있었고, 당시 문인들 중에도 주식에 관여한 사람이 많았다. 베른도 주식거래를 통해 과학기술과 산업의 발전 및 사회생활의 변화를 실감하고, 전 세계의 정보를 간접적으로 얻고 있었다. 그런 관점에서 생각하면 당시 문인과 주식의 관계는 재미있는 연구 과제가 될지도 모른다.

증권거래소에 드나들면서도 베른의 문학 활동은 계속되었다. 작품은 역시 가벼운 희곡이 중심이었지만, 〈가정박물관〉이라는 잡지가 그의 주된 활동 무대였다. 이 월간지는 가족용 교양오락 잡지로서, 문학 이외에 과학이나 지리적 발견을 삽화와 함께 게

재하고 있었다. 베른은 나중에 소설의 원형이나 소재가 될 만한 이야기를 이 잡지에 많이 발표했다.

1862년, 베른은 기구를 타고 아프리카를 탐험하는 이야기를 썼다. 기구는 당시 사람들의 관심을 모으고 있었고, 특히 유명한 사진작가이자 소설가·저널리스트·평론가·만화가로도 활약한 나다르(Nadar, 1820~1910)가 1863년에 기구 '거인호'로 시험 비행을 한 것은 엄청난 센세이션을 불러일으켰다. 베른과 나다르는 기구에 대한 열정을 계기로 의기투합하여 평생 친구가 되었지만, 나다르의 비행 계획은 유럽 전역에서 큰 반향을 얻은 반면 베른의 소설은 출판할 전망조차 보이지 않았다. 그는 원고를 들고 여기저기 출판사를 찾아다니는 형편이었다. 그 무렵, 베른의 생애에서 가장 중요한 만남이 이루어진다. 피에르-쥘 에첼(Pierre-Jules Hetzel, 1814~86)과의 만남이었다.

에첼은 단순한 출판업자가 아니었다. 직접 펜을 들고 많은 작품을 쓴 작가였고, 철저한 공화주의자로서 2월혁명 이후 수립된 임시정부에서는 각료급 요직을 맡기도 했다. 출판에서는 빅토르 위고나 조르주 상드 같은 위대한 낭만주의 작가들의 보급판 책을 펴내고 있었지만, 나폴레옹 3세의 제2제정이 시작되자 벨기에로 잠시 망명했다가 파리로 돌아온 뒤에는 아동도서 출판에 힘을 쏟게 된다. 당시 프랑스에서는 교회가 아동 교육을 지배하고 있었다. 프랑스의 미래는 교육에 달려 있다고 생각한 에첼은 젊은 두뇌가 시대에 뒤떨어진 교육에 묶여 있는 현실을 개탄하고, '재미있고 유익한 책', 특히 당시의 교회 교육에서는 무시되고 있던 유용한 과학 지식을 알기 쉽게 가르치는 서적을 출판하여 새 시대에 어울리는 아이들을 키우려고 한 것이다.

1862년 당시, 에첼은 청소년용 잡지인 〈교육과 오락〉을 창간할 계획을 세우고 집필자를 찾고 있었다. 따라서 두 사람의 만남은 양쪽에 결정적인 사건이 되었다. 에첼은 아직 다듬어지지 않은 베른의 원고를 읽고 그 재능을 간파하여 장기 계약을 제의했다. 베른은 물론 크게 기뻐하며 승낙하고, 이리하여 소설가 베른이 탄생하게 된 것이다.

베른의 원고는 에첼의 조언에 따라 수정된 뒤, 1863년에 《기구를 타고 5주간》이라는 제목으로 출판되어 대성공을 거두었다. 그 후 풍부한 결실을 맺은 2인3각의 활동이 시작된다. 베른은 쌓여 있던 것을 토해내듯 차례로 작품을 써냈고, 그의 작품은 대부분 〈교육과 오락〉을 비롯한 잡지나 신문에 연재된 뒤 에첼의 출판사에서 단행본으로 간행되고, 다시 삽화를 넣은 선물용 호화장정본으로 재출간된다. 수많은 판화로 장식된 호화장정본은 당시 선물용으로 인기를 끌었을 뿐 아니라 지금도 애호가들이 군침을 흘리는 대상이고, 파리에는 '쥘 베른'이라는 전문 고서점까지 있을 정도다.

이리하여 '경이의 여행' 시리즈로 지금도 전 세계 독자들에게 사랑받고 있는 걸작들이 1년에 두세 권이라는 놀랄 만한 속도로 잇따라 태어났다. '알려져 있는 세계와 알려지지 않은 세계'라는 부제로도 알 수 있듯이 '경이의 여행'은 인간이 아직 발을 들여놓지 않은 미개지, 망망대해에 떠 있는 무인도로의 여행으로 끝나는 것은 아니다. 지구의 중심으로 들어가거나, 극지방으로 가거나, 공중으로 떠오르거나, 바다 밑바닥으로 내려가거나, 지구의 대기권을 뚫고 우주로 날아가는 등 웅장한 규모를 갖는 모험 여행이다. '경이의 여행'에는 지리학·천문학·동물학·식물학·고생물학 등 많은 정보와 지식이 들어 있기 때문에 '백과사전 여행'으로도 볼 수 있다. 또한 인간 형성의 통과의례가 아니라 유럽인의 근저에 숨어 있는 신화나 종교에 도달하기 위한 '통과의례 여행'이기도 하다.

'경이의 여행'은 요즘 말하는 SF의 선구이기도 했다. 실제로 잠수함, 포탄에 의한 우주여행, 비행기계, 입체 영상 장치, 움직이는 해상 도시 등 현실보다 앞선 작품 속에서 '발명'되거나 실용화된 기계와 장치도 많다. 그런 것이 등장하지 않는 경우에도 베른의 작품은 언제나 학문적인 지식이나 기술적인 정보를 많이 담고 있어서, 계몽적 과학소설의 면모를 갖추고 있다.

이런 작품들이 태어난 배경에는 물론 당시의 과학기술이나 산업의 발달, 그에 수반되는 세계의 확대, 정보량의 증가 등의 현상이 있다. 19세기 후반에는 전기를 중심으로 하는 온갖 발명과 발견이 잇따랐을 뿐 아니라, 철도와 기선이 눈부시게 발달했고 전신망이 전 세계로 뻗어갔으며, 증권거래소는 활기에 넘쳤고, 신문 발행 부수는 크게 늘어났다. 런던과 파리에서는 세계박람회가 열려, 최신 과학기술과 전 세계의 문물을 전시하여 사람들의 꿈을 자극했다. 인류는 지식을 통해 커다란 힘을 얻고 끝없이 진보할 거라고 당시 사람들은 믿었다. 베른은 그런 낙관적인 미래를 작품 속에 끌어들여 소년의 꿈과 결부시킨다. 그의 작품에 자주 등장하는 만물박사는 그런 세계에서의 이상적인 인물상이라고 할 수 있다.

물론 현대의 관점에서 보면 과학기술의 진보가 좋은 결과만 가져온 것은 아니다. 산업의 발달은 한편으로는 빈부격차와 생활환경 악화를 낳았고, 과학의 발달은 전쟁 기술의 진보를 가져왔다. 유럽인의 세계 진출은 인종차별과 결부된 식민지 지배가되어, 이윽고 20세기에 일어난 두 차례의 세계대전으로 이어진다.

베른이 평화사상과 인도주의의 입장에 선 작가였다는 것은 작품에 묘사된 이상사회의 모습과 전쟁 비판, 노예제 폐지, 민족해방 등의 메시지를 보아도 분명하지만, 한편으로는 졸라나 디킨스와는 달리 현실의 사회적 모순에는 별로 눈을 돌리지 않았음도 인정해야 한다. 또한 그의 작품에 되풀이 묘사되는 탐험이나 건설의 꿈이 당시 제국주의적인 식민지 확대 경쟁과 보조를 맞춘 것도 부인할 수 없다. 휴머니즘을 호소하면서 식민지 지배를 긍정하는 것은 모순된 태도지만, 당시 사람들에게는 그런 의식이 거의 없었다. 베른도 미개지에 문명을 가져다주는 한 식민지 지배도 나쁘지 않다고 생각한 것 같다. 문학에 과학기술을 도입하고 소년 독자층을 개척했다는 면만이 아니라 그런 면에서도 베른은 시류를 탄 작가, 또는 시류보다 한 걸음 앞서 나아간 작가였다고 말할 수 있다.

1869년에《해저 2만리》를 발표한 뒤, 1872년에는 전쟁(1870년의 프랑스-프로이센 전쟁)과 혁명(1871년의 파리 코뮌)으로 불안정해진 파리를 떠나 아내의 고향인 아미앵으로 이주한다. 이 무렵부터 그는 국민적, 아니 세계적인 명성을 얻게 되었다.《80일간의 세계일주》연재가 유럽과 미국의 독자들까지 들끓게 한 것을 비롯하여《신비의 섬》과《황제의 밀사》등이 차례로 베스트셀러가 되었고, 연극으로 각색되어 대성공을 거두었다. 레지옹도뇌르 훈장, 아카데미 프랑세즈 문학상 등의 영예도 얻었고, 사교계에서도 인기를 얻게 된다.

하지만 만년에 가까워질수록 베른의 사상은 차츰 염세적인 색채를 띠기 시작한다. 진보에 대한 의문, 미래에 대한 회의, 나아가서는 인간에 대한 불신이 작품 속에 감돌게 된다. 물론《해저 2만리》의 네모 선장의 모습에서 볼 수 있듯이, 그의 작품에는 원래 수수께끼 같은 어두운 정념이 숨어 있었다. 하지만《카르파티아 성》과《깃발을 바라보며》등 후기로 갈수록 회의적인 분위기가 짙어지는 것도 분명하다.

이런 작풍 변화에 대해서는 베른의 사생활에 일어난 불행이 영향을 미쳤다는 설도 있다. 1886년 3월, 정신장애를 가진 조카의 총에 맞아 상처를 입었고, 그로부터 일주일 뒤에는 그의 문학적 아버지라고 해야 할 에첼이 여행지인 몬테카를로에서 죽는다. 그의 시신은 파리로 운구되어 장례식이 치러지지만 베른은 참석하지 않았다. 에첼의 죽음은 베른에게 깊은 슬픔을 안겨주었을 뿐 아니라, 그의 몽상의 어두운 면을 억제하는 역할을 맡아온 인물이 없어진 것을 의미하기도 했다. 다시 이듬해에는 어머니가 세상을 떠난다. 부와 명예가 늘어나면서 세 번이나 바꾼 호화 요트도 처분하고, 그 후로는 여행도 떠나지 않게 되었다.

1888년에 그는 아미앵 시의회 의원에 당선되었다. 하지만 사생활에서는 인간혐오증이 더욱 심해져, 사교를 좋아하는 아내가 아무리 부탁해도 좀처럼 사람을 만나려 하지 않은 모양이다. 그런 가운데서도 창작에 대한 정열만은 결코 잃지 않았다. 백내장으로 말미암은 시력 저하와 싸우면서도 규칙적인 집필 생활을 계속하여 해마다 꾸준히 작품을 발표했다.

1905년, 전부터 앓고 있던 당뇨병이 악화했다. 증상이 시시각각 전 세계에 보도되는 가운데, 3월 24일 베른은 가족에게 둘러싸여 숨을 거둔다. 향년 77세. 장례식에는 수많은 사람들이 모여들었고, 전 세계에서 조사(弔詞)가 밀려들었다고 한다.

최근 유네스코(UNESCO)가 조사한 바에 따르면, 쥘 베른은 외국어로 가장 많이 번역된 작가 순위에서 다섯 손가락 안에 꼽히는 것으로 밝혀졌다.* 이처럼 그는 상당히 널리 알려져 있는 작가지만, 좀 더 들여다보면 상당히 잘못 알려져 있는 작가이기도 하다. 많은 사람들이 베른을 아동용 판타지의 작가로만 알고 있는데, 이렇게 된 데에는 물론 그만한 이유가 있다. 그가 성공을 거둔 것은 아동도서 출판업자와 손잡은 결과였고, 베른의 작품 중에는 아동도서 시장을 겨냥한 것도 여럿 있었다. 또한 그의 작품에 나오는 발명품들은 그것을 난생처음 접하는 19세기 독자들에게는 경탄할 만한 것이었지만, 과학 발전의 현실은 곧 그것을 능가해버렸기 때문에 그 후의 세대에게는 시시하고 평범해 보였을 것이다.

하지만 이제 그는 더 이상 아동문학가로 여겨지지 않는다. 오히려 과학기술 전문 잡지가 그의 작품을 연구 분석하는 일이 점점 늘어나고 있다. 사실 베른만큼 독특하고 다양한 작품을 창작했거나 교양과 오락을 겸비한 소설을 쓴 작가는 거의 없었다.

이 고독하고 부지런하고 창의적인 작가가 불멸의 존재가 된

---

* 유네스코에서 펴내는 《번역서 연감》(Index Translationum)에는 해마다 전 세계에서 출간된 번역서의 총수가 실려 있다. 이 통계 조사가 실시되기 시작한 1949년 이래 쥘 베른은 'Top 10'의 자리를 벗어난 적이 없는데, 21세기에 들어선 이후에는 순위가 더욱 높아져 줄곧 수위를 차지하고 있다. 가장 최근(2014년)의 자료에 따르면 쥘 베른을 앞선 저자는 애거사 크리스티뿐이고, 셰익스피어가 베른의 뒤를 잇고 있다.

이유를 프랑스의 평론가인 장 셰노는 이렇게 설명하고 있다.

"쥘 베른과 '경이의 여행'이 아직도 살아 있다면, 그것은 그 작품들이 20세기가 피하지 못했고, 앞으로도 피하지 못할 문제들을 일찌감치 제기하고 있었기 때문이다."

2. 작품 해설

《그랜트 선장의 아이들》(Les Enfants du capitaine Grant)은 1865년 12월 20일부터 1867년 12월 5일까지 〈교육과 오락〉 잡지에 연재된 뒤, 1868년 6월 23일 에첼의 출판사에서 에두아르 리우의 삽화가 실린 단행본(전3권)으로 출간되었다. 1863년에 《기구를 타고 5주간》으로 데뷔하고 이듬해에 《지구 속 여행》으로 성공을 거둔 베른으로서는 그 명성에 값하는 작품을 쓰지 않으면 안 되는 시점에 집필한 작품이다. 이 작품이 성공하지 못했다면 그 후속 작품인 《해저 2만리》도 생산하기 힘들었을 것이고, 그랬다면 '경이의 여행'이라는 이름으로 전개된 '쥘 베른 문학'도 초라해졌거나 도중에 중단되었을 것이다. 《그랜트 선장의 아이들》은 그렇게 중요한 지점에 놓여 있는 작품이다.

이야기는 스코틀랜드의 귀족 글레나번 경의 유람용 요트인 '덩컨'호의 시끌벅적한 갑판에서 시작된다. 배를 따라오던 사나운 망치상어가 잡히고, 그 물고기의 배 속에서 유리병이 나오고, 그 유리병 안에서 암호 같은 문서가 발견된다. 이 문서는 2년 전에 조난을 당하여 실종된 '브리타니아'호의 선장 해리 그랜트가 보낸 구조신호였던 것. 그러나 세 언어로 작성된 문서는 바닷물에 문드러진 상태여서, 읽을 수 있는 것은 위도('37도')뿐이고 경도와 지명은 지워져버렸다.

글레나번은 그랜트 선장을 구출하는 것이야말로 자신에게 주어진 도덕적·민족적 사명이라고 받아들인다. 그는 '덩컨'호에 아름다운 아내 헬레나와 친척인 맥내브스 소령, 그랜트 선장의 아이들(메리와 로버트 남매)을 태우고, 믿음직한 선원들과 함께 그랜트 선장을 찾으러 떠난다. 프랑스의 지리학자인 자크 파가넬이 예기치 못한 승객으로 수색대에 합류하게 된다. 이 탐색 여행은 그들을 남아메리카로, 오스트레일리아로, 뉴질랜드로 데려간다.

이들 세 지역은 이야기를 구성하는 세 권의 책의 부제를 이룬다. 각 지역에서 수색대는 그곳 특유의 모험을 만난다. 남아메리카에서는 인디언들을 만나고, 오스트레일리아에서는 산적(본래는 탈옥한 유형수)을 만나고, 뉴질랜드에서는 마오리족을 만난다. 수색대의 통과는 각 나라와 그곳 주민들을 한 걸음 한 걸음 자세히 묘사하기 위한 근거—또는 핑계나 구실—를 준다. 각 지역의 독특한 특징들을 강조하기 위해 사소한 사건들까지 동원된다. 여행자들은 안데스 산맥의 고지에서 얼어 죽을 뻔하고, 파타고니아의 팜파스에서 홍수를 만나 익사할 뻔한다. 오스트레일리아에서는 밀림과 진창이 그들의 진행을 방해한다. 뉴질랜드에서는 뜨거운 유황천 사이에서, 그리고 '터부로 성역이 된' 집에서 피난처를 찾는다. 그들은 화산을 분출시켜 탈출하기도 한다.

이렇듯 시련으로 얼룩진 여정을 묘사하는 동안, 쥘 베른은 그가 좋아하는 주제 가운데 하나인 '신의 섭리'를 인간의 삶에서 가장 중대한 결정 요소로 강조한다. 하지만 그는 신의 뜻에 따른 자연과 인간의 관계를 반영하기보다는 오히려 부자연스러운 상황으로 끝나는 우연의 일치들을 이용하여, 이것을 너무나 명백한 것으로 만들어버린다.

신의 섭리가 고귀한 노력에 궁극적으로 성공을 안겨줄 것이라는 확신은 글레나번이라는 등장인물로 표상된다. 스코틀랜드의 귀족인 그는 문자 그대로 '고귀한' 인간이다. 그리고 그랜트 선장과 그의 자식들을 다시 만나게 해주고 싶다는 그의 소망은 분명 고귀한 탐색이다. 그는 고결한 끈기와 열정을 가지고 온갖 시련을 극복하면서 신의 섭리와 제휴한다. 신의 섭리가 결국은 그 자신을 고귀한 목표로 이끌어주리라는 것을 알고 있기 때문이다.

소설의 전반적인 구성은 3부(남아메리카, 오스트레일리아, 뉴질랜드)로 나뉘어 있는 데 분명히 드러나 있지만, 베른이 두 가지 주요 갈등(인간 대 자연, 인간 대 인간)을 이야기 속에 짜 넣는 방법 때문에 내적 구조는 사실 더 복잡하다.

글레나번 일행은 일단 안데스 산맥을 넘고 팜파스를 횡단한 뒤 자연의 변덕에 굴복한다. 이 부분에서는 적대자로서의 자연이 여행을 지배하고, 신의 섭리는 주인공들을 숱하게 만나는 파국 직전의 상황에서 구해주어야 한다.

수색대는 도중에 여러 번 빈 오두막이나 '라마다'(가축우리)를 만난다. 여행자들이 필요로 할 때마다 어김없이 피난처가 제공되는 것이다. 신의 섭리는 분명 작용한다. 하지만 이 빈 건물들은 다른 것도 암시한다. 인간은 이 적대적인 환경에 정착을 시도했지만 실패했다는 것이다. 살기에 적합하지 않은 이 나라에서 자연은 인간의 거주를 방해한다.

안데스에서 보낸 첫날 밤 여행자들은 무서운 지진을 만난다. 이 지진으로 그들의 오두막은 원래 있던 장소에서 이동하여 무사히 산비탈을 미끄러져 내려간다. 아무도 죽지 않은 것은 기적적인 노릇이지만, 로버트가 실종되어 죽은 게 아닐까 우려된다. 바로 그때 거대한 콘도르가 그들의 머리 위를 지나가고, 그 발톱에 로버트가 붙잡혀 있다. 맥내브스 소령이 총을 쏘기 전에 총성이 울려 퍼진다. 파타고니아 인디언인 탈카베가 새를 떨어뜨려 로버트를 구한 것이다.

탈카베는 장-자크 루소의 '고귀한 야만'을 구체화한 인물, 자연과 공존하는 법을 배운 원시적 인간이다. 명백한 좌절, 지진과 산사태, 콘도르의 로버트 납치가 기적적으로 극복된 뒤, 신의 섭리는 그들에게 필요한 안내인까지 제공하고, 그들은 고귀한 탐색의 다음 단계로 나아갈 수 있게 되었다.

자연재해에 직면했을 때 인간은 신의 섭리라는 한 가지 자산이 없으면 더없이 무력하다. 홍수가 그들을 덮쳤을 때 그들의 운명은 결정된 것처럼 보이지만, 그때 '물속에 우뚝 솟아 있는' 거대한 옴부 나무가 나타나 그들은 다시 한 번 위험에서 구조된다. 잠시 나뭇가지에서 '새들처럼' 살면서 그들은 자연과 공존하는 법을 배우고, 탈카베처럼 '고귀한 야만인'이 되는 법을 배운다.

우여곡절 끝에 대서양 연안에 도착해보니, '덩컨'호가 거기서 그들이 도착하기를 기다리고 있다. 제1부는 다음과 같은 서술로 끝난다.

직선을 그린 남아메리카 대륙 횡단은 이렇게 끝났다. 산도

강도 여행자들의 꿋꿋한 행진을 방해하지 않았다. 그들은 인간의 악의와 싸울 필요는 없었지만, 자연은 종종 그들에게 맹위를 떨쳐 그들의 고결한 용기를 인내력의 한계까지 시험했다.(1부 26장)

제1부가 '인간 대 자연'의 갈등을 그리고 있다면, 제2부에서는 '인간 대 인간'의 갈등을 보여준다.

남아메리카 횡단에서 그랜트 선장을 찾는 데 실패하자, 파가넬은 문서의 단편을 재해석하여 그랜트 선장이 오스트레일리아에 있는 게 분명하다고 글레나번을 설득한다. 그래서 '덩컨'호는 남위 37도선을 따라 동쪽으로 향한다. 희망봉을 지난 뒤 인도양에서 폭풍우를 만난 수색대는 엉뚱한 곳에 표착하게 되지만, '덩컨'호는 파손되었기 때문에 수리를 위해 동해안으로 보내야 한다. 글레나번은 그랜트 선장이 해안에서 조난당했을 경우를 생각하여 육로로 대륙을 횡단하기로 한다.

도중에 글레나번은 패디 무어(아일랜드에서 건너와 성공한 농장주)의 집에 들렀다가 에어턴이라는 사내를 우연히 만나게 된다. 에어턴은 '브리타니아'호가 조난했을 때 그 배의 갑판원이었다고 주장한다. 글레나번은 그에게 호의를 가지고, 대륙을 횡단하는 여행에 가이드가 되어줄 것을 부탁한다. 여기서부터, 아니 둘이 처음 만났을 때부터 '인간들 사이의 갈등'이 시작된다. 에어턴은 '덩컨'호를 탈취할 속셈으로 글레나번에게 접근했던 것이다. 동해안으로 가는 동안 에어턴은 정체(탈옥수 일당의 두목)를 드러내고, 글레나번의 호의를 배신으로 갚는다.

출발이 좋았던 오스트레일리아 횡단은 이렇게 끝났다. 그
랜트 선장과 조난자들의 단서는 완전히 사라진 것처럼 보였
다. 성공하지도 못한 이 모험을 위해 배 한 척의 선원들이 모
두 희생되었다. 글레나번은 싸움에 졌다. 그리고 팜파스에서
자연의 온갖 요소가 공모하여 그를 노렸을 때에도 기죽지 않
았던 그가 지금 오스트레일리아 해안에서 인간의 사악함 앞
에 무너지고 말았다.(2부 22장)

악당들에게 '덩컨'호를 빼앗긴 글레나번 일행은 남의 배를 얻
어 타고 오스트레일리아를 떠난다. 제3부는 이렇게 시작된다.
그러나 이번에는 뉴질랜드 해안에서 폭풍우를 만나게 된다. 글
레나번은 좌초한 배에서 돛대 같은 목재를 뜯어내어 뗏목을 만
들 수밖에 없다. 그러나 간신히 뭍에 오르자마자 그들은 원주민
인 마오리족에게 붙잡히고 만다. 더구나 마오리족은 식인 풍습
을 가지고 있으니…….

이 절체절명의 위기에서 글레나번은 어떻게 빠져나갈 것인
가? 스토리는 그 절묘한 탈출 과정에 주안점을 두고 서술되어
있다. 하지만 그보다 더 중요한 것은 그 서술에 담겨 있는 작가
의 시선이다. 파가넬과 일행이 마오리족의 식인 풍습에 대해 토
론하는 가운데, 그들은 그 관습을 혐오스러운 잔학행위라고 비
난하는 대신, 그런 관습이 존재하게 된 이유를 찾아낸다. 식인
풍습은 사냥감 동물이 드문 나라에 고기(단백질)를 공급하고, 사
람 고기를 먹는 사람이 먹히는 사람의 힘과 용기를 물려받을 수
있다는 종교적 믿음을 만족시킨다. 그 소름끼치는 문제를 합리
적으로 제기하면서 베른은 다양한 문화들이 서로 다른 인식 때

문에 얼마나 많은 오해와 충돌을 빚고 있는지를 암시한다. 한 민족에게는 충분히 용인되는 의식도 다른 민족에게는 불쾌한 것이 된다. 옳다거나 그르다는 최종적인 대답은 존재하지 않는다. 때로는 다른 문화의 관습에 동의하지 않더라도 그저 참고 견디는 게 고작일 수도 있다.

다른 대목에서 글레나번 일행은 오스트레일리아 탐험과 식민지화의 역사를 논하고, 마오리족이 범칙자라기보다는 오히려 희생자일 수 있다고 암시한다. 백인들은 기독교의 이름으로 마오리족을 속이고, 영국 여왕의 '보호'를 구실로 그들을 '조상들이 잠들어 있는 땅'에서 쫓아냈다. 베른은 유럽 제국주의를 비난하면서, 교화가 필요한 것은 원시적 야만인이 아니라 백인이라고 암시한다.

식민지가 처음 열리기 시작했을 무렵에는 이곳에 유배된 죄수들만이 아니라 식민자들도 검은 피부의 원주민을 하나의 짐승으로 여겼다. 그래서 원주민을 사냥하고 총으로 쏘아 죽이면서도 양심의 가책을 느끼기는커녕 법적으로 범죄가 된다는 생각도 하지 않았다⋯⋯

정복 초기에 영국인들은 살인과 살육을 식민 정책의 보조 수단으로 삼기까지 했다. 그들의 잔학함은 소름이 끼칠 정도였다. 오스트레일리아에서도 그들은 500만 명의 인도인이 죽은 인도나 100만 명이었던 호텐토트족 인구가 10만 명까지 줄어든 케이프에서와 똑같이 행동했다. 그래서 원주민들은 온갖 학대와 음주로 죽어 나가, 오스트레일리아 대륙에서 소멸에 직면한 상태였다.(2부 16장)

이 책의 에필로그를 장식하는 것은 에어턴이다. 그는 '덩컨' 호를 탈취하려 했지만, 다행히 이 시도는 실패로 끝난다. 포로가 된 에어턴은 자기를 영국 관헌에게 넘기지 말고 무인도에 버려주면 그랜트 선장에 대해 자기가 알고 있는 것을 말해주겠다고 제의한다. '덩컨'호는 적당한 무인도를 물색한 끝에 남태평양 한가운데에 있는 마리아테레지아 섬으로 향한다. 그런데 그 섬은 바로 그랜트 선장이 피난해 있는 타보르 섬이었던 것이다. 글레나번은 그랜트 선장을 구조한 대신 에어턴을 그 야생의 섬에 남겨두고 떠난다.

그러나 에어턴은 쥘 베른의 후기 소설 《신비의 섬》(1874)에 다시 등장한다. 이 작품에서 에어턴은 12년 동안 인간과 접촉하지 못한 고독과 소외 속에서 미개인으로 퇴화해버렸다. 그러나 소설의 주인공인 조난자들은 에어턴을 자기네 섬('링컨 섬')으로 데려가서 그가 인간의 감정을 되찾을 수 있도록 도와준다. '신의 섭리'의 무한한 작용이 아닐 수 없다.

또한 《신비의 섬》에는 《해저 2만리》의 주인공 네모 선장이 다시 등장하여, 주인공들이 곤경에 빠질 때마다 '보이지 않게' 나타나 도와주고 위험에서 구해준다. 그러므로 《그랜트 선장의 아이들》《해저 2만리》《신비의 섬》은 독특한 구성으로 연결된 3부작이라고 할 수 있다. 그러니 《그랜트 선장의 아이들》의 출간을 계기로 이 3부작을 다시 읽는 것도 새로운 즐거움이 되지 않을까 싶다.

본문 속의 삽화는 에두아르 리우(Edouard Riou, 1833~1900)가 동판화로 제작한 것이다. 그는 '경이의 여행' 시리즈를 위해

에첼이 고용한 삽화가의 한 사람으로, 《기구를 타고 5주간》과 《지구 속 여행》 등 베른의 초기작에서 삽화를 맡아 그 성공에 일조했다. 그는 19세기의 위대한 삽화가인 귀스타브 도레의 제자이기도 하다.

끝으로 한마디 —

이 책에는 오늘날의 인권 의식에 비추어 인종과 계급, 그 밖의 차별적 관념을 나타내는 부적절한 어귀와 표현이 보이지만, 이야기의 무대와 저작이 모두 19세기 후반인 이 책의 시대적 배경과 작품의 가치를 감안하여 원문을 그대로 번역했다. 이 점 양해하여 현명하게 읽어주기 바란다.

그랜트 선장의 아이들 3

1판 1쇄 인쇄 2014년 12월 1일
1판 1쇄 발행 2014년 12월 8일

지은이 쥘 베른
옮긴이 김석희
펴낸이 정중모
펴낸곳 도서출판 열림원

편집 박은경 김다미 김정래 한나비 조예원 | 디자인 박소희 박애영 | 홍보 김계향
제작 윤준수 | 마케팅 남기성 이수현 | 관리 박지희 김은성 조아라

등록 1980년 5월 19일 (제406-2003-026호)
주소 서울시 마포구 잔다리로 2길 7-0
전화 02-3144-3700 | 팩스 02-3144-0775
홈페이지 www.yolimwon.com | 이메일 editor@yolimwon.com

© 2014, 김석희

ISBN 978-89-7063-832-4 04860
      978-89-7063-326-8 (세트)

• 책값은 뒤표지에 있습니다.

이 도서의 국립중앙도서관 출판예정도서목록(CIP)은 서지정보유통지원시스템 홈페이지(http://seoji.nl.go.kr)와
국가자료공동목록시스템(http://www.nl.go.kr/kolisnet)에서 이용하실 수 있습니다.(CIP제어번호: CIP2014034550)